U0037166

本姓馬，小字三保，雲南昆陽人，明永樂二年，明成祖親筆寫了一個"鄭"字，賜他為姓，提升為內宮兼太監，人們叫他"三保太監"，由於他懂一些航海知識而且又擔任管理宮廷事務的大太監，因此成祖選拔他擔任正使，率領船隊去完成一次光榮又艱巨的任務。

鄭和圖像

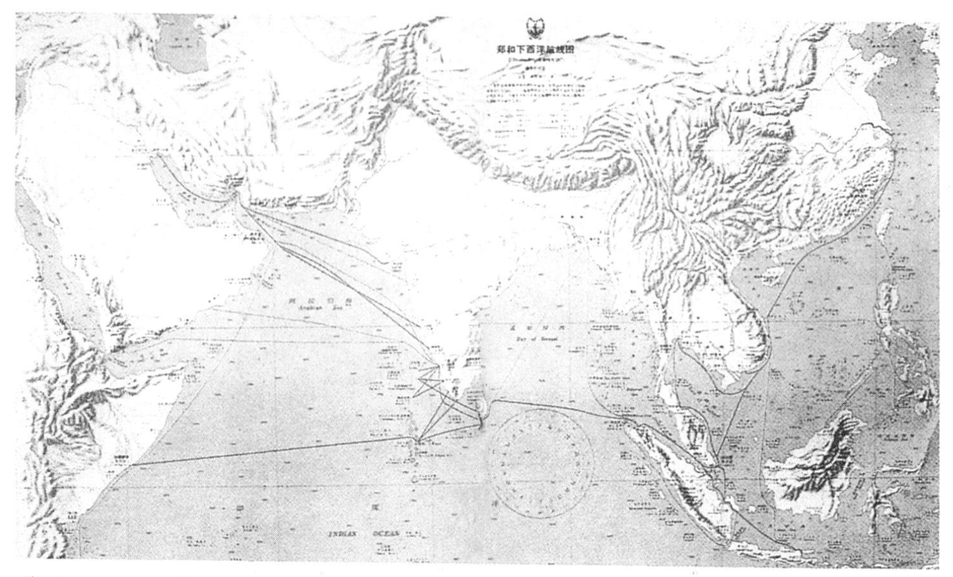

鄭和下西洋航海圖

三寶太監像

鄭和故里碑

航海家鄭和的誕生地，雲南滇池畔的昆陽和代村

南京鄭和公園　原稱太平公園，是鄭和府第的花園遺址，為紀念偉大航海家鄭和而改今名，內建鄭和紀念館。

南京是鄭和的第二故鄉，城內的馬府街係鄭和府第所在地。

太倉劉家港　位於瀏河入長江處，元代就有「六國碼頭」之稱。鄭和下西洋舟師，便是從這裡出發的。

南京牛首山，通往鄭和墓地。

鄭和墓

廟內的天妃塑像

御製弘仁普濟天妃宮碑　永樂十四年（1416），建天妃宮於南京城外龍江之上，並御製石碑一座以著神顯靈應之跡。今廟宇已廢而此碑尚存。

北京鄭和故居三不老胡同

湄洲嶼天妃廟　建於宋代。宣德六年（1431）鄭和等曾率領官軍來此處，置辦木石，修整廟宇，並御祭一壇。

有關鄭和下西洋的書影

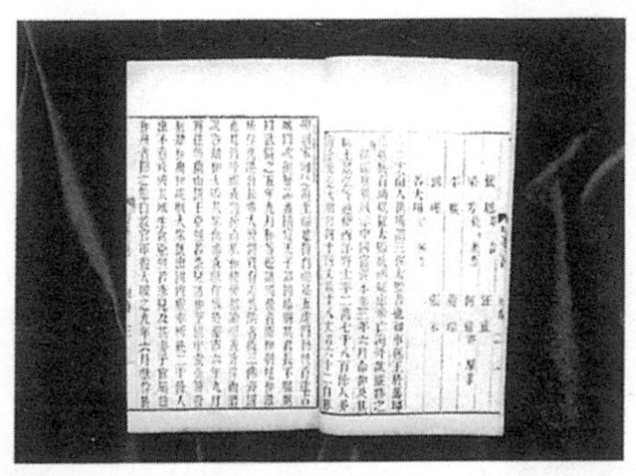

《明史・鄭和傳》

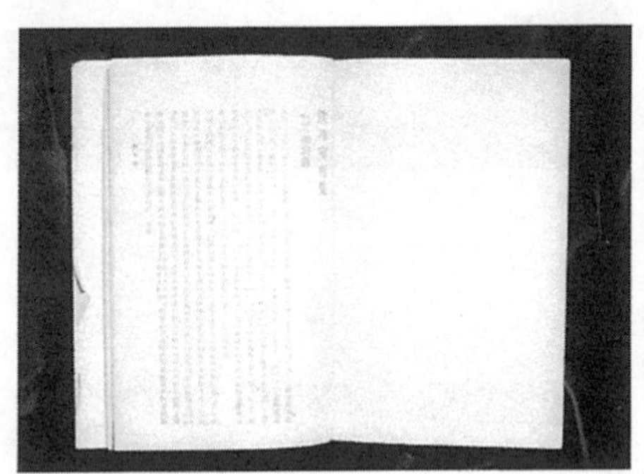

梁啟超撰《祖國大航海家鄭和傳》

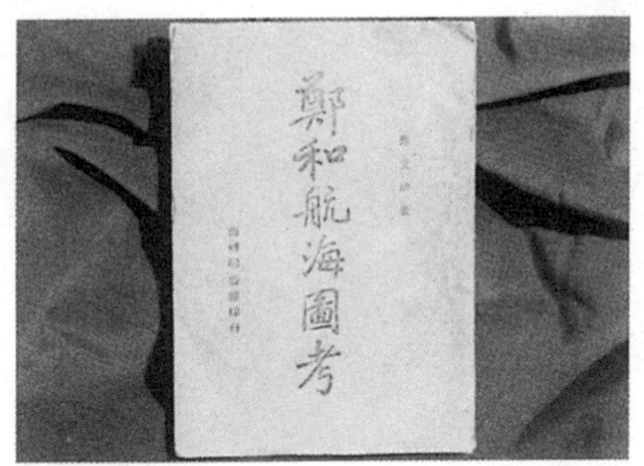

范文濤著《鄭和航海圖考》

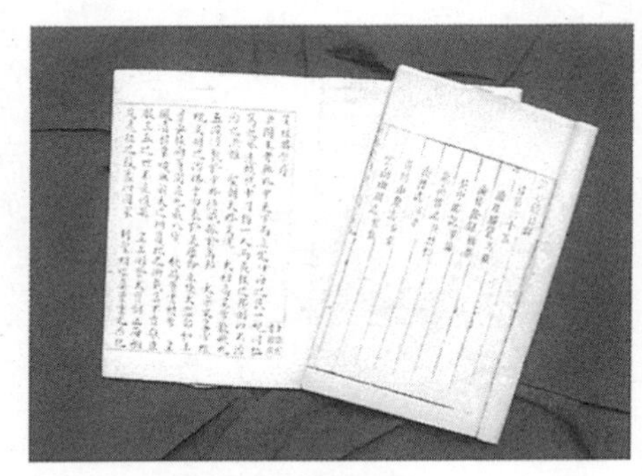

費信著《星槎勝覽》

陳子展、章衣萍等所著的《鄭和》

鄭鶴聲著《鄭和遺事彙編》《鄭和》

《三寶太監西洋記通俗演義》插圖及各種版本

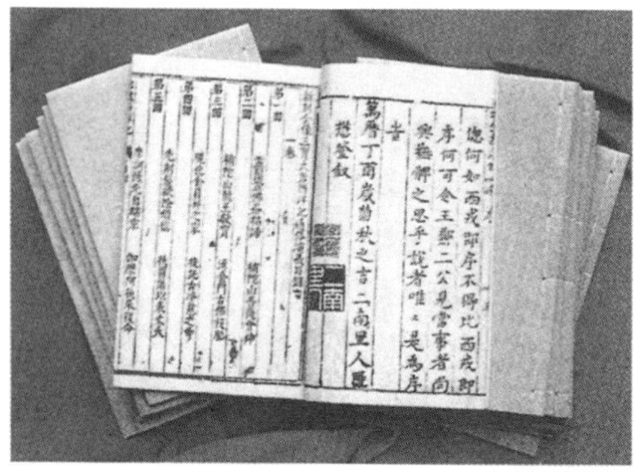

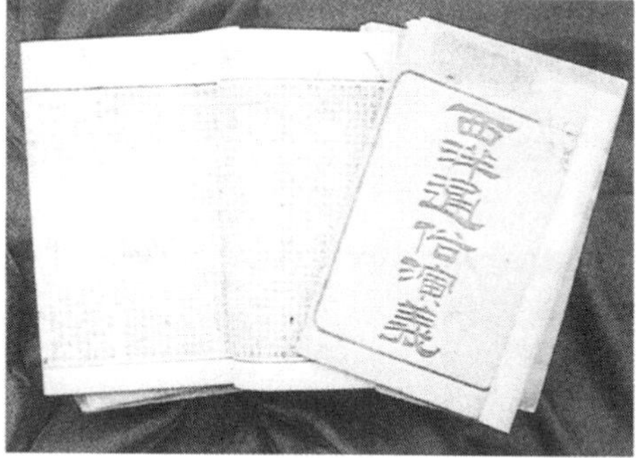

目
錄

前言

十五世紀，中國建造過當時世界上最偉大的船隊，開創過最偉大的航海時代。這支船隊打通了海上絲綢之路，開展了與南洋各國的國際貿易，並且完成了多種地理發現。

做出了這樣偉大創造的人，卻是個太監。

這個偉大的太監，名叫：鄭和。

在鄭和身後，還有一位非法登基的傑出帝王：朱棣。

朱棣征服了東方大陸，而鄭和征服了無邊大海！

第一章

夜色越來越濃，寶船往海裡越行越深。鄭和走出天元艙，來到船頭甲板上，眼望月光下幽幽深海上的粼粼水波，心馳神往，收不住自己的目光。兩個太監隨從不遠不近地跟在身後，見鄭和豎立船頭不動，年輕些的太監進去搬出紅木靠背鏤空圈椅，躬身於鄭和身後，用細嗓子清晰地說：「請大人入座。」

神往的狀態被打斷，黑暗中鄭和蹙額，輕轉身子，不耐煩地揮了揮手。年輕的隨從惶然端起椅子往後退，回船艙去了。鄭和回轉身，看見了身後的另一個隨從，說：「你也去吧。」

白天的喧鬧結束了，送行的隊伍好像還在眼前晃，恍若前方動蕩不停的水波，神秘地牽引你的身心。這次出洋，皇上居然親率文武百官送出紫禁城，對於一個太監，這是何等的榮寵！畢竟，自從盤古開天地，三皇五帝到於今，同海外通商是開天闢地頭一遭。皇上對這次航海寄予了厚望。想到皇上，鄭和就有點動情。幾十年侍奉左右，多少次九死一生啊！他即使是一隻鷹，也只是一隻可憐的家鷹而已，至多是皇上的寵物罷了。只要失寵，那就是君叫臣死，臣不得不死。但歲月悠悠，在細碎而沉重的日子裡，皇上卻是屢屢重用他這個太監。在皇上身邊的親信之中，關鍵時候被委以重任的往往是他。這次又是這樣，船隊從中國南京出發，要在南洋群島與印度洋中繞行、穿越，目的地是非洲最南端的好望角！皇上權衡再三，對他的信任還是占了上風，任命他為大明國出使海外列國的正使，巡洋水師的最高統帥。這是主子對奴才何等的恩典啊！何況，他這個奴才，僅僅是一個太監！

並非自己看輕自己，他清楚地知道，太監，從來被人們在心底輕視。在現實生活中的太監，即使能活得趾高氣揚也只是在人非人的位置演戲而已。太監的人生沒有真正的目標，卻有永恆的缺憾。他鄭和能有今日，可以說是赴湯蹈火、九死一生換來的！九死一生！鄭和大喘一口氣，往事像黑魆魆大海中滾滾而來又滔滔流去的波濤，在這個大海上的孤獨的夜晚，後浪追逐前浪匆遽而來！人生，他，一個太監的人生，有如這洶湧澎湃的海的壯觀。他的眼裡霎間飽含了淚水，但很快，又升起了豪情。他為自己自豪。為一個太監能有這樣的生涯而自豪。為一個太監今天能作為皇上派出的水師統帥站在這條世界上最豪華寶船的船頭而自豪。這是老天爺對他的恩寵。他對老天爺同樣感恩……突然，一排大浪迎面衝擊船幫，大船彷彿哆嗦了一下，黑黢黢的大海裡，隱約隱藏著一個個的暗礁，他這才意識到此刻他正面對著又一條九死一生之路——絲綢之路。他也隨之打了個寒噤，在未來的日子裡，等待他的，是葬身大海，還是載譽回朝？他撫欄凝神，思緒若即若離，穿越時光的隧道，飛回到他的少年時代去了。

那一年他十一歲。那時候，他的名字叫馬和。

一乘乘戰車越過了山野，在驛道上奔馳。打頭的戰車上高揚著一面朱紅大纛，上繡一個金燦燦的「鐵」字。

馬和擠在一輛戰車上，仰頭望著這面戰旗，在秋日的蕭颯景色裡，它顯得格外耀眼！這是征南大將軍鐵平的隊伍。不久以後他就知道了，就是這一年，洪武皇帝降旨：前朝太監腐敗墮落，禍亂宮廷。即將爾等全部裁撤。著征南大將軍鐵平，從雲南、貴州、廣西、安南等地各遴選二百名農家少年，淨身之後，送入京城，以備宮廷選用。欽此！

這道聖旨改變了一個農家孤兒的命運。那一天，馬和在河邊的濕地上捉到一隻小烏龜，見牠高昂著頭，就用手指碰了碰牠裸露的頸脖。小烏龜立刻將頭縮進龜殼裡。馬和趣味盎然地等著牠將頭再伸出來，過了一會兒，牠果然伸出頭來，但不再高昂，只是試探性地左右擺動著，他於是又伸出手指……正聚精會神地玩著，一隊官兵彷彿從天而降，不像看見的是衣衫破舊的窮孩子馬和，好似看見了一尊金童，幾個士兵爭先恐後地一擁而上，將馬和拉走。馬和回頭望小烏龜，一個當官模樣的飛起一腳，把小烏龜踢回河裡去了。

小烏龜死了沒？

馬和正惦記著那隻小烏龜，卻聽見前面有人沉聲問：「這是哪裡？」那個被兵勇們稱為千總的急急趕馬趨前回話：「稟大將軍，這是雲貴兩地的交界處，名叫烏龍蟠。」

高踞戰馬的大將軍就是赫赫大名的征南將軍鐵平，他執鞭提韁，朝四周鎧甲森然的將士們威嚴地橫掃一眼，突然咧嘴笑了：「好！烏龍蟠。爺就在這兒撒泡尿！」

鐵平翻身下馬，闊步邁到崖邊，衝著一條崖縫撒尿，臉上露出愜意的表情。

在鐵平撒尿的時候，隊伍不走了，戰車也緩緩停了下來。而馬和坐的這輛戰車，恰巧停在鐵大將軍邊上。馬和望著鐵平身穿鎧甲的背影，好魁梧，好威風，他真希望自己長大也是一位將軍。這個想法一露頭，他就把自己的雙腿夾緊了一些。自被抓到軍營，他已經聽到了士兵們的議論，知道自己就要被送去宮廷做太監。太監是怎麼回事，聽大人們說起過，雖然知道得並不具體。他的男根要被割掉嗎？他不自禁地用手去摸它，他的手是和其他一些孩子串綁在一起的，一動，就拉扯了別人。引起了戰車上的一陣騷動。旁邊一個兵勇喝道：「老實點。」馬和並不理他，他的手固執地摸著他的男根。它還小，但它一直是他的驕傲，他雖然不是將軍，但是尿尿的時候，他把它翹得比將軍的還高。就像那隻小烏龜，高高地昂著牠的脖頸。有靈性的東西！無論是烏龜的脖頸，還是他的男根。他真要失去它？小烏龜的命運遠比他強！想到這兒，他的心顫慄了。

鐵平尿罷轉回身，看著車上的孩子：「嘿，你們尿不尿？」

車上的孩子沉默著，有的漠然地望著他，有的眼睛望著別處，沒有一個人發出聲音。千總見狀，連忙在旁邊賠笑道：「大將軍，他們一天沒吃喝了，哪有尿啊！」

鐵平醒悟：「可不……這些娃兒可不能委屈了！來呀，賞水！」

兩個騎兵解開身後的皮囊，高舉著，嘴裡喊一聲「接著！」就像餵牲口一樣往下倒水。所有的孩子都高揚頭，大張著嘴，貪婪地爭相迎接那珍貴甘霖。只有馬和沒有動，他的一隻手放在襠間，那裡的舒適溫暖使他憶起了他曾經有過的家。他像個遲鈍的弱智兒，對眼前的事情無動於衷。

鐵平一雙銳利的目光注意到了穿著黑衣的馬和。這個孩子與眾不同？他微微冷笑了一下。隊伍繼續行進。馬和的身體突然一歪，他被身旁人牽動了。低頭一瞅，旁邊的藍衣少年正在掙脫繩索，他心裡立刻湧上異樣的感情，想到一塊去了？抬頭望藍衣少年的眼睛，他也正看著他。馬和便轉過頭去，這樣可以避免藍衣少年誤解他。

戰車拐彎的時候，藍衣少年突然跳下戰車，瘋狂地向遠處逃跑。立刻就有幾個兵勇策馬出列去追，卻聽鐵平大喝一聲：「站著！」兵勇們勒住戰馬，而車上的孩子們幾乎是屏住了呼吸，望著正在狂奔的藍衣少年，他們每個人都戰戰兢兢，在藍衣少年的身上，聚泊著他們說不清楚的希冀。

忽然，馬和看見鐵平雙臂如月張開，彎弓搭箭，引而不發。他再看那藍衣少年，眼看他奔跑的身影在視野裡越來越小，忽然撞到一棵大榕樹上了。馬和的心像要從胸膛裡突圍，卻又見這孩子像隻猴那般靈活地爬到樹上去了，他仰頭望頭頂上的樹冠，顯然想快快隱身於樹葉中去。這時，鐵平手裡的箭「嗖」的一聲呼嘯著躥了出去，爬到樹半截處的藍衣少年突然不動了，渾身顫抖。利箭已經將他的腹背射穿，他被牢牢地釘在樹上了。

鐵平爆發出一陣呵呵大笑。這笑聲如黑夜裡海面上滾過的響雷，令車上的孩子們嗦嗦地抖。

千總等人向鐵平拜賀：「鐵大將軍虎威神箭，天下無雙啊！」

鐵平頗自得：「在爺眼裡，天下再大，也不過一箭之遙，山峰再高，爺也能把它一刀兩斷！」

眾人大聲喝采。千總等折腰叩道：「大將軍豪言壯語，驚天動地……」

鐵平笑罵：「去你媽的！驚天動地的話是爺敢說的麼？這話，是皇上送給本將的。」千總等將領眼中流出驚羨之色。於是鐵平細說：「洪武開元的那天，皇上給咱說，『鐵平兄弟，天下再大，不及你一箭之遙。山峰再高，不如你一刀之利！』呵呵呵……」

千總又折腰，「皇上是千古聖君，將軍是當世虎將……」正奉承著，鐵平喝叱：「去，將那娃兒給我摘下來！」

藍衣少年被千總拖回來了，馬和的目光呆呆地跟蹤著一路上的血跡，再一次感受到了生命像秋天樹上的葉子那樣輕微易落，無足輕重。他想起了藍衣少年活著時候的眼睛，幽幽的，似藏著很深的委屈和憤懣。他有家嗎？他的父母知道他死得這樣慘，會怎樣的痛心疾首?!但他又恨恨地想，與其做太監，還不如像他這樣死了。這時，鐵平的聲音擲過來，冷得像鐵塊：「誰再敢逃跑，這小崽子就是榜樣。哪怕你跑得比兔子還快，飛得比鷹還高，爺也必定一箭穿心！聽清楚沒有？」說話間，鐵平眼中迸出一道怒光，直掃車上的馬和。

而馬和，卻仰著頭望了望天空。蒼茫的天空裡，正好有一隻鷹，飛翔著，已經快飛離視野了。他的心臟，緊張而激烈地抖動了十幾下。

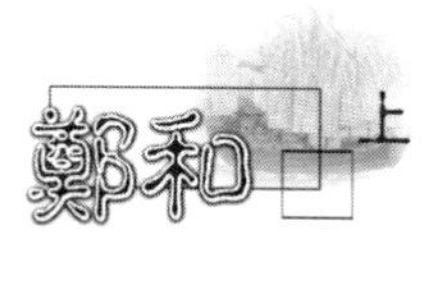

當午後的烈日照得鐵平、千總他們在馬上搖晃著打瞌睡時，小馬和咬斷了手上的繩子。旁邊的孩子攔他：「你會死的。」他不說話，另一邊的孩子央求：「你會連累我們的。」馬和面露猶豫。這時，戰車再次拐彎，馳入山道，車身一陣劇烈顛簸，馬和知道這是一個難得的機會。他猛地跳下車子。他瘋狂地奔跑，好像剛剛邁出地獄，而他的前方，有一扇安全之門正向他敞開。他捨命地奔跑，似乎背後正有一群魑魅魍魎踩著他的腳跟就要抓到他。就在這時，身後真的撲上來千總張牙舞爪的大叫：「媽的！小崽子跑啦！」

鐵平睜開眼，驚訝了：「喝！還真有不怕死的嘛！好小子！」他親自策馬追上去，後面立刻跟上眾多兵勇。

「噠噠噠」的馬蹄聲越來越近，已經聽得見鐵平切齒的冷笑：「行了。現在，看看各位弟兄的弓法，誰射中了，爺有賞！」

馬和跑到一座巨石上，正欲騰身飛躍，面前卻猛然出現一道懸崖，崖下是一條大江，水流湍急而混濁，馬和一時愣在那裡，劇喘不已。他轉過頭，一大片硬弓直指著他瘦弱的身體，每支利箭都蓄勢待發。

他顫聲道：「放箭吧！快放箭……」他迎著利箭挺起胸膛往回走了幾步，此刻，他希望一切都快快結束，生命。恐懼。

然而，鐵平卻揚鞭一按。所有的弓箭都慢慢垂下了，部下靜候鐵平命令。鐵平縱馬上前，繞著小馬和兜圈子，恨恨地打量他：「小子，你也要找死呀！」

馬和脫口而出：「我不想當太監……」

鐵平怒道：「你當不當太監與爺無關。你是死是活也與爺無關。爺恨的是，你竟敢違背爺的將令！爺說過誰也不准跑，你他媽的還敢跑！」

馬和大聲重覆：「我不要當太監！」

鐵平鼻子裡哼一聲：「太監嘛，好歹還是個活人。你不當太監，就得當死鬼！」

死亡近在眼前，而且已有前車之鑒，馬和別無選擇地橫了心：「那你就殺死我吧。我寧死也不當太監！」

鐵平下馬，邊走邊笑，笑得很平常，聲音也不大。但聽的人毛骨悚然：「好小子，我瞧你不怕死，是嗎？」

馬和不作聲。他無法判斷自己是怕死還是不怕死。但他怕鐵平的這種聲音。這聲音硬、冷，是三九天裡冷颼颼的穿堂風，他不由自主地縮了縮頭頸。

鐵平在馬和面前彎下腰，盯著他的臉，態度變親切了，令所有的人都捉摸不透：「爺告訴你，死算個屁，簡直連屁都算不上！人哪，可怕的不是死……」

馬和感覺到鐵平話裡有名堂，恐怕是很深的名堂。他四周瞅瞅，顫聲問：「那是什麼？」

果然，鐵平變臉了，橫眉怒目地暴喝：「是他媽的死去活來！是他媽的活來再死去！」他一把抓起處於恐懼中的馬和，喝令部下綁上，然後朝車上的孩子們吼：「聽著，這小子敢違背爺的將令。哼哼……爺不生氣，爺今兒的恩典大啦！爺要把他拖在車後頭，拖死拖爛！爺要把他拖成一片片的肉沫兒！」鐵平邊說邊跳上馬，嘴裡還在叫：「讓小崽子慢慢地粉身碎骨。開拔！」

馬和被一根長繩索捆著雙手，拖在車後。他的眼裡沒有了天，沒有了地，沒有了周圍的一切，甚至沒有了他眼前的戰車。只有腳下坑坑窪窪的石頭和泥塊。本能使他趔趄而行，跟著車跑，但很快，他不行了。他跪下去被拖了十幾步，膝蓋就被草刺、沙石、硬土割得如萬箭穿心。他身不由己地躺倒了，驛道上的一切都撕刮著他的血肉，他不停地發出痛苦的喊叫、怒罵，但漸漸就沒有了聲息，只有淋漓的鮮血一絲不苟地滴了一路。車上的孩子們響起一片哭聲，他們像被關在鐵籠裡正看著外面宰殺同類的雞隻們，身子盡量往一處縮，恐懼使他們嗦嗦發抖。

令所有人感到不解的是，馬和沒有死。這是連馬和自己也弄不明白的事情。倒是鐵平在到達營地清點孩子數目的時候，特意向千總問及了小馬和的狀況。想當然的千總一口咬定馬和已死。他還討好地加了一句：「違背大將軍命令的，只能是這個下場。」沒想到鐵平聽了此話臉上的肌肉意義不明地動彈了一下，他意味深長地看了千總一眼，慢斯斯道：「你知道就好。」

馬和是在一個有月亮的夜晚醒來的。而且，是在一陣悠揚傷感的洞簫聲中。那簫聲在一片爭先恐後的蟬叫裡像一朵出水的芙蓉，同秋天的夜空一樣爽淨，冷不防就提了你的神。大概也是這簫聲喚醒了他，從昏迷中醒過來的馬和，稍稍動彈就像在受凌遲的刑罰。但他還是呻吟著從發黃的青草地中拖出了自己遍體鱗傷的身子，因為草地裡還有蚊蟲在肆虐。接下來，那個吹簫的麻衣老人發現了他，他蹲了過來，摘下身上的水葫蘆，把馬和摟在懷裡餵水，嘴裡感嘆：「孩子，你的命可真硬啊！」

百感交集的馬和一下子長大了似的。他像成人那樣憶及昏迷前的一切，沒有慶幸自己僥倖活了下來，而是抱怨自己竟然醒了過來，否則，就不會去當太監了。接著他就想回家，回到雲南烏嶺鎮去。麻衣老人搖了搖頭，告訴他，這裡離雲南有上千里，沿途都是深山密林，虎狼出沒，活著到家幾乎沒有可能。但馬和仍然要走，對於他來說，這條不能走的路才是他該走的路。剛掙扎著站起來，一陣巨痛襲來，他又昏倒了。

此時鐵平正在一座古廟裡喝酒。他醉態醺醺，見千總捧著一條沾血的斷繩進來，就將案前的酒碗朝千總面前一頓：「喝吧。」

千總大喜，先將斷繩呈鐵平過目：「稟大將軍，那小崽子確實拖死了。」然後雙手恭敬地捧起酒碗，仰脖而盡，顧不得擦嘴就說：「謝大將軍賞。」他躬身繼續說：「大將軍此次南征大獲成功，剿滅前元餘孽，平定雲貴安南，皇上肯定大加封賞。末將跟著大將軍效力，真是末將的福氣！」

鐵平得意地笑笑：「爺還不能說大功告成。朝庭要的兩百個太監，還沒送到京城。」

千總道：「末將才數過，外頭已經有二百六十多個小崽子，足夠宮廷使的啦。」

鐵平不以為然：「只怕不夠。爺聽說閹割這一關，很多小崽子都過不去。聽說呀，每兩人當中就有一人死於失血。所以呀，咱們至少得準備四百個小崽子備用！」

千總連連領首稱是。但他還是忍不住把自己的疑惑說了出來：「大將軍，皇上幹嘛在幾千里外的窮鄉僻壤選太監?京城附近，有的是小男孩！」

鐵平教訓道：「這你就不懂了。皇上自個也是窮孩子出身，越是荒蠻地，那孩子就越樸實，個個吃苦耐勞，不像城鎮裡的孩子滑頭。」

千總折服：「皇上聖斷！」

鐵平興致勃勃地繼續說：「還有哪，蠻荒地裡的孩子進了京城，舉目無親，兩眼一抹黑，他們靠誰?只能靠主子！所以，他們一輩子都會死心塌地地忠於主子。」

千總臉上是恍然醒悟的表情：「皇上真是深謀遠慮的聖君啊，末將簡直佩服死了！」

沒想到鐵平突然臉變色，冷冷地說：「兄弟，爺看你就是個城鎮崽子，油嘴滑舌的。」

千總膽怯地低頭：「末將不敢。」

鐵平板臉問道：「撥給你五百兩銀子，還剩多少?」

千總回答：「末將奉命買孩子，每個孩子二兩銀子，都使盡了。」

「放屁!爺查過了，那兩百多個孩子，多數是你搶來的！」

千總賠笑辯解：「小的該死。末將是搶了幾個。反正他們裡面孤兒多，搶比買便宜多了。」

鐵平笑：「不錯，搶比買也痛快多了。特別是，你把爺給你買孩子的銀兩，都他媽私吞了！是不是？」

千總驚恐地雙膝顫抖，說：「末將有罪，末將貪小便宜了……」

鐵平生氣地說：「你知道爺在乎什麼。爺在乎的是，你他媽的抗命！爺讓你買，你哪，你他媽的搶……銀子哪？」

千總臉色蒼白地跪下：「銀子都換成酒肉吃進肚裡了。」

鐵平冷笑道：「爺早瞧出來了。這一路，將士們是越走越瘦，你小子是越走越肥！你福氣大了！」

千總伏地求饒：「末將有罪，請大將軍饒了末將這一回。」

鐵平怒氣沖沖的目光俯視地上的千總一眼，卻用親切的聲音說：「兄弟，甭怕！爺替你取出來！」

狂呼亂叫的千總被幾個侍衛強行拖了下去，鐵平泰然地喝著酒，嘴裡吩咐：「開膛破肚，把他肚裡的酒肉刮出來餵狗！」

一會兒，外面傳來陣陣慘烈的叫聲，鐵平踱了出去，目光視而不見地掠過綁在樹上的千總，他是被殺豬刀剖膛的，用的也是殺豬的方法，一刀刺進去，用力往下剖開胸脯，扒出五臟六腑。他已經成了血人，一具被宰殺的牲畜。因極度駭怕而變形的面孔因為靈魂已經出竅而鬆弛下來。

鐵平背對著他，冷靜地命令手下人從明日起四處購買男孩，務必湊足四百人。

手下喃喃地說出了擔心：「稟大將軍，要是買不到那麼多呢？」

鐵平不以為然地揮揮手：「笨蛋！買不到就搶唄。」

手下臉色立馬發青，眼睛躲躲閃閃地瞟向鐵平身後，又疾速跳開，就像找不到安全落腳處的蚊子那樣慌里慌張。他囁嚅：「大將軍，千總不是……」

鐵平恍然：「哦，他嘛，爺沒有令他搶，他竟敢搶，這是抗命！現在不同了，爺命令你連買帶搶，所以呀，你買也是對的，搶也是對的。放膽辦差吧！」

這時，麻衣老人背著渾身泥血的小馬和過來了。

鐵平喝問：「什麼人？」

麻衣老人放下馬和，向鐵平折腰：「將軍，這孩子是半死的人了，經不住閹割了。請將爺放他一條生路。」

鐵平萬沒想到馬和還活著，愣愣地看了他半天，終於嘆道：「小子……爺佩服你！真他媽的佩服你！」

他上前，將小馬和提起來。一把提進將軍廟。指著案桌上的酒菜說：「吃吧喝吧。」見馬和傻愣著，又催促：「吃啊，爺喜歡你！」

馬和伸出雙手，抓過肉塊狼吞虎嚥。鐵平欣然地望著他，問：「你叫什麼名字？」

馬和繼續吃，嚼東西的一個間隙，他抽空回答：「馬和。」

鐵平告訴他：「爺叫鐵平，征南大將軍。」口氣裡有忍不住的自豪。這自豪此刻代表了他對待馬和態度上的平等，也說明，馬和在鐵將軍心裡，已經掛上號了。

馬和幾乎噎著：「大、大將軍……」他的樣子實在不能算恭敬，可是口氣裡卻表露出海一樣深的欽慕。

鐵平心裡十分受用。臉上掛著矜持的表情絮叨：「爺小時候，也受過罪。被財主打得稀爛，死去活來呀……爺命大，多少次九死一生，如今成了大將軍。你哪，命也大。一會，爺叫最好的隨軍醫官給你療傷。」

小馬和扭扭頭，堅強地說：「不用他管，我自己會好的。」

鐵平心裡更舒坦了，他讚道：「有骨氣。人哪，受的傷越多，就越結實！你說是不是？」

小馬和似懂非懂地點點頭，嘴裡含糊地說：「是。」

鐵平替馬和斟了一杯酒，推到他跟前，鼓勵他：「繼續吃，不要停下來。」

馬和摸著酒杯，心裡一熱，思維就此恢復了正常狀態，他遲疑地喚了一聲：「大將軍……」

鐵平看著他：「只管說。」

馬和的聲音發顫了：「我，我不想……」

鐵平替他把下面的話說出來：「你不想被閹割，不願當太監，是嗎？」

馬和的眼淚「刷」地流了下來。他認真地點頭：「是。」

鐵平的聲音溫和了：「你寧肯死，也不願失去男兒身，是嗎？」

馬和大聲說：「是！」

鐵平沉默半晌，終於說：「爺手下正缺幾個親兵呢……爺瞧你小子，可以造就。」

夜深了。鐵平和麻衣老人來到河邊巡視。溶溶月光下，橫七豎八地躺著等待宰割的男孩，他們全部沉浸在睡夢之中，此起彼伏的輕微鼾聲彷彿是籠罩在他們上方的一張溫馨之網，鐵平觸景生情，隱隱心生不忍。他壓低聲音感嘆：「這些小崽子，沒爹沒娘的……」

麻衣老人附和：「而且無親無家，生死莫測。」

鐵平疑惑地問：「什麼意思？」

麻衣老人嘆息：「大將軍啊，閹割乃戕身之術。一刀下去，心脈血脈，皆受重創，自古以來，很多想當太監的孩子過不了這一關……」

鐵平聽到這兒，打斷了麻衣老人的話：「這我聽說過。但皇上嚴旨，本將豈能不遵？這樣吧，三天之內，我給你四百個孩子。你哪，要給我二百個太監，個個都得活蹦亂跳。一個不准少！」

麻衣老人沉吟片刻，告訴鐵平，不一定能存活那麼多。

鐵平反問：「你不是閹割了一輩子嗎？祖上幾代都以淨身師為業？你那些房子、家產、地，不都是割小娃兒的卵蛋子割出來的嗎?哈哈……別人稱你『陰刀劉』,都說你本事大著呢!」他的口氣裡含著譏諷,心底竊怪麻衣老人有點作怪。

麻衣老人悲戚地說:「大將軍的舌頭才是一把刀!老奴萬萬當不起。老奴自個兒心裡有數,割卵蛋子,是我這輩子最大的罪過啊!」

鐵平罵道:「既然知道是罪過,為什麼還要幹這一行呢,為什麼還要割?損不損哪,你?!」

麻衣老人的表情帶點無可奈何的沮喪,說出來的話卻咄咄逼人:「這就得問朝廷了。大將軍想想,如果朝廷不需要太監,下頭豈會有什麼『陰刀劉』?」

鐵平一時語塞,麻衣老人告訴鐵平,他這輩子,還沒有割過一個不願意淨身的人!入太監門,必須自願,這是他們的行規。但這一次他接觸了這些孩子,卻感覺有異。

鐵平半天無語,終於有些艱難地說:「他們……並不都是自願的。」

麻衣老人睜圓了眼睛,激動地說:「果然!不是自願,『陰刀劉』絕不下刀!」

鐵平急了,也睜圓了眼睛:「那我就殺你!」

麻衣老人反倒笑了,坦然道:「這我也猜到了。老奴這輩子割了別人無數刀,如今已是朽木枯枝,就等著別人砍我一刀了。」

鐵平覺得自己反被麻衣老者將了一軍似的。他在孩子睡的地方走了幾個來回,對老人說:「這樣吧,我上奏朝廷,賞你一千兩銀子,二百畝地。」

老人搖頭，「將軍，你知道我不是這個意思。」

鐵平只得央求了：「劉大師，鐵平求你了！」

老人苦笑笑：「老奴不是大師，只是一個『陰刀劉』。傷天害理的事，我寧死不為！」

鐵平一時間有點束手無策，心中十分惱怒。他蹙著眉頭想了想，將計就計地威逼：「爺想好了。你不為他們閹割的話，爺就讓兵勇幹這事！」

麻衣老人果然大驚：「大將軍以為他們是雞鴨豬狗呀？他們不是畜生，是人！是孩子！」

鐵平冷笑了：「爺還沒說完呢！這些兵勇都是虎狼之徒，他們自個的死都不在乎，還會在乎這些小崽子的生死嗎？只要爺一聲令下，他們沒有什麼下不了手的，就像殺雞屠狗一樣，他們會把這些小崽子都閹割乾淨！」

麻衣老人聽得呆了，好久才開口：「這樣，八成的孩子都會失血而死！這可是傷天害理的事啊！」

鐵平的話像榔頭一樣擲過來：「傷天害理的是你，誰叫你不肯下刀呢？」

麻衣老人屈服了。否則，鐵平會瘋狂地再去抓孩子來糟蹋。他請鐵平提供一百隻豬苦膽，剖成薄片，用來敷裹傷口止血。

鐵平卻做不到。他讓麻衣老人睜大眼睛看看這世界，死人比活人還多，就是沒豬。他兩手往老人面前一攤：「山民們都餓得吃人了，哪來的豬？」

為了這次閹割，鐵平已經吩咐兵勇在野地裡搭了一座巨大的營帳。第一批十幾個孩子被帶進了營帳。坐在營帳裡吹簫的麻衣老人吹完了一支曲子才睜開眼睛。他嘶啞地說：「脫了吧……都脫了。」

孩子們一絲不掛地站在老人面前。麻衣老人仔細打量他們的身材、陽物，並且用洞簫不時地撥拉幾下他們的腿腳。間或說一聲：「孩子，你的陽物太大了，已經不能淨身了，出去吧。」於是，這孩子如蒙大赦，欣喜如狂地跑出去了，剩下的孩子仍然恐懼萬分。

麻衣老人巡視完畢，讓孩子們禁食，告訴他們，明兒五更，在月亮落山太陽尚未出山的時候，就給他們淨身。

孩子們一片驚叫，有的孩子當場哭出聲來，他們不知道如何擺脫自己的無助和恐懼。

麻衣老人慈祥地安慰他們，淨身不是殺生，而是做人的福氣！曾有過不少窮人家的父母領著孩子來，求著他為自己的孩子淨身，薦到宮廷享福去。他告訴他們，宮廷裡到處金碧輝煌，三餐有雞鴨魚肉，庭院中柳暗花明，身上穿綾羅綢緞……有了主子，就是有了靠山，再沒有人敢欺負你們了……還能見到皇上呢。這樣好的地方，不淨身可去不成。

孩子們聞言，唧唧喳喳相互議論起來，有的孩子把宮廷想像成了兒童的樂園，說得其他孩子歡欣鼓舞起來。連一邊的兵勇也羨慕不已，後悔當初沒去鬧個太監幹幹！

馬和最後還是被強行按在了那張血淋淋的閹割臺上。他始終沒有弄明白鐵平為什麼很快就改

變了主意。鐵平說是因為宮廷裡催得緊，而麻衣老人那裡閹割後存活下來的孩子不到兩百。他要是完不成皇命，皇上就會砍他的頭。他對馬和說這些話的時候，馬和正在鐵平睡覺的營帳裡舞劍。那是大白天，馬和剛剛從外面的陽光裡走進鐵平的營帳，是榻前擱的劍吸引了他，他把它當做了一件大玩具。他輕輕拔出劍，劍鋒寒光四射，鏗然有聲，他手執沉重的劍把，擺出擊劍的姿勢……已經睡著了的鐵平此時像有感應一樣地醒來了。他驀然睜眼，看見眼前劍鋒的寒光正對著自己閃爍，大聲驚問是誰？等看清是馬和，他沉沉的聲音裡充滿了猶疑，「怎麼？你想殺我？」半開玩笑半認真的問話，嚇得馬和連連後退。

等鐵平打完哈欠完全清醒過來，馬和的命運就被重新安排了。日後馬和對大人物的心理活動能夠大體揣摸的時候，他得出的結論是，他們的隨心所欲其實還是有規律可循的，甚至是鐵的規律。但他從未把自己的體會告訴別人，那種東西，一經言傳，就成了隔日茶水，會變味貶值。尤其是一些細枝末節，充滿了詭譎誤會和自以為是，有些細節只能供你獨個兒想像組合，由此及彼。

閹割台下面是一隻大銅盆，馬和進去的時候，看見了盆裡的鮮血。馬和一上「手術臺」，頭和兩臂就被木枷牢牢固定住。就在他瘋狂叫喊、掙扎的時候，麻衣老人將一隻剝了殼的熟雞蛋塞進馬和口裡，再用一根布帶裹住他面部。小馬和的口唇在布罩下努動，卻發不出一絲聲音。就在這時，他的兩條腿也被幫忙的兵勇們強行分開緊緊地綁在了臺子上。

麻衣老人和藹的聲音好像是從門外飄進來的一支古曲：「孩子，你把嘴裡的雞蛋嚼碎，慢慢吃下去，長點力氣……你放心，一點都不痛的，只是有點麻。」

馬和仍然掙扎，但已經明白無濟於事。他的心裡充滿了對失去男根的恐懼與對自己眼下身體的依戀。麻衣老人用左手輕揉馬和的下身，右手卻攥著一柄小小的、鋒利的柳葉刀。他將刀口在炭火上燒一燒，對馬和說：「孩子，想些高興的事。比如小魚在湖裡河裡游泳，鳥兒在花叢樹間鳴叫，有爹娘的話，就想想同爹娘在一起的時光……」馬和平靜了些，嘗試去想這些事情，突然間，淨身師的那一刀割下來了！

馬和以後一直不敢回想這個時刻，難得的詩情畫意在頭腦裡尚未形成像樣的畫面，頃刻就被爆炸性的疼痛所摧毀，馬和固執地認為那個神聖的地方變成了一個血肉模糊的巨大窟窿。他瘋狂地掙扎，連整個木架都跟著吱嘎作響。終於，他掙開了布罩，露出變形的臉部，發出了驚天動地、慘絕人寰的吼叫：「啊！！……」

結婚以後，馬和曾經告訴過妙雲，這是他最後一次發出男人的吼叫，從此以後，他發出的聲音再也無法與他本人般配，那根本就不再是他的聲音。妙雲微笑著提醒他：「你那是孩子的叫聲，一個十一歲的孩子，還沒有成年男人的嗓音呢！」馬和更加失望：「那麼，我這輩子從來就沒有用男人的嗓子說過話？」妙雲軟語寬慰：「什麼男人的嗓子？正常男人還有長著一副女人嗓子的呢！我們女人裡面，也有人反倒長了男人嗓子的呀。」

不過當時馬和的慘叫，是從肺腑間迸發出來的怨憤，幾乎撐破了他的嗓子，有瀑布飛流直下千尺的氣勢，把營帳裡的人都嚇得目瞪口呆。麻衣老人絕望地搖頭嘆息。而馬和，吼聲之後，就昏死了過去。

【第二章】

閹割全部結束。

營帳內，一排排孩子躺在地榻上，每個人的手、足、四肢都被繩索固定在榻架上了，一個人就是一個「大」字形，在每個孩子的襠部中間，一腔細細的血水仍在有氣無力地不斷往外滲。

走進來兩個兵勇，挨個試了試孩子們的呼吸，沒有氣息的，兵勇就解開繩索，將死去的孩子扔到營帳外面的戰車上去。一輛戰車堆滿屍體後，馭手就揚鞭將車馳向荒野去了。

馬和還在營帳裡。他死去活來，活來又死去，死去又活來！遠處山野傳來陣陣狼嚎，營帳裡響起一縷憂傷的簫音，曲折哀婉，飄搖不絕，剛剛睜開眼睛的馬和一眼就看見了映在營帳壁上的麻衣老人的身影，才明白過來自己身置何處，他本能地乞求：「水……水，我……要……喝水。」他張嘴說話的時候，喉嚨口像被剝了皮那樣的疼，他一個字一個字說出一句完整的話，就像在慢慢撕開那兒的皮。

麻衣老人對營帳內的任何細微動靜都很警覺。他往馬和那裡望了一眼，見這個硬小子還活著，心裡一喜，但他一口拒絕了馬和的要求：「小子，現在絕對不能喝水。你喝一口水，就流一碗血水。水喝得越多，你就死得越快！」他的聲音也是沙啞的，那是勞累所致。身累，心更累。

接著，更多的孩子在昏迷後醒來，每張嘴都在艱難地呼喚：「水……水……要喝水。」

麻衣老人站了起來，他揮起洞簫就像私塾先生舉著教鞭，他告誡大家：「要忍。『忍』字就是一道鬼門關！誰能忍，誰就過去了。誰忍不住，誰就過不去。往後，你們要忍的東西還多著哪！」

然而，他的話不起作用，就像遠水救不了近火。他在說話的時候，此起彼伏的呻吟呼喚聲吵得帳幕晃晃蕩蕩，因為眼下唯有這才是宣洩痛苦的快捷方式。終於他發火了，執籥猛擊大銅盆，哐！……餘音震耳，經久不絕。「住口！」他因為用力而渾身發抖，聲音沙啞反倒更顯威嚴：「疼痛算什麼，這才剛開始，苦日子長著呢！」

孩子們因驚駭而安靜下來。小馬和驚疑地問：「劉爺，你不是說一眨眼就過去了嗎？」

麻衣老人有一刻沒有說話。不知他是在醞釀情緒還是在斟酌措辭。事實上，他的內心是有過一番掙扎的，要不要對他們說實話，大實話？事實往往是殘酷的，揭示事實真相有時候比事實本身更殘酷。所以就有「察見淵魚者不祥」一類的話。對於躺在榻上的這些孩子，他是劊子手，同時也是再生父母。沒有他，就不會有今後的他們。什麼樣的人生不是人生？又有誰能論斷哪一種人生更值得留戀？是在窮鄉僻壤的泥土地裡耕作、在家徒四壁的草屋裡拖兒帶女地慢慢老死，還是走進皇宮置身聲色犬馬五彩繽紛的熱鬧舞臺之上，與各方力量各種角色別出心裁不動聲色地暗中較量一番？這樣想的時候，麻衣老人其實也安慰了自己。最後，他咳了一聲，清清嗓門，決定以孩子們長輩的心情，對他們實話實說。除了他，還有誰會真心教導他們？而他，恐怕以後也不會再有機會。

「下刀前，是爺爺騙了你們。騙你們是為你們好哇！現在，爺爺告訴你們實話，閹割是非常痛苦的，在許多許多年裡面，刀口處一不小心就會紅腫發炎。那個地方同其他傷口不同，那是一塊經常活動受磨擦的地方。所以，你們這輩子，對自己的身體只能格外的當心。不僅是身體上要當心，侍候主子也要比別人小心，因為太監是離主子最近的，不小心，就會搭上自己的命。不過，最需要小心的，卻是做人，做人更要時時處處謹慎小心。你們中間誰念過書？『如臨深淵，如履薄冰』，聽說過嗎？太監做人就得這樣，否則，一不小心，你心裡的痛楚就會主宰你，在你的體內蔓延，就像身體裡的潰瘍，讓你痛不欲生……」

小馬和恐懼地問：「為什麼？」

麻衣老人苦笑笑：「為什麼？嘿嘿嘿……因為割去的不光是你的男根兒，還割去了你做人的尊嚴。旁人可以隨時揭你的短。有的人，臉上同你笑瞇瞇地講話，心頭或許正在嘲笑你的殘缺呢。你一不小心，便會遭受屈辱。唉，凡做人沒有尊嚴，苦難就沒有盡頭，日子就無滋無味！」

馬和憤怒了：「你原來騙了我們！」

麻衣老人搖搖頭：「不是我騙你們，是你們自個的命啊！人啊，什麼都抗得過，就是抗不過自個的命！就像爺爺我，難道自己生下來就想幹這一行？命呀……」

「那我們以後怎麼辦呢？」好幾個稚嫩的聲音悲傷地問。有人嚶嚶哭了起來。

麻衣老人好像沒聽見孩子們的發問，他繼續說：「聽著，從今兒起，你們就不是男人了。你們在世人眼裡甚至不是人！你們是太監，是閹人，就算你功名齊天了也只是個宦官。男人瞧不起你們，女人也瞧不起你們，甚至連太監自個也瞧不起自個！」

麻衣老人的話像竹尖刺心般讓人疼，馬和甚至揉了揉心口，他的眼睛裡緩緩淌下了淚水。

麻衣老人還在說：「從今兒起，你們就得忘了自個的親人，因為你們已經無根無後了，你們比孤兒更苦，因為你們這輩子將沒有婚姻，也沒有子孫。你們的未來只能靠自己打拼，靠主子照應。哦，你們在主子面前，要像狗那樣乖巧，像牛一樣能忍受……」

帳篷內到處是哽咽之聲，麻衣老人也不禁老淚縱橫。馬和怒叫：「我不做太監！我為什麼要不是人？」他拚命地掙扎，致使胯下的血越流越多。

麻衣老人看破馬和的用意，索性順水推舟地鼓勵馬和：「我知道你是不想活了，那就使勁掙扎吧！血快快地流盡了，你也就解脫了。人生在世命憑天，誰還沒個死啊！」他用反話激將馬和，見他有點疑惑，就故意將頭轉向別處，對另一邊的孩子說：「想活的人再聽聽爺爺給你們講講當太監的好處！」

馬和停止了掙扎，他不相信地問：「當太監也有好處？」

「當然！」麻衣老人爽快地回答。「世間萬事萬物都有兩個方面，陰陽相生嘛。所謂『禍兮福之所依，福兮禍之所伏』，就是說的這個理，當太監也一樣。你們聽著，這第一呀，割去了男根以後，你們永遠不會再有愛情的苦惱了，也永遠沒有婚姻的麻煩了，古往今來，多少癡情男女為了愛情尋死覓活的事情，在你們身上不會再發生了！你們不僅身子乾淨了，心性更乾淨。沒有了女性的磨殺，就可以把所有時間、所有本事都用來忠於主子，輔佐聖上，建功立業！這是不是一樁大好處呀?!」

所有的孩子都似懂非懂。有一個羸弱的小孩子看上去還不到十歲，顯得歡欣鼓舞：「我正好不喜歡結婚！」

「再者哪，太監常常是皇上的親信，是後宮娘娘的寵物。你們想想，我們的國家有多麼大，可是，要什麼樣的人才能見到皇上呢？有幾個人走得進那神秘的後宮呀？就是朝廷裡的大臣，要見皇上也不容易。他們只能巴結皇上身邊的太監。因此，各級官吏，對太監是敬畏交集、又恨又怕呀！你們只要一門心思侍候好皇上就行了。侍候好了皇上就等於坐穩了天下。太監啊，在皇宮裡是奴才，出了宮就是大搖大擺的皇差，就是別人眼裡的主子了！這樣的好處你們想不想啊？」

麻衣老人笑瞇瞇地問，稍稍自得地瞥一眼聽得發愣的馬和，好像他已經把他們帶到了金碧輝煌的宮殿面前。

不少孩子的表情興奮起來，在他們充滿希冀的注視下，麻衣老人將太監的好處發揮得淋漓盡致：「第三，割去了男根，你們將會強身健骨，祛病延年。男根是男人的寶，也是男人體衰之病根啊。你們看看那些騸過的豬兒、狗兒、雞兒，比那些沒騸的長得壯實！這是不是好處啊？」

馬和卻哭了：「不！我不要做騸過的豬和雞。大人們說過了，騸了它們是為了讓它們長得快長得肥，是為了快快讓人吃。嗚嗚嗚……」他一用勁，下身噴出一腔鮮血，於是又昏迷了。

麻衣老人嘆著氣重新坐下去，他盤腿坐了片刻，又拿起洞簫吹起來，後來，他睏了，迷迷糊糊睡著了，等他再次睜開眼，看見幾個兵勇又進來拉死人了。他們像拎小雞一樣將死去的孩子拎出門。地鋪上立刻空出許多位置，麻衣老人顫抖著身子站起來，對尚活著的孩子說：「孩子們，現在你們可以進食了！」

馬和也被拎出去了。他像最終解脫了似的，四肢鬆鬆垮垮地耷拉著，令人想起剛死不久的螃蟹。對眼前的一幕早已熟視無睹的麻衣老人，目送著馬和的屍體離開，他甚至朝前跨了幾步，像要追上去要回馬和。但馬上他又縮回了腳步，嘆氣道：「唉，命呀……」

他的聲音和眼睛裡流露出來的留戀一起留在了秋天的空氣裡。

馬和被車子載到野外的大土坑前，幾個兵勇七手八腳地將車上的死孩子扔進坑去，很快，新的屍體將原來的屍體遮住了，車裡空了，兵勇在屍體身上蓋了一塊竹席，然後開始鏟土掩埋。

忽然響起一陣馬蹄聲，鐵平疾馳而來，跳下馬步至坑邊，兵勇們立刻停止了動作，躬身行禮。

鐵平掀開竹席的一角，沉默地望了一會兒裡面的死屍，沉重地自語：「真他媽作孽呀！」他用力放下竹席，怒叫：「娘的，怎麼死了這麼多?!」

侍衛答道：「稟大將軍，小的細細點驗過，甭看死的多了點，活下來的也不少啊。」

鐵平急問：「活的有多少？」

「足有一百九十個……」

鐵平大怒：「不夠！爺給了『陰刀劉』四百個小崽子，令他給我兩百個活蹦亂跳的小太監——媽的兩個還一個，爺寬容到家了！現在，他只還爺一百九，整整差了十個！『陰刀劉』不但違背了爺的將令，還叫爺難以向皇上交差！爺豈能饒他？」

侍衛隨聲應道：「小的立刻將他抓來砍嘍，一塊兒埋這兒！」

鐵平不以為然地擺手：「不急。他死了，就絕了一門手藝，爺找誰閹割小崽子？」

「請大將軍示下。」侍衛的表情有點疑惑。

鐵平望著土坑，臉色難看地說：「『陰刀劉』必死，但他得辦完差使再死。聽著，你帶上兩哨人馬，再帶上幾百兩銀子，趕往附近山莊。令你在天黑之前，務必搜買到二百個男孩，帶回來，叫『陰刀劉』接著閹割！」

侍衛心裡為難，他微微偏過臉朝四周瞧瞧，這裡是荒蠻未開之地，深山野嶺，人煙稀少。他說：「大將軍，萬一弄不到這麼多男孩……」

鐵平親切地微笑了：「爺告訴你一個法子……」

侍衛大喜：「請大將軍示下！」

鐵平突然板下臉來，惡聲說：「如果短少一個，就把你閹了！聽明白了麼？」

侍衛大懼，連忙應道：「末將遵命。」呼喝兵勇，匆匆策馬而去。

鐵平一個人在大墳坑前踱步。尚未來得及掩埋的孩子在薄土與竹席下無聲無息地躺著。竹席並沒有把他們蓋全，邊上的孩子有的露出腦袋，有的露著手足，有的露著半邊衣服……鐵平終有不忍之心，也由此心悸地想到這真是傷天害理之事。這些無辜的窮孩子，真是命比紙薄啊！他長嘆道：「小崽們，甭怪爺啊，爺是奉旨辦差。將來，爺也一樣要身歸黃土，還不知怎麼樣死，死在何人的手裡呢……」

忽然，一片土沫竟然聳動起來，下面發出喘息之聲，輕若游絲，似有似無。

鐵平大為驚駭，跳開往後退，眼睛卻盯著竹席，果然有動靜，上面的土有些在滑落。有人還活著？他忐忑不安地走上前，用手刨去竹席上的泥土，再掀開竹席，一個孩子在掙扎！鐵平興奮地一疊聲叫道：「甭急，甭急，爺來了！」他小心地抱起那個正在蠕動的孩子，低下頭一看，天哪，這孩子不是別人，就是小馬和！他又置死地而後生了！他是一而再、再而三的置之死地而後生！這恐怕是天意了。一向無所畏懼的他，突然對眼前這個孩子的頑強生命力與不可思議的生存韌性產生了敬畏。為掩飾自己的詫愕，他大聲地叫：「喝，是你啊小子？了不起！佩服，爺佩服你！」

馬和顫動著雙唇輕輕叫了一聲：「大將軍……」

鐵平將馬和摟緊了，翻身上馬。他將馬和帶進將軍廟，吩咐手下快快準備吃喝的。馬和早已饑渴交加，見了食物就狼吞虎嚥地往肚子裡送，鐵平在一邊看著問：「還疼嗎？」

「疼。」

「疼還這麼能吃？」

馬和羞澀地笑笑：「不吃就更疼了。」

鐵平大加讚賞：「好小子，有種！爺第一眼看見你時，就知道你是個硬疙瘩。多吃點，吃飽喝足，長大跟爺一樣出相為將。」

馬和低頭不語。好一會，他才艱難地說：「大將軍，我不會跟你一樣了。我已經是個太監了。」他的聲音裡沒有了小孩子的感情色彩，表情平靜得令人心酸。才幾天呵，一個朝氣蓬勃的孩子就變成了一個四平八穩的大人，鮮活的個性生生給磨平了，連說話的音調都像潭裡的死水一樣波瀾不驚，目光中更添了如煙的滄桑，鐵平心中大大不忍，他略一思索，突然哈哈大笑起來，裝模作樣地伸手到馬和襠下摸了摸，戲謔道：「不就少了二兩肉嘛，爺身上碗大的傷疤數都數不過來呢。你這算個屁！小子，爺告訴你，太監一樣是人，只要有志氣，誰都能創下千古功名！」

小馬和將信將疑的神情，激起了鐵平的責任心和虛榮心，他和藹地告訴馬和，他小時候，就是個放牛娃，如今卻成了大將軍。他這個大將軍，是自己用一身傷疤拼來的，也是放牛娃們用自己的命堆出來的……正準備滔滔不絕地教導馬和一番，卻不料半路殺出個程咬金，副將進來匆匆揖報欽差到了。

鐵平一怔，忙起身說請。他扭頭對馬和說：「這個欽差就是太監。你瞧著，爺這個大將軍還要向太監叩頭呢！」

馬和退到後頭，好奇地注視著走進來的人。一個中年使臣執黃軸入內，揚聲道：「聖旨到——著征南大將軍鐵平接旨。」

鐵平迅速跪拜在地，嘴裡應：「末將在。」

欽差展開黃軸，微微昂著頭念：「征南大將軍鐵平，連戰皆捷，剿滅前元餘孽，平定雲貴，忠勇可嘉。著其率部班師，攜新招太監二百人返京聽用。朕另行封賞。欽此。」

馬和細辨太監聲音——女人的嗓子，卻用了十二分男人的腔調。

鐵平果然重重叩首道：「末將接旨。」起身虔誠地接過聖旨，立刻吩咐侍衛帶著欽差去喝酒領賞。

欽差歡歡喜喜去了。鐵平拍拍馬和的肩胛，說：「看到了吧？爺沒說錯吧？小子，福氣來了，皇上惦記你們了。要爺領你們進京呢！」

沒過多少日子馬和他們這幫小太監就真的進京了。進京前他又經歷了幾件大事，其中一件是：麻衣老人死了。而且死得驚心動魄。這件令他瞠目結舌的事情深刻地豐富了他的內心體驗，甚至在以後的關鍵時候影響了他的人生。

他們這些活下來的小太監好像都是一夜之間就懂事的。他們去找麻衣老人的時候顯得很文明，個個都像來自於禮儀之邦。他們是排著隊進去的，那座緊閉著大門的巨大廟宇在空落落的草地裡顯得陰森可怖，馬和站在外面靜靜地觀望了一會，上前敲門，嘴裡很得體地喊：「劉爺！劉爺！弟子拜門來了！」於是，所有的小太監都跟著這樣說。

麻衣老人啟門問：「想取回你們的寶？」

小太監們齊刷刷地響亮回答：「是的。」

麻衣老人讓進他們，特別摸了摸馬和的頭，感慨道：「知道太監規矩了。」

他們步入了一個令人毛骨悚然的大堂。麻衣老人手指著上方讓他們看，高高的房梁上，吊著無以數計的小瓦罐，像蜂巢那樣垂下，如一片密密麻麻的森林。每只瓦罐都用小紅繩高高繫著，上面貼著小黃紙片，紙片上寫著姓名、年月……

麻衣老人領著他們在瓦罐叢林中穿行，告訴他們，從南宋末年開始，劉家就被欽定為淨生師，專事閹割，為宮廷內府供應太監。到劉爺這裡已經是第五代傳人了。劉家一柄三寸柳葉刀，傳了有一百二十年哪！劉家先後為六千多個男兒淨過身，助他們入宮當太監。這些人，萬花筒似的，什麼樣的都有！有的人曾貴如天子，富甲王侯；有的人活得很窩囊，豬狗似的，賤如糞土。有的人智勇超群，位居朝廷中樞，賤太監反而成了宮廷主子，連皇上都懼他三分；也有的人心狠手毒，貪婪無比，到頭來自己慘遭殺身之禍，連屍骨也進不了祖墳！掛在這裡的，都是他們早年留下來的男根兒。

未來的小太監們打量著梁上瓦罐，戰戰兢兢地紛紛提問：「為什麼要把男根兒留在這兒呢？」

麻衣老人告訴他們，當年這些孩子想進宮做太監，可是連淨身的銀子都沒有，只得把男根押在這兒，等日後功成名就，再回來贖。上百年過去了，仍然有一千多個男根兒沒人來贖，說明這些孩子沒混出模樣來，就死了。

馬和突然問：「那為什麼要掛這麼高哇？」

「這是因為這東西金貴。太監的男根，長在身上是個厭物，離了身就是寶物了。太監死的時候，得把寶葬在身邊，這叫全身，否則，亡靈永遠不得超渡。」

麻衣老人說此話時，臉上是肅穆的神色。

馬和聞言，帶頭跪地乞求劉爺把寶還給他們。沒想到麻衣老人毫不為難他們，爽氣地說：「你們不說，我也會把它們還給你們，不收一文銀子。」小太監們聽了都感激地給老人磕頭。

老人轉過身，就近從梁上摘下一只瓦罐，看著名字一個個分給他們，告訴他們，這些寶都用藥腌製好了，寒暑不腐，百年不壞，好好珍藏著，死的時候就葬在身邊。

孩子們小心翼翼地接過瓦罐，垂泣叩首。

老人再道：「還有，將來萬一你們犯了大罪，主子要殺你們，你們可以告訴主子，太監有一個天條，再大的罪也不能用刀，因為你們小時候已經挨過一刀了。主子可以把咱絞死、燒死、淹死，就是不能動刀。記住了嗎？」

孩子們顫抖著，聲音零零落落地應道：「記住了。」絞死、燒死、淹死，都是讓他們心驚膽戰的字眼，他們不敢去想像這樣的未來。

麻衣老人此時哈哈地笑了，揮揮手讓大家起身離開，他大聲說：「孩子們，你我的恩怨在此了斷，你們好自為之吧！」

孩子們離開之後，廟堂的鐵門就重重地關上了。很快，鐵平派人來抓麻衣老人，兵勇們怎麼也敲不開廟宇的門，於是砸門進去，廟內突然騰起熊熊火焰，馬和跟著進了廟，大叫：「劉爺爺，你在哪裡？」

火焰中傳來麻衣老人沙啞的聲音：「劉爺破壞了祖傳規矩，給不願淨身的孩子淨了身，罪孽深重啊……劉爺死了，就清淨了！」

馬和循著聲音，看見一個火人在扭轉，掙扎，他大聲哭叫：「劉爺！劉爺……」

「馬和，接著！」隨著竭盡全力的一聲，一個人影在烈焰中倒地，而一支黑簫從大火中擲出，落在了馬和的身邊。馬和拾起洞簫，只見它尾部已被燒焦，冒著輕煙。馬和撩起布衣，珍惜地擦個不停，眼淚嘩嘩直淌，滴在洞簫上，他再擦乾。

因為這支洞簫，更因為「陰刀劉」以死懲罰自己，「陰刀劉」成了馬和一輩子都懷念的人物。他把他當做人生的第一位老師，一位同自己關係密切的長輩，而那支洞簫，則成了他終生的神秘伴侶，他孤獨的時候，憂鬱的時候，痛苦的時候，它就是他的眼淚，就是他的男根，甚至就是他的孩子。

馬和認命了。當他來到紫禁城，走進雄偉壯麗的南京金川門的時候，他暗暗慶幸自己沒有聽從王景弘的勸說一逃了之。那一晚天上沒有月亮，他們就在一條河邊露宿，鐵平沒有給他們上繩套，他很放心，說，一個男人，沒有卵子，跑哪兒都是無用的人，只有一條路，就是進皇宮！那一晚要逃跑也許是易如反掌。王景弘聽人說，皇帝每天要吃掉一個太監，他把這話傳遞給馬和，慫恿他帶頭逃跑。然而馬和已經不再是一個月前的馬和了。他眼中的激情像微弱的火苗，風一吹就熄滅了。他望著河水，半晌，低低地說：「我們已經被閹割過了，就不能像常人那樣隨著自己的氣性想問題、行事了……」

王景弘失望至極，而馬和，眼睜睜看著同伴在失望與絕望的情緒裡煎熬，一直沉默不語。其實，馬和的內心裡同樣的風起雲湧，他正痛苦地體驗著自己的殘忍。然而同時，卻有一種超經驗的直覺左右了他，那是一種左右命運的直覺。後來他想，也許一切都是命定的。這種想法出現的時候，他的心內才稍稍平靜些。於是他摸出洞簫，全神貫注地吹起來，他吹的是「陰刀劉」生前吹的那首曲子。鐵平踏著不成調的曲子尋過來，馬和要起身，鐵平擺手讓他繼續。鐵平仔細看著馬和執簫的姿勢，若有感觸，長嘆了數聲，無言而去。

王景弘後來也沒有逃，他同馬和一起，坐著大車經過巨大的樓門洞進入紫禁城。城樓上刀矛林立，旗甲閃爍，侍衛們一個個昂首挺胸，像少林寺裡練功夫的木樁一樣紋絲不動。門洞裡發出的轟隆隆的回音，好似是地底下傳來的。馬和、王景弘和他們的小夥伴，一個個目瞪口呆，真沒想到天下還有如此壯麗的地方！這地方在孩子們的眼中是那樣的不可思議！

也許就是在這一刻，王景弘打心眼裡原諒了馬和，並且重新佩服他了。

馬和他們排著隊來到廣場的時候，看見這裡已經聚集了一大片小太監。只見關卡前，兩個成年的內太監正在給新來的小太監驗明正身。輪到馬和了，他們像檢查牲口一樣在馬和身上東摸西摸，甚至扒開他的嘴驗牙口，扒開內衣驗看腿根處的創口……之後一聲「乾淨嘍！」一把將小馬和推入廣場。

有時候，也有「不淨——廢嘍！」的聲音，一個不合格的小太監就被驅到一處繩圈裡。

驗身過程中，一個威風凜凜的老太監站在指揮臺上，公鴨一般的嗓子高聲喝道：「小的們聽真切嘍。咱內務府合共十二監、四司、八局，統稱『二十四衙門』。司禮監掌奏摺文書；司官監掌土木營建；司設監掌鹵簿儀仗；御馬監掌御馬宮騎；神宮監掌太廟佛事；尚寶監掌玉璽印信；尚膳監掌飲食御廚；尚衣監掌衣物裁製……『十二監』之外有『四司』。惜薪司專管柴炭茶湯；鐘鼓司負責鐘鼓計時；寶鈔司造辦公廁用紙；混堂司打點沐浴事務。『四司』之外有『八局』。銀作局掌金銀珠寶；浣衣局掌更衣洗涮；兵仗局掌刀槍劍戟；弓矢局掌弓弩箭矢；巾帽局掌冠冕旗幟；針工局掌布幔桌圍；織染局掌絲綢絹帛；酒醋局掌酒醋麵糖；司苑局掌蔬菜水果。以上『十二監、四司、八局便是內廷二十四衙門』！所謂『朝廷朝廷，就是前朝與後廷』。前朝有六部九卿，後廷有二十四衙門。從今日起，咱二十四衙門就是你們的家，你們的靠山，你們建功立業、生老病死的地方……」

馬和把司禮太監說的每一個字都聽進去了，他明白，到了一個新的地方，只有處處留心學習，才能成為一個有本事的太監。

在司禮老太監口若懸河之時，台下的各位內太監也在忙忙碌碌地分配新進小太監。老太監訓話剛止，他們便手執名冊上前，喝道：

——著新進小太監五人、柴炭五十簍配發惜薪司聽用。

——著新進小太監八人、馬犢二十匹配發御馬監聽用。

——著壯實小生四人、硬弓二百副配發弓矢局聽用。

……

說話的當兒，那些小太監就跟雞鴨柴炭一樣被內太監推走。王景弘也被帶到另一邊去了。他走的時候，匆匆向馬和招了招手，馬和有點心酸，舉起的手臂遲緩地揮動著，半天忘了放下來。

廣場上的太監越來越少，熟悉的小夥伴都各奔前程去了，等待他的是什麼呢？馬和感覺到了孤單。但他卻固執地站著不動，顯得比剛到這兒時更不關心周圍的動靜，心裡，他其實故意在與自己的孤獨感抗衡著。指揮臺上的老太監，遠遠地注意著這個以自己傑出的耐心顯得與眾不同的孩子。

馬和最後沒有進宮，他被燕王朱棣的妃子徐氏領了去，是指揮臺上的首領老太監親自將他薦給徐妃的。徐妃那一天帶著世子朱高熾從後宮出來的時候，太監追上來傳達皇上的口諭，皇上臨時降下恩旨，說燕王守邊功高，要賞他四個剛進宮的小太監。於是徐妃在內太監的引領下款步來到了午門廣場。

首領老太監看見徐妃，急忙上前行禮：「領內太監方桐，拜見燕王妃。」

徐妃莞爾一笑，「皇上恩旨，要賞給燕王四個小太監。可我不辨良莠，麻煩公公您給挑一挑吧。」

老太監笑揖，「王妃吩咐，老奴敢不遵命？只是不知王妃想用什麼樣的太監？」

徐妃心裡告誡自己，絕不能在宮裡太監面前表現出自己的精明，但既然千里迢迢帶個太監回去，自然也不甘臨時抓瞎，何況燕王向來不喜庸常之輩。於是輕晃水袖笑道：「還能是什麼樣的？還不就是同人人一樣的想法，要個聰明、可靠，忠於主子的……」

老太監其實早已胸有成竹，他指著左側不遠處的馬和說：「這是鐵大將軍剛從雲南帶來的淨生。據大將軍告訴老奴，這群孩子當中就數他心氣高，血性旺，不怕死。要不是奉旨閹割，鐵大將軍真想收下他做親兵，隨侍左右呢。我注意觀察了，整整一個晌午，這孩子站著一動不動，少年老成哪！」

徐妃面露歡喜之色，老太監就把馬和叫了過來。徐妃一邊上下打量馬和，一邊問了他的年齡姓名，聽說馬和就是雲南人，徐妃感嘆：「那是荒蠻不化之地啊！」

小馬和急急辯白：「雲南有蒼山洱海，是天下最美麗的地方。娘娘，您一定沒有去過我的家鄉。」

老太監急嗔：「放肆！你怎敢同主子頂嘴？老奴請王妃恕罪……」

徐妃聽小馬和喚她娘娘，想笑又想忍住不笑。她儘量掩藏著盈盈笑意說：「你好像知道不少事嘛，不過娘娘可是不能隨便稱呼的……」她好似隨意地問：「你，會讀書識字嗎？」

馬和回答學過幾年漢文和回文。徐妃心中更是歡喜，她從腰間解下一隻玉佩，扔到地上，令馬和寫下自己的名字，馬和拾起玉佩，工工整整在上面寫了自己的名字。一遍用漢文，一遍用回文。徐妃彎腰仔細看了看，再一次上下打量了一回馬和，對他說：「這只玉佩，就送給你吧！」

馬和很喜歡這只漢白玉佩，也喜歡面前的這位夫人。他沒接受過這麼貴重的禮物，也沒有見過這樣端莊美麗的女人。除了觀音菩薩的塑像。但那是假的。母親曾跪在菩薩面前求她顯靈，求她幫助渡過難關，那個漂亮的菩薩也總是有求必應——僅僅是神態而已，她總是給人那樣的感覺，事實上，她對母親的請求置若罔聞，致使小馬和不得不一次次的失望，以致有時候難免斗膽懷疑起母親的虔誠是否是一種愚蠢的行為。

而眼前的夫人卻是真實的美麗女人，陽光下，她的臉色多麼蒼白，那是一種天然高貴的蒼白，又宛如有絲絲縷縷的嫣紅隱匿在內，或許，那是她身上流動的血液和情感。馬和產生了立刻接受她的禮物的衝動，他雙手捧起漢白玉佩，話到嘴邊卻變成了：「我不要別人的東西。」

徐妃稍稍驚訝地審視馬和，頷首讚許：「好。是誰教你的？」但她並不要馬和回答，而是訓導他：「不過現在，我是你的主子了。主子賞你的東西，無論貴賤，都是恩典，收下吧。」

馬和收下了禮物。剛才的推卻，並非他的狡猾，小小年紀的他，對眼前這位高貴的夫人，內心深處實在有著不可理喻的敬畏，並且他本能地意識到，她要了他，以後她就是他的女主人了，也就是說，他的未來掌握在她的手裡。他自然不敢放縱自己，幾乎是不由自主地表現著自己的優質一面。

接著，徐妃把兒子介紹給了馬和，告訴他，這是燕王府的世子高熾。馬和行大禮，鄭重地叩拜了徐妃和高熾。當徐妃以主子的身分命他起身時，他顫聲問道：「請問主子……燕王是誰？」

老太監方桐大驚，這孩子，咋不懂忌諱呀，當太監的最不應該的就是話多，更別說東問西問了。見徐妃臉上也在驚訝，立即沉聲怒斥：「又放肆！你……」

徐妃卻微笑著開了口，「不錯，這孩子不糊塗。倒是怪我沒講清楚。聽著，燕王朱棣，就是當今皇上的四皇子，奉旨駐守北平。而我，就是燕王的王妃。」

徐妃接下來謝了方桐，帶著朱高熾和馬和掉頭而去。方桐突然想起，惶然急道：「王妃啊，皇上賞您四個小太監呢，還有三個呢？」

徐妃頭也不回地說：「一個夠了，多了沒用。」

這話讓馬和暗暗感動，覺得自己像突然有了身分似的。他跟著王妃小高熾的大篷車一路跋涉到了北平。聽見旁邊護駕的衛士在說，到了到了。一抬頭，就望見了前方的燕王府，雄偉壯麗，氣派非凡，不由興奮起來，旅途的疲勞也減輕了許多。一會兒，驃悍的朱棣帶著家將張玉等迎了出來，朱棣有點迫不及待地擁著夫人進了屋，一面說：「夫人，你這次進京給父親掃墓，可去了不少日子。」

徐妃心裡高興，嘴上嗔道：「貧妾不就去了半個來月嘛，祭奠事罷，立刻就回來了。」

朱棣將徐妃攬入懷中，一面親暱，一面似乎隨意問道：「此次進京怎麼樣？」

徐妃笑道：「什麼怎麼樣？我知道王爺急急忙忙想問什麼，恐怕不是問貧妾怎麼樣，而是想知道父皇太子怎麼樣吧。」

朱棣默然一哂，徐妃已經有聲有色地講起來：「父皇在西暖閣裡召見貧妾了。東宮太子也陪同召見。父皇龍體安康，神采奕奕，健壯如昔。倒是朱標太子，雖然正當壯年，看上去卻是個羸弱多病身，召見中，說說話就要咳嗽……」

朱棣不由長嘆：「太子素有賢德之聲，父皇如今也已年過六十，一直指望朱標早日能夠擔當大任，他這樣豈不辜負父皇……」

徐妃嫣然一笑，顯然腦子裡已經在想其他。她看著朱棣道：「還有王爺最想聽的呢……」她撒嬌地賣了賣關子，見燕王果真神情急切，自己撐不住先笑了：「知道皇上怎樣評價王爺此次親征麼……皇上說，『平西漠者，唯有燕王！此次西征，燕王功高蓋世。有燕王駐守北平，真乃大

明之幸！朕無北顧之憂也。』」

朱棣大喜，急問：「父皇真這樣說了？」

徐妃嗔道：「莫非貧妾膽敢偽造聖旨不成？告訴王爺，我傳達的可是一字不差。」

朱棣揉捏徐妃纖手，「父皇親口對你說這些話，分明是要借你的口說給我聽……」

「看來，父皇是真心喜歡王爺……」徐妃將頭靠在朱棣肩上，像自語，又像是提醒朱棣，然而她的口氣卻是有點猶疑。她不易覺察地輕嘆了一口氣，接下來告訴朱棣父皇的許多賞賜，其中有一項就是賞了四個太監。

朱棣聽到這裡一怔，急問：「你要了？」

徐妃返身用指頭點點朱棣的臉頰，嬌聲又嗔：「夫妻做到今日，王爺還是不放心貧妾啊？」

朱棣勉強笑笑，臉上肌肉並沒有鬆弛：「這麼說，你沒有要父皇所賜太監？」

徐妃嘆道：「貧妾怎會不明白，禁宮裡的太監時常是父皇耳目，可是，父皇恩典，貧妾又豈敢不受？當時我接到諭旨，也是左右為難，好在老太監方桐為貧妾推薦了一個小太監，是直接從午門廣場領來的，還沒進宮呢！貧妾看著不錯，只要了這一個。王爺不放心，待會兒親自看看去。」

朱棣鬆了口氣，笑道：「夫人認為不錯，怎麼還會有錯？」說著卻起身走了出去，門外果然有一個孩子在幫著搬運行李，他回頭望望跟上來的徐妃，問：「就是他？」

徐妃點頭，朱棣這才真正放心，「哦，一個小崽子呀！」就招呼馬和過來。

小馬和敏捷地上前，立刻跪地道：「奴才馬和，拜見燕王。」

朱棣詫異：「你已經知道我是燕王了？」

馬和怯生生地說：「奴才……從王妃臉上看出來的。」

朱棣笑了，同徐妃對視一眼：「的確夠機靈的！」

徐妃告訴朱棣，鐵平從雲南購進好多淨生，都分到宮裡做太監去了。小馬和是他們之中的一個。

朱棣聽了若有所思，他居高臨下地打量著馬和，似乎在掂量他的輕重。跪在地上的馬和感覺到了游走在脊梁的目光，不由惶惑起來，沒想到朱棣竟嘆道：「好秀氣的一個孩子。」他停頓了一會兒問：「那些小太監，你都認識嗎？」

馬和說平時一起玩的都認識。

「他們都分配到哪去了？」

「王景弘分到勤政殿，石三喜分到坤寧宮，李平山分到司禮監，小五子分到兵仗局，韓玉兒分到尚膳司……內廷十二監二十四衙門都有。」

徐妃同朱棣又是對視一眼，朱棣對馬和說：「去吧。」

馬和叩首離開後，朱棣笑瞇瞇望著徐妃說：「讓這孩子跟我吧。」

徐妃馬上道：「這孩子本來就是為王爺挑選的。真沒想到如此聰明機智。我看，他現在還小，除了王爺使喚，還可以讓他當高熾高煦陪讀。高熾高煦這兩個孩子讀書不夠專心，父皇問起學業，我只得為兄弟倆搪塞。父皇他老人家自己讀的書少，最注重子孫學問，我們對孩子還得嚴加管教才行。」

兩人正說著話，家將張玉來報，北平長史胡誠前來拜見燕王。

彷彿晴天霹靂，朱棣徐妃頓時不安起來。這樣的大事，夫妻兩人竟然蒙在鼓裡！在京召見時，皇上對派長史的事情居然隻字未提。朱棣帶點責備的目光瞟了夫人一眼，道：「你剛剛到家，這位長史也到了北平，由此可見，他同你同一天出京。說不定，一路上他就跟在你後面！」

徐妃慚顏無語，她知道燕王怨怪她報喜不報憂了。她憂心忡忡地望著朱棣離去，忽聽哧拉一聲，轉眼看去，只見正在搬運物品的小馬和衣服被扯出一道大口子，她微嘆著進去拿出一件高熾穿過的漂亮衣服，賞了馬和。

穿著新衣的馬和有點不自在。他不時地撐開兩手，或者擺弄腰帶。剛到燕王府的第一天就穿上了這麼好的衣服，這是他萬萬想不到的，他也知道自己好看，從小到大他都被人說成是一個標致的男孩。男孩！標致的男孩！一想到這裡，他的心猛然縮緊了，長大以後他會變難看嗎？他會很快變老嗎？聽人說太監都會未老先衰，臉上的皺紋菊花一樣，像很老很老的老太，他不想變成那樣。他會是一個特例嗎？他虔誠地希望自己與眾不同，與其他太監不同。而內心深處，他明白這希望非常渺茫，於是他突然悶悶不樂起來，傷心。想哭。但他絕不敢哭，正想找個偏僻的地方獨自憂傷一會兒，沒想到迎面撞上了朱高熾。他想起從京城來的途中，徐妃曾遞過一塊西瓜給他，高高坐在篷車上的朱高熾投向他的目光就像一隻狼瞥見小羊正在咀嚼自己的食物。此時他弓腰給少主子請安，朱高熾用同樣的目光盯在他穿的衣服上，撲上前揪住他怒叫：「這是我的衣裳，你這狗奴才怎麼穿到自己身上了？」

冷若冰霜的現實令小馬和不敢再花心思體恤自己的悲傷，他急辯：「回少主子話，這是夫人賞我的！」

但高熾一口咬定是馬和偷了他的衣服。馬和說自己沒有偷過東西，高熾愈發狂怒，他不由分說地啪啪扇了小馬和兩個耳光，蠻橫地令他：「給我扒下來！」

馬和無可奈何，含淚脫下衣服，高熾奪過去，往毛坑裡一扔，忿忿而去。

馬和呆若木雞地盯著毛坑，被突如其來的羞辱打擊得沒有了思維。而在心底深處，這個昔日的孩子王幾乎已經痛徹地頓悟了奴才這個詞的全部意義。

第三章

胡誠在張玉陪同下穿行在排立的將士中間。兩旁刀矛閃亮，甲冑鮮明，前方的燕王府邸彷彿雄獅橫臥，顯示出濃烈的王府威嚴。胡誠打量著兩旁的將士，腦中閃過的卻是不到兩年時間裡，北平就換了三位長史的嚴酷現實。前兩位都是被燕王彈劾的。頭一位劉長史的罪名是徇私枉法，強逼民女做小妾，被罷官治罪。第二位李長史只因為短少了三百兩稅銀，就被戶部舉報，刑部嚴查，竟然落了個奪職抄家的下場。現在輪到自己頭上了，噩運會不會延續？北平長史乃封疆大吏，大明重臣，然而卻是燕王的眼中釘，肉中刺，燕王從來將長史當做朝中耳目，異己方陣，自己如何與之相處？人無遠慮，必有近憂啊……

「有請胡大人！」

一片雄壯吼聲嚇斷了他的思緒，那吼聲鞭笞一般，驚得他整頓起精神，深沉憂鬱的目光變色龍一樣即刻光彩起來，對張玉讚道：「燕王將士真是銅澆鐵鑄之士，軍威森嚴，名不虛傳哪！這樣的傳喚之聲，霹雷一般打下來，聲勢驚天動地。不知者，還不給驚得魂飛膽喪，以為要上法場了。嘿嘿嘿。」

張玉心裡冷笑一聲，看來這個下馬威立竿見影了，但他臉上卻顯出不安：「回胡大人話，燕王治軍嚴厲，在軍中，威便是禮，禮便是威……」

胡誠笑呵呵接口：「也就是說，無威便是無禮，禮重便是威重……燕王殿下治軍有方啊！」

張玉察言觀色，急忙道：「燕軍雖然軍威森嚴，可是首先必須循規蹈矩。這也是燕王的一貫訓導。」

胡誠點頭：「有規矩就好。」

一身王服的朱棣，早已立於王座前。見胡誠入內，笑盈盈一臉坦誠相迎。胡誠叩拜，朱棣急扶：「胡大人請起，大家都是朝廷臣子，小王豈敢當此大禮?!」

朱棣言語雖謙，胡誠感覺到的卻是朱棣身上那日臻矚目的軒昂氣宇。這是諸皇子中最不可輕視的一個。他在心裡對自己說。他起身，先對燕王報上三喜：其一，出征西漠，剿殺前元餘孽乃兒不花，大獲全勝，降服兵馬四萬二千，駝馬牛羊無數。此役，令朝廷上下震動，百官刮目相看。紛紛讚嘆，燕王雖然年輕，但文韜武略，已不次於本朝任何一位開國元勛！

朱棣心中原有的不悅像積垢被抹去了一層。他保持著矜持謙道：「西漠之戰，小王托父皇天威，僥倖成功罷了。」

胡誠說出二喜：「在下臨行前辭駕，皇上談到殿下時，龍顏大悅，親口對在下說，『朕諸皇子中，唯有燕王的文韜武略、智勇果敢，最與朕相似……』」

父皇對自己的看法，是朱棣最想知道的，甚至百聽不厭。他忍不住驚喜：「父皇果真這樣說了?」

胡誠望朱棣一眼，故作委屈狀：「下官多大膽量，豈敢妄言?字字都是皇上原話呵，可謂知子莫如父！」

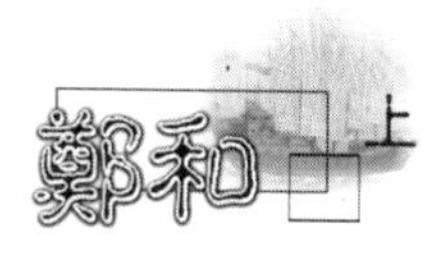

朱棣一時無法掩匿笑容，只得嘴上更謙：「萬不敢當，此誇獎話一經傳揚開，小王真是如坐針氈了。」

胡誠對此言只矜持一笑，趁熱打鐵地道出三喜：皇上下旨，把蒙古三萬胡騎，賞交燕王節制！說著從幕僚手中接過一隻包裹，打開，呈上。

朱棣起身接過敕書、帥印，欣喜不已。這支蒙古胡騎，最為勇猛善戰，打起仗來將士個個以一當十。他曾向父皇央求多時，父親今日終於恩賜於他！豈非如虎添翼！如此一來，他就成了大明諸皇子中，統兵最多、地位最重要的藩王了！更何況，北平乃前元大都，大明第一重鎮，父皇讓他握重兵戍邊，可見對他的器重。他表情燦爛地對胡誠說：「胡大人辛苦了。今後你我同城共事，小王定然赤誠相待。咱們按照朝廷的規矩，從今日起，北平城所有的政務、民情、吏治、刑律、稅賦，均由胡長史統管。小王只負責軍務，絕不干政！」

胡誠表情同樣燦爛，他說他感動於燕王的皇子風範，一言擲下，涇渭分明。如此氣度，實為將領官員們的楷模。

朱棣似乎誠心將話交代到底：「今後啊，小王如有不是之處，長史儘管直言。當參奏則參奏，該彈劾就彈劾。凡燕軍將士，任何人如敢擾民，均聽任長史依法嚴辦。」

兩人款洽交心，一時稍稍鬆懈了相互之間的戒備，產生了試探對方合作誠意的意願。朱棣有意無意間，問起父皇與太子的身體精神。胡誠說，身強體壯，神采奕奕。當朱棣聽明白他說的不僅是父皇，而且也是太子的時候，他在心裡毫不留情地責備了自己：你還是嫩！你還是不成熟啊！人家還是不相信你，為什麼太子爺明明身患重病，而胡誠要為他說謊呢？你忘了他是太子黨的人?!

這時候，小馬和進來了。他朝朱棣一拜，朗聲道：「稟王爺，王妃說，祭奠先父的靈堂儀仗都已安置妥當，時辰也到了，請燕王示下。」

胡誠告辭，朱棣由馬和伺候著戴上重孝，來到靈堂。堂上香煙繚繞，靈幡四垂，法器之聲篤篤不絕。靈堂正前方擺著一座莊嚴的靈牌，上書：魏國公徐達之位。朱棣與徐妃雙雙在靈前拜香。徐妃顫巍巍的聲音像小腳老太走長路那樣上氣不接下氣：「女兒恭……祝父……親在天之靈……吉……祥太、平，盼望父、親慈光永……永照，護佑女兒夫君……燕王，保佑……女兒闔家、上下。」

妻子過分的悲痛令朱棣暗暗詫異，他向妻子投去疑惑而關切的一瞥，格外鄭重地叩首道：「小婿朱棣，叩謝岳父大人多年培育之恩。若無岳父大人對小婿的諄諄教誨，小婿斷無今日的西征之功！」

兩人幾番叩拜才起。靈側一排誦經超度的和尚中間，有一位相貌怪異的僧師坐在蒲團上，合目拈珠念佛，恍如入定。見朱棣起身，這位僧師突然低低發出清晰的佛號：「阿彌陀佛，善哉善哉。前世後世都是劫，天上人間兩茫然。」

這句灰色的梵語如晴空一道閃電，劃過常讀經書的朱棣眼前，他不由自主地轉過頭望了那僧師一眼，眼裡一絲柔波，卻只浮光掠影般一飄，稍縱即逝。那和尚敏感，竟然大膽靠近朱棣，低聲道：「燕王若是不棄，貧僧願意送您一頂白帽子戴戴！」

一道霹靂炸響在朱棣心頭！朱棣何等人也，立即醒悟：王字頭上加個白帽，豈非皇帝的「皇」字?!他迅即變臉，板著臉不露絲毫表情，眼睛看也不看和尚，低斥他：「何處野和尚，再敢胡言亂語，割了舌頭！」

和尚平靜地慢慢朝後退去，雙手合十，繼續從容念經。

朱棣心中卻是再也無法從容。這和尚有沒有背景？可不能掉以輕心！他從張玉嘴裡得知這和尚是玉明寺住持姚廣孝，令張玉立刻將和尚關起來，不得見任何人。他對張玉說，「西征大捷之後，我可是坐到火盆上了。盛名招謗，樹大招風啊！如今，連個和尚也來攛掇我了！」

張玉不知究竟，也不敢多問，急急辦事去了。這裡朱棣可是連著幾夜睡不踏實，翻來覆去，心中煩躁。第四日，他獨自一人來到關押姚廣孝的大牢，銳利的目光隔著柵欄注視著姚廣孝。只見姚廣孝蜷腿獨坐草鋪上，手拈佛珠，含目誦經，紋絲不動。朱棣沉沉的聲音好像判決書一樣送進牢裡：「王字頭上加頂白帽子，是謂『皇』字，姚廣孝，你膽敢唆使我爭奪帝位，是不是？」

姚廣孝鎮靜地睜開眼，只說出一個字：「是。」

朱棣心中再次為和尚的大膽一凜，卻拉下臉發怒：「你這個妖和尚，三天來，我一直在考慮，是直接殺你，還是將你解送京城，交皇上親辦？刑部自會治你篡逆之罪，將你碎屍萬段。」

姚廣孝居然面不改色，用慵懶的聲調調侃：「貧僧又不是餃子餡，兩段就夠了，何必萬段？再說，燕王要殺貧僧，如斷草芥，方便之至，又何必麻煩皇上？」

朱棣沒料到這個怪和尚用這種口氣同他說話，忖度他或許真有名堂，心裡先行軟了下來，口氣卻不能示弱：「將你交給皇上，才能洗清潑到我身上的污水！」

姚廣孝反而「咬」住了朱棣的「尾巴」，「貧僧這點『污水』，竟然讓王爺考慮了三天，豈不太久了嗎？」

朱棣一怔，忍不住問：「什麼意思？」

姚廣孝說出了朱棣不能說的話：「如果私斬了貧僧，王爺怕有風言風語，再說，以王爺的氣度為人，又免不了小題大做之嫌。如果把貧僧送交京城呢，又恐非但避不了禍，反而惹火燒身，王爺知道此舉並不明智。況且以皇上聖明，一眼就能洞察王爺用心，所以呀，王爺左右為難，三天不能決定。」

朱棣暗暗佩服對方一番話鞭辟入裡，但又怕遇到的僅是巧言令色之徒，那種人表面上什麼都能說得頭頭是道，辦起事情來卻是一個大草包。俗語有「過猶不及」——太會說的比不會說的還不好，僅有一張嘴皮子的人，最易壞事。他冷冷地說：「你說的是。看來我還是擔擔『小題大做』之嫌保險些，直接殺了你乾淨。」

姚廣孝微笑著合上雙眼，「乾淨？世上無淨土，佛光照清心。菩薩可是什麼都知道的。」

朱棣惱怒他的腔調，激將道：「你已經死到臨頭，有什麼瘋話，都可以說出來！」

姚廣孝將計就計，反激朱棣，他故意懶洋洋嘆著氣說：「當今世道，越是大實話，聽起來越是像瘋話。」

朱棣表現得氣極敗壞：「狂妄至極。妖言亂世！」

姚廣孝雙手合十，口中不停嘀咕：「阿彌陀佛，善哉善哉。」

朱棣卻雙手果斷地往後一背，仰頭深吸一口氣，彷佛要同牢中人做最後的清算：「姚廣孝，這三天裡，我已經查清你的來歷。你十四歲出家，歸入空門，法號『道衍』，浪跡四方。你並不潛心於佛學正教，更喜歡的是鑽研陰陽易理、縱橫之術。我看你呀，實際上是個拿著佛珠的野心家，是個披著袈裟的亂世梟雄！」

令朱棣始料不及的是，姚廣孝聽了此話，反而大喜而拜：「知音哪！生我者父母，知我者，燕王殿下！自古知音難覓，今日貧僧終於遇上了……」他隔著牢欄朝朱棣連連重叩。朱棣再也忍不住，跺足叫道：「夠啦！夠啦！」一邊朝左右警覺地望望，見四周無人，他進入牢內，盤腿坐在姚廣孝旁邊，長嘆一口氣：「小王心中鬱悶，願大師勿怪。」

姚廣孝微笑著念了一句維摩經：「以智慧劍，破煩惱賊。」

朱棣再看姚廣孝，他長得雖醜，但兩隻眼睛很大，活潑潑的，清亮有神，透出智慧圓融的勃勃生氣。他祖露心中煩惱：皇兄朱標即太子位十多年了，但他有一半時間纏綿於病榻。萬一父皇殯天，自然該輪到太子登基，那麼，他燕王何以能夠君臨天下呢？

姚廣孝告訴了朱棣一個秘密：他曾仰觀天象，卜算天宮龍脈，太子爺命短福薄，享位必不能久，甚至可能死在皇上之前。

沒有帝王不信命，想做帝王的更是如此。朱棣情不自禁地朝姚廣孝靠了靠，恍悟道：「無怪乎，胡誠要極力隱瞞太子病況。」

姚廣孝點明玄機：有人極力隱瞞，恰恰證明太子大限在即。

朱棣反而更加憂心忡忡。長兄太子之下，還有二哥秦王，三哥晉王，他倆誰不想有九五之尊？何以輪得到老四呢？姚廣孝自然知道他心思，哈哈笑著說：「燕王雖然是皇四子，但您的智勇韜略，卻遠超出其他皇子。貧僧甚至以為，即使把太子爺與秦王、晉王綁到一塊，也不及燕王！因此，他們所能得到的，只是眼前已經得到的。而王爺所能得到的，則是深不可測的未來。他們只擁有此刻的尊榮富貴，而王爺擁有天意！天意無邊呀……」

天意無邊！這話就像神秘莫測的海市蜃樓，可以用盡你的想像。朱棣因為感動而顫慄，因為敬畏而肅穆。他輕輕問：「天意何在？」

姚廣孝笑笑：「皇上曾經一言以蔽之，『燕王最像朕。』這難道不是天意所屬？」

朱棣低下頭：「父皇對我，真可謂天恩浩蕩啊！」

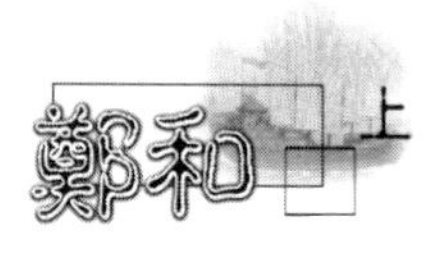

姚廣孝立刻又道：「可就是這一句評價，也可以把你置於刀槍所向、萬夫所指的境地了。太子能對你放心嗎？秦晉二王能不嫉恨你嗎？他們當中無論誰登基稱帝了，都不會放過你！燕王啊，你要麼爭取帝位，要麼任人宰割。兩者非此即彼，絕無中庸之道。」

朱棣倒吸一口冷氣：「大師，你是要逼我禍及滿門哪……」

姚廣孝冷笑：「燕王是想避禍麼？那麼貧僧告訴您，真正的避禍之道只有一條，那就是非但不避，反而自取其禍。取『禍』就是取天下。避禍是避不掉的，自取其『禍』才能化禍為福。燕王若是弱者，今後十年必定喪家喪命；燕王若是勇者，十年之內，必取天下！」

朱棣久久不語，陷入沉思。

姚廣孝並非要聽朱棣表態。他順手抓過香爐，將香灰灑在地上，邊畫邊向燕王講解：「北平乃前元國都，大明第一重鎮。北控邊關，南望內地，東臨大海，西接秦晉。可謂天下要津，藏龍臥虎之地！再者，燕王所領之燕軍，又是全國最強大的勁旅。而秦王朱爽偏處一隅，晉王朱崗兵寡將弱。至於吳王朱肅，楚王朱楨，齊王朱溥、湘王朱柏……所有藩王、藩鎮，都不能和燕王相比，他們只配成為燕王的羽翼。貧僧斗膽放言，就算是龍宮之地南京，也不如北平氣象雄偉。將來燕王如是改朝換代，應當定都北平，而將南京降為陪都……」

朱棣聽到這裡，忍俊不禁，噗哧一聲笑了：「大師，小王此刻如處懸崖，禍福不明，你卻已經先行陶醉，想到改朝換代、定都北平了！」

姚廣孝一怔，隨即呵呵大笑，叫聲佛號：「阿彌陀佛。天意如此，貧僧奈何？」

朱棣跪到姚廣孝面前，鄭重道：「小王願與大師結為生死莫逆，共襄大業！」

姚廣孝立刻撲通跪倒，朗聲道：「貧僧誓為燕王驅策，生死相隨，成就燕王的千古功德！」

朱棣很快奏報朝廷敕封姚廣孝為北平大覺寺住持。大覺寺乃皇家名寺，從此兩人常常同出同進，成為至交。朱棣也比以前更關注陰陽八卦測算之術了。一次兩人從王府步行去大覺寺，道遇一位頭戴道士冠的襤衣之士，擺一張矮几，在為人看相求籤，拆文解字。朱棣請術士解字。這術士算命用大地當紙，折枝為筆。朱棣先用樹枝寫了一個「問」字。

術士端詳那字，再看朱棣，突然驚恐跪地，叩道：「天子駕到，恕金忠怠慢之罪。」朱棣驚詫，術士則解字：「尊駕請看『問』字，左看是『君』，右看也是『君』，若無天子命脈，斷然寫不出這個字來。因此，尊駕絕對是天子，現在不是，將來也是。」說得朱棣心跳神迷，半信半疑又測一字，他沉吟片刻，只用劍鋒當地一劃。金忠疑神細看，對朱棣深深一揖，解道：「土上加一橫，是為『王』字也！尊駕的帝王之氣，是遮也遮不住，躲也躲不開的！」朱棣如雷轟頂，強壓住內心驚駭，從懷中掏出一錠元寶，放在矮几上。

到了大覺寺，朱棣問姚廣孝：「難道我真有九五之尊？」

姚廣孝說，「沒有不變的朝代。」

朱棣激動了，神情竟像個大孩子與人吵架：「天之所賜，焉能不取？」

姚廣孝的眼神也像在對一個大孩子讚許：「這就對了。」他換了溫和的聲音說：「當取不取，禍害自與；當斷不斷，反遭其亂。」

朱棣慨然道：「本王決心已定。順天意，循時勢，爭皇位，繼大統！」

姚廣孝伏地叩首：「大明王朝繼洪武皇帝之後，又將出一位天賜聖君。」

就在這時，朝廷出事了。

張玉來找燕王。原來朝廷發來一道萬急密旨，著王爺與長史胡誠共同拜領。張玉從送密旨的侍衛那裡打聽到，前天晚上，東宮大亂。姚廣孝平靜地推測，太子有難了，或者已經殯天。朱棣聽後幾乎失態：「如果……如果太子真的殯天而去，父皇就要重新選立儲君……難道驚天動地之變，就在眼前?!」

姚廣孝告誡：「非常時期，皇上一定盯著各個藩王的反映，尤其是燕王你！王爺的一舉一動，胡長史都會奏報皇上的！」

朱棣騎著火龍駒同張玉匆匆策鞭而去。姚廣孝一人踱到不遠處松林內，見到正坐在石几上悠悠品茶的術士金忠，上前深深一揖道：「街頭卜算之事，勞金兄相助，多謝多謝！」

金忠微笑：「愚弟的猜卜之術只是雕蟲小技，在師兄面前現醜了。但這位燕王確有帝王命脈，他距愚弟五步開外時，我已覺得他豪氣逼人！因此，愚弟在街頭借卜算所說，句句都是知心話。」

姚廣孝大喜，「金兄也有此論！貧僧果然沒有看錯人！」

金忠含蓄笑笑：「師兄似乎把他逼得太緊了些。」

姚廣孝狡黠地說：「貧僧無奈啊。就算燕王具有帝王的前景，貧僧也是一逼再逼，逼得他別無選擇，逼得他步入絕境，逼得他當上真帝王不可！唉，古往今來，所有帝王都是逼出來的！古往今來，多少雄才大略之人，就因為片刻的猶豫、軟弱，一失足成千古恨哪！」

金忠呵呵笑著調侃：「師兄，愚弟看你，倒像個身穿袈裟的帝王。」

姚廣孝也笑道：「貧僧有此心也無此命。貧僧不做帝王，卻想培養造就出一個帝王。這，或許比做帝王更加有趣呢！」

金忠道：「有趣無趣，都是天定。照愚弟看來，不如我雲遊四方更加有趣。」金忠將殘茶一口喝盡，托著一隻缽，迎著落日，口中哼哼唧唧而去。

此時朱棣正將那幀密旨遞與胡誠，請他開閱。胡誠誠惶誠恐，再三謙讓，見燕王執意，才用銀刀小心裁開密旨，卻顫著手不敢看，奉與朱棣：「殿下？您……」

朱棣打斷他：「念！」

胡誠舉旨，聲音小心翼翼如履薄冰：「朕親示燕王朱棣，長史胡誠。皇太子朱標於四月初八寅時初刻，病重而崩，朕，心痛欲裂，感慨萬千……」

語未罷，朱棣已經慘叫一聲，從王座上跌倒，撲在地上，朝南方且叩且爬，大聲號啕：「大哥啊，太子爺啊，你怎麼就走了呢?!……老天爺哪，為何不讓我替大哥去了呢！……大哥！大哥……」

朱棣招魂一樣哭喊，胡誠只得也撲通一聲跪在地上，他繼續泣聲念旨：「國喪時刻，爾等應以國家大義為重。著皇兒朱棣統軍護邊，不必入京盡孝。著長史胡誠恪盡職守，安民撫政。欽此。」

念旨過程中，朱棣一聲輕一聲重，哭得不能自持，如同一灘爛泥。張玉和家僕們將朱棣扶了下去。朱棣離開之後，胡誠胸口一熱，跪在那裡的他癱倒在地，他的感覺是久病之後的那種筋疲力竭。他在心中痛苦地呼喊：太子爺啊，主子啊，您這一走，可叫奴才怎麼辦呢?主子啊，奴才剛剛到任，您怎麼就馭天而去了呢?您把奴才交給誰呀！嗚嗚、嗚嗚……他悲痛得兩眼一閉，眼前的天地立刻成了一片茫茫然的黑暗。

胡誠坐著轎子回長史府時，悄悄掀簾往外望。他看見燕軍各營都在設壇舉喪，所有官兵一律帶孝戍邊。北平各路口也增添了守衛。他又探出頭去遠望，隱隱約約的果然軍士林立，戒備森嚴。哭得爛醉如泥一般，然而啥事也沒耽誤，高明啊！他心裡想著燕王，催轎夫快走。剛進府第，幕僚就迎上來，低聲告訴他，內閣王大人著密史送來一封急件。胡誠心裡格登一跳，想到自己來北平前，曾奉太子爺密令，要他暗中監視燕王。如今太子爺歸天了，監軍之責難道還不能解除?抖開信提心吊膽一看，只見上書「密察北平軍情民事，三日一報……」天哪，比過去盯得更緊！胡誠愣在那裡，拿信的手無力地垂著。幕僚上前想問又不敢問，胡誠示意他可以拿信去看。幕僚看出了問題：「王尚書傳來的只是皇上口諭，並非皇上御筆，這可大有區別。」

胡誠點頭：「天意自古高難問哪。有時候，皇上密令臣工辦差，之後又說臣工曲解聖意，圖謀不軌。畢竟朱棣是皇子而我只是臣工啊。——鬧不好我們自己反招殺身之禍。」

幕僚提醒胡誠：「主公所慮極是。再者，如果將來燕王被立為太子，承繼大統，那麼大人今日監軍之事，都將成為罪過。」

胡誠坐立不安，躑躅再三，咬咬牙道：「看來只有一個法子了。我把此信呈交燕王，讓燕王知道，我是奉旨辦差。」

幕僚先是驚訝，繼而恍然大悟，脫口叫著：「主公高明！在下佩服不已。」

胡誠見到朱棣時，他正穿著孝服在書房看書，胡誠當然不知道朱棣剛才其實是在同姚廣孝下棋，而此刻姚廣孝正在內室裡注意地傾聽著書房裡的動靜。

胡誠神情惶惶地步入，剛進書房門就對著朱棣撲通跪地，邊拭淚邊說：「燕王啊，在下只怕是遭遇殺身之禍了，求燕王相救！」

朱棣暗暗吃驚，他急忙扶起胡誠，說：「有什麼難處，您儘管吩咐，小王一定鼎力相助！」

胡誠顧不上拭乾眼淚就遞上內閣密令。朱棣匆匆閱讀，驚出一身汗來。胡誠在一邊說：「下官豈有這個膽子監視王爺您哪。」

朱棣親眼見到密令，激憤難忍，他擊信大怒：「這是內閣矯旨，小人做亂。父皇絕不會令人監視我的！」

胡誠一連聲附和：「是是、是啊。」但他又提醒燕王：「可王大人說是奉了皇上口諭啊！」

皇上口諭！朱棣臉色慘白，痛苦地閉上了眼睛。他是那樣的不願意這是父皇的諭旨，可也不敢徹底否定這種可能。這類事情歷史上屢見不鮮，自己即使不願相信，可也不能掉以輕心啊！處在他這樣的地位，掉以輕心就會惹上殺身之禍。況且，父皇是他真正畏懼的人，胡誠的真實心思也難以捉摸，他又怎麼敢在父親派來的長史面前說出抗旨的話?!他艱難地說：「既然朝廷有令，胡大人照辦就是。」

胡誠驚恐不疊，用嗔怪的口氣道：「下官非但萬萬不敢，也萬萬不願意！」

朱棣望了胡誠一眼，見他很是懇切，就用商量的口氣問：「可是，此事如何是好？」

胡誠說出自己來前就做的打算：三日一報不能不報。但每次奏報前，都將摺子拿過來請燕王過目。這也正是朱棣想過而不便說出口的，他紆尊降貴，向胡誠拜謝。胡誠反倒扶起朱棣，說：「下官願為燕王效犬馬之勞。」接著胡誠湊近朱棣，告訴他自己得來的消息，「這幾日朝廷上人言鼎沸，都說皇太子殯天之後，燕王是太子的最佳人選。可見人心所向，大勢所趨。」這話說到了朱棣的心坎上，他的胸腔裡喜滋滋的全是笑意，但他儘量克制著不把喜意往外漾，正色道：「此事父皇自有聖斷。兒臣只有盡忠報國，盼望父親萬壽無疆啊！」

朱棣親自送出胡誠，回書房時見姚廣孝已經在下棋，他左手執白子，右手執黑子，獨自對弈。朱棣站著低頭觀棋，脫口而出：「左右手相爭，豈不是骨肉相爭麼？」

姚廣孝緩緩說：「王爺說得是啊。爭奪太子位，原本就是手足骨肉之間，生死相爭！」

朱棣羞赧，沉重地坐下，「剛才胡誠說的話，大師都聽見了？」

姚廣孝微笑：「我是專心在聽，所以每個字都聽得清清楚楚。」

朱棣垂著頭聲音痛苦地說：「父皇對我不放心……」後面的話就說不下去了。

姚廣孝略做沉思，鄭重地說：「不放心就有危機。而在大智大勇者面前，危機就是機遇！眼下聖意未定，太子位虛席以待。皇上要是格外關注燕王的話，那豈不說明燕王最有可能繼太子位嗎？因而被皇上注目，是福不是禍。」

朱棣呆了片刻，神情開朗起來：「有道理！」他望著姚廣孝，一時有些敬畏，他是帶他從迷魂陣中走出來的人。他竟產生了上前執手相謝的衝動。但王爺的尊嚴最終還是制止了他，姚廣孝已經抓住了朱棣眼中一瞬即逝的依戀與感激，還有其他，他知道這在朱棣身上是很少見的，他同已過世的太子不同，他本身就是一個智勇雙全的人。姚廣孝對朱棣知遇之恩的感激，一時似乎也已經水到渠成，心口一熱，就要流出來。但他最終也是輕輕搖了搖頭，表面上是在否定自己剛剛落下的棋子，其實他搖走的是自己心中的熱情，一熱就容易變，天氣太熱飯菜容易餿，人與人之間的關係太熱了也易變化，何況他面對的是一位未來的帝王！他避開朱棣的面孔，用冷靜的聲音提醒他：「胡誠這人變化太快。太子剛死，他就另擇新主。萬一燕王沒能承繼太子位的話，這樣靈巧的長史，會不會再擇新主呢？」

朱棣暗驚，一時無語，兩個男人不想馬上分開，於是繼續下棋，夜深了，姚廣孝告辭，朱棣回到臥室，竟不見夫人，問小侍女，小侍女說在靈堂內。朱棣詫異：「都已經快三更了，還在祭祖？」

小侍女說夫人悶在靈堂一整天了。朱棣驚訝地趕到靈堂，只見徐妃跪坐在蒲團上，呆若泥菩，眼淚交流。她的面前，擺放著一尊魏國公徐達的靈位，靈前香燭林立，香氣繞梁。朱棣立在徐妃身後，彎腰愕然道：「夫人，你這是怎麼了？在京城時，你已經祭奠過徐公了。回王府後，我們又再次辦過家祭，現在深更半夜的，為何又單獨祭奠？」

徐妃聽見燕王聲音，並不轉過頭來，抽泣著說：「在京城，我是祭給皇上看的。回王府時，我是祭給王爺您看的。現在，是女兒單獨祭奠家父！」

「為何又單獨祭奠？」

徐妃聲音顫抖，語不成聲：「因為，家父他、他含冤而死……抱恨終天哪！」

朱棣大驚失色：「什麼，徐公他不是背上生了毒疽，才病故的嗎？」

徐妃堅決地搖頭，「不！父親他，死於皇上的恩典哪！」

朱棣驚得渾身一震，發怒了：「你說什麼？死於我父皇的恩典，難道你是說，是我父皇害死了你父親？」

徐妃見夫君震怒，心中也有些懼怕，但她並不畏避，她不想再一個人默默承擔如此巨大的不幸，她早已忍無可忍，大叫：「是！就是！」

朱棣怒極，幾乎就要一巴掌打下去，但他看到的是徐妃悲痛欲絕的面孔，心中猶豫心疼起來，他也大聲吼道：「你給我說清楚，否則你就是污辱皇上，不但我父皇饒不了你，我也饒不了你！」

徐妃身子一軟，抱住了朱棣的小腿，她悲痛地說：「去年秋天，家父背上確實生了毒疽，只能飲水，不能進食。但這毒疽完全可治，根本不會喪命。可皇上得知家父患病之後，派太監送來了一隻燒鵝。」

朱棣疑惑地自語：「燒鵝乃大發之物，患毒疽者最忌諱。」他不由自主地蹲下身子細聽。

徐妃靠在朱棣身上，像要從夫君身上汲取力量才能說出以下的話一樣，她的聲音慢了，輕了，「這賞賜一到，全家都大驚失色。家人要替家父分食了這隻燒鵝。可父親何等的英雄啊，他完全猜到了皇上的用心，獨自將那隻燒鵝全部吃下去！一邊吃，一邊還就著烈酒，不許人碰！」

朱棣就像看見了當時的情景，他伸出手臂攬緊索索發抖的妻子。徐妃哭著說：「兩個時辰後，父親背上的毒疽就大肆發作了，他忍著火一般的巨痛，仍在口口聲聲感激聖恩。當晚，父親口噴鮮血而死！」

朱棣用力箍著徐妃，聲音顫抖了：「我父皇知道麼？」

徐妃靠在朱棣肩頭，聲音平靜了些：「據太監說，皇上得報後，把所有人都趕出了宮，自個兒大哭了一場！翌日，皇上賜封家父魏國公之尊，為家父舉行了開國以來最隆重的國葬，給我父親世間所能夠有的最大的死後哀榮！」

朱棣鬆手放開徐妃，頹然坐地。理智告訴他，這一切都是真的！可是他又不願相信，不敢相信！「你、你胡說！……我父皇和徐達名為君臣，實則親如兄弟。他倆一起起兵反元，廝殺半世，九死一生，這才開創了大明王朝。父皇為何要賜徐達死呢？」他喘著粗氣說。

出身於將相之家的徐妃，是徐達最寵愛的小女兒，同朱棣一樣從小見多識廣。大概是女性的直覺好，她甚至有著比朱棣更敏銳的洞察力。她說：「王爺啊，你要是鑽進皇上心裡，替皇上想想，替大明國看看，就會明白皇上為何要殺元勛舊臣了，又為何不得不殺元勛舊臣！王爺啊，以您對自己父親的了解，您不會不明白的。您裝作不明白，是自己硬著心腸在欺騙自己。難道您要逼貧妾都說出來嗎？」

徐妃的睿智機敏，在皇宮裡從來都是深藏若虛，而作為丈夫的朱棣卻感受很深。因此在許多重大事情上，他都會有意無意地徵求她的意見。他愛她，需要她，也許唯有她，才是他真正可以信賴的人。他撲跪在徐達靈前，重叩不止，泣道：「徐公啊，岳父啊，您是大明開國第一元勛，位極人臣。您的忠勇果敢，天下無雙。你所統率的雄兵健將，近於百萬。所以……所以您死得冤哪，請寬恕我父皇吧！」

徐妃怒沖沖道：「你父皇為了天下安穩，為了皇位無憂，不惜除盡一切元勛猛將，不惜自斷膀臂，不惜血流成河！他什麼事情都幹得出來！這樣的皇上，貧妾怕得要死，卻是連恨都不敢恨哪！」

朱棣淚流不止：「徐公不僅是我岳父，待我更是情逾骨肉，恩同再造！我統兵打仗的本事，都是岳父一點一滴教出來的。父皇啊，您、您怎麼能幹出這種絕情的事來？嗚嗚嗚……」朱棣索性放聲痛哭起來。

朱棣的哭聲，悲痛情切，卻是慰藉徐妃鬱悒隱痛的秘方。因為只有朱棣的同情才是對徐妃的真正撫慰，讓她一人將此事埋在心底，太折磨人、太可怕了！她輕摟朱棣，為其拭淚，自己卻淚流不止。眼前的事實證明，燕王是真愛她，她也要全心全意地為他著想。她顫聲道：「王爺您、您千萬不要恨皇上。貧妾擔心，您只要有這麼一點恨，皇上哪怕在千里之外也會感覺得到。皇上太精明、太可怕了。尤其是年老的皇上，越老越可怕！」

朱棣道：「愛妃說得是。在父皇眼裡，國脈可比親情重要得多……」

徐妃沉重地嘆息。兩人在徐達靈前依偎著，竊竊談心。朱棣將剛才書房裡的一幕告訴了徐妃。將自己爭當太子的決心也告訴了她。徐妃倒在朱棣懷中，臉上的淚痕一直未乾。她說：「無論王爺做什麼，貧妾都生死相隨。」朱棣慢慢鎮靜下來，請求徐妃為他主掌王府中各類事務，上

上下下都要小心謹慎。對三個王兒，更是要嚴加管教，別讓他們惹是生非。防備胡誠的手下人將王府裡的事情添油加醋地稟報給父皇。

徐妃深深點頭。對於三個兒子，尤其是兩個大的，她一直想管，但事到臨頭又總是心慈手軟，不痛不癢說幾句了事。現在太子位未定，丈夫處于風險之中，兒子再出什麼差錯，丈夫在皇上心中豈不減了分量？所以她暗暗下了決心，要花大力氣管教兒子了。

兒子果然令人生氣。

這一天他們穿著孝衣在王府後院「騎馬」，這匹「馬」正是小太監馬和。

馬和趴在地上，等世子朱高熾跳到身上，口中喊「駕駕！」他就手腳在地上快快地往前爬。一圈尚未兜完，朱高煦就在邊上嚷：「該我了！該我了！」他上前推開哥哥，騎上小馬和的背，手裡拿著樹枝重重地抽打著馬和的屁股，身子一顛一顛地喊：「駕駕！朕日行千里，君臨天下。駕駕！再快點……」

小馬和爬到一片泥水邊，停在那裡。他希望朱高煦見了會下來，讓他換個地方。但朱高煦卻更加勇猛興奮，他對著馬和使勁鞭打腳踢，「駕駕！不准停！衝啊！快！快！」

馬和爬進泥水塘，又拖泥帶水地從泥塘裡爬出來，他不知道他們還會折騰他多久，大凡這種時刻，他從不願意有思想，只願自己麻木。他喘著氣機械地爬著爬著，面前突然垂下一堵女人的繡裙，擋住了去路。他抬頭一看，一位美麗的少女挽著一隻包袱站在面前。

少女的美麗像天上的火燒雲一樣映紅了馬和的臉，這是一種任何男人和女人都無法忽視的美。馬和的意識突然被喚醒，他渾身燥熱，極度的自卑，垂下頭再不願抬起。他背上的朱高煦也是一臉的尷尬，叫了聲：「妙雲姐。」

妙雲一撇嘴問：「二公子，你騎在馬上舒服嗎？」

朱高煦支吾著：「舒服。」

妙雲那雙大眼睛的眼睫毛閃了兩下：「那麼，這匹『馬』舒服嗎？」

朱高煦只得翻身下馬了。

妙雲從懷中抽出一條香帕，對馬和說：「喏，給你，擦一擦。」

馬和眼眶一熱，眼淚就要下來了。但他卻沒有去接妙雲的香帕。極度的自卑常常會誘致變態的自尊，他大概正處於這樣的時刻，而且，此刻他不願意仰著頭去看妙雲的臉，自己的臉有淚有汗他也不願意別人看見。朱高煦見狀，一把搶過香帕。沒想到妙雲眼疾手快又搶了回去。

馬和爬起來，妙雲已走遠。

妙雲是徐妃的貼身丫環，這次到蘇州打聽哥哥的下落，沒有結果，又回到了徐妃的身邊。徐妃見妙雲回來很高興，答應以後有機會為她尋找哥哥。妙雲告訴徐妃，看見王子在院子裡騎馬呢。一個小奴才趴在地上，給王子哥兒當馬騎。徐妃一聽知道哥倆又在欺負馬和，生氣地說：「拿人當馬騎，真是玷污王子身分！朝廷裡那些言官御史，不知誇張成什麼呢！」

妙雲道：「夫人息怒，王府裡沒有外人，這事不會傳揚出去。」

徐妃嘆氣：「以前可能不會。現在不同了。王府裡哪怕是打個噴嚏，也有人到處打探哪……看來再不嚴加管教真要壞事了。」

第二天上午，徐妃來到王府學堂。她板著臉往裡一站，看見馬和侍立一旁，而高熾、高煦都正襟危坐，捧著書本在念：「學而時習之，不亦樂乎？有朋自遠方來，不亦悅乎？人不知而不慍，不亦君子乎？……」

徐妃斥道：「以人當馬騎，不亦無恥乎！」

高熾、高煦的讀書聲戛然而止，兩人心知不妙，垂頭不動。小馬和乖覺地端來一把椅子，放到徐妃身邊。徐妃坐下，卻朝馬和變臉喝叱：「跪下！」

馬和就地跪了下去。

徐妃指著小馬和，怒視高熾、高煦，「就是這匹馬嗎？你們兩個上去，騎個樣兒我瞧瞧！」

高熾、高煦戰兢無聲。徐妃跺足怒喝：「騎呀。騎給我瞧瞧！」

高熾高煦雙雙在座位旁跪下，膽戰心驚地悔過：「母妃……孩兒做錯了。」

徐妃哼了一聲「起來」，高熾、高煦正欲起身，徐妃怒叫：「誰讓你倆起來了？給我跪著！馬和你起來，出去吧！」

馬和出去後，徐妃痛心疾首地怒斥兩個兒子：「你倆厲害喲，竟然把奴僕當馬騎！奴僕也是人，不是畜生！做主子這樣對待下人，下人會忠於你們嗎？會不恨你們嗎？」

高熾：「母親，孩兒無知，今後再不敢了。」

徐妃告訴兩個兒子：「你皇爺爺小時候，也是財主家的下人，也被紈袴子弟當馬騎過……」

這是兩兄弟從來不知道的，他們驚訝極了：「真的？誰敢騎我皇爺爺！」

徐妃繼續說：「你皇爺爺遭此污辱，恨透了那些財主。他發憤圖強，起兵造反，才有今天。皇爺爺當了皇上後，下旨讓當年騎過他的財主兒子進京。你們猜猜看。皇爺爺把這人怎樣了？」

朱高熾叫道：「斬首示眾！」

朱高煦叫道：「亂棒打死！」

朱高熾再叫：「五馬分屍！」

朱高煦再叫：「千刀萬剮！」

徐妃淡淡地說：「不，你皇爺爺非但沒殺他，還讓他出來做了個糧台。讓他一邊替朝廷收糧，一邊洗心革面，宣傳皇道！喝，江南七省百姓都盛讚皇爺爺的恩典哪！」

兩個公子面面相覷，驚愕不已：「天哪，我皇爺爺真了不起！」

徐妃微微一笑，「沒多久，就有人告發這個糧台貪污了二百斤小米。你們再猜猜，皇爺爺怎麼處治他了？」

朱高熾笑了：「二百斤小米算什麼，皇爺爺罵他了！」

朱高煦說：「打他板子了！」

徐妃顫聲道：「不！你皇爺爺龍顏大怒，他擲下嚴旨，令劊子手把這個糧台活活剝了皮！」

朱高煦嚇得聲音都變了：「剝皮?!」

徐妃厲聲說：「不但剝了他的皮，還把那二百斤小米塞進他的皮囊裡，讓這副人皮囊在衙門外站了整整一個月，讓所有路過衙門的官員、百姓都看看，誰敢貪污枉法，該當何罪！」

兩個公子嚇得渾身發抖，「皇爺爺……太厲害了！」

徐妃及時點題：「現在，你們知道了吧，皇爺爺多恨那些把人當馬騎的惡少！他要是知道了你們的事，不知會氣成什麼樣呢！」

朱高煦可憐巴巴求饒：「娘，我永遠不會欺負下人了。你千萬不要告訴皇爺爺。」

朱高熾說自己一定要好好讀書，像皇爺爺那樣成就一番偉業。

徐妃道：「這次的過錯，我給你們記下了。罰你們兩個跪一個時辰，反省悔過。」

學堂外，馬和正執一柄竹帚在掃地，一面裙裾又出現在掃帚前。馬和抬頭，看見美麗的妙雲捧著茶壺站在面前，他頓時羞窘得手足無措。妙雲微笑著：「喂，我救了你，你也不謝我？」

馬和心裡感激，但他一時竟不知如何開口。

妙雲輕聲問：「他們說你是個太監，是嗎？」

馬和不敢再望妙雲，默默轉身離去。

【第四章】

高煦左手捏著一串糖葫蘆，邊啃邊嚼，嘴裡津津有味地忙得不亦樂乎。他的右手也沒閒著，不時拿過馬和遞過來的石子，閉起一隻眼朝湖裡打水漂，還一個勁埋怨馬和撿的石子不夠標準。馬和唯唯諾諾應著，心裡很是焦急，太陽已經收盡它的最後一縷餘暉，遠處的風景也像淡淡的墨影一般了，再不回去，夫人怪罪下來，少不了受罰。他不時催促：「二爺，您瞧這天，咱們該回去了。」高煦厭煩地擺手：「知道知道！真囉嗦！」馬和沒法，只得抬出夫人：「二爺要再不回去，夫人要說了！」

高煦一愣，近來母親管教頗嚴，不像過去那樣不聽話說幾句就了事，現在連陽奉陰違也不奏效了，不聽話就要受責罰。他無奈地嘟囔著往回走，走至一座拱橋上，他忽然指著水面叫：「看！有魚！好大的魚啊！」

馬和探身張望湖面，湖面像一塊黑水晶，面上的花紋有規則地閃爍著，發光，卻不透明，他找不到魚在哪裡。「在哪兒？」

「在那！笨蛋，就在那！」高煦指著一個地方。

馬和朝前探身，小高煦偷偷摸摸地靠近，突然想惡作劇一把，就將馬和朝前一推，想把他推進水裡看笑話，沒料到馬和正好往後退去，用足勁的小高煦來不及收腳，乘著慣性掉進水裡。他在水裡掙扎，狂叫：「救命，救命……」

高煦的突然落水把小馬和嚇傻了，他的後腦勺像被人猛敲了一下，頭皮繃緊發麻。他兩腿發抖，朝四周瘋狂喊叫：「救命呀，救命呀，二爺掉到水裡去啦！……」

沒有人影，天上連一隻飛禽都沒有。湖水中，小高煦慘叫的聲音帶著絕望的恐懼，升騰到高不可測的夜空中：「救命啊，救命啊，快救救我！……」

而馬和則經歷著同樣的恐懼，這恐懼正使他的腦袋膨脹，眼看就要爆裂。他再也無法忍受，什麼也不顧了，縱身跳進湖水，但他根本不會游泳，落水後立刻下沉，好久好久，才冒出腦袋。他看見了隨著水波上下起伏的小高煦，掙扎過去，小高煦一把抓住了他的同時，他的恐懼突然減輕，不會水的他彷彿自己抓住了一根救命水草。他在水中竭力托起高煦，拼命掙扎著……這時候，遠處響起銅鑼聲，救援的人趕到了。有人在急叫：「快救二爺！快救二爺！」一個家奴將長竿伸進水中，勾住高煦，將他拖上了岸。而所有的人都忘記了水中還有一個馬和，他已被水嗆昏，身體不可遏止地向水底沉落。終於，湖面上只剩下一圈圈的漣漪，最後，連漣漪也漸漸消失。

一個瘸腿老人攆著一群鴨子，在河邊放牧。鴨群吱哇亂叫，漸漸靠近一方草叢。老人跟過來，他發現了昏迷在草叢中的馬和，肚子鼓鼓囊囊，顯然裡面灌滿了水。老人蹲下身扶起他，為他捶背、按腹，逼出身體裡面的水。小馬和吐水吐氣，終於醒了過來。老人將馬和背進自己住的小棚子，將他放在地鋪上，自己點了爐子熬粥。虛弱的小馬和睡著了，在夢中還抽搐著驚叫：「主子，主子……」

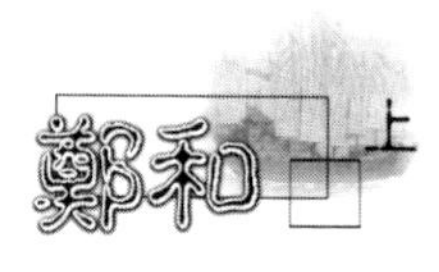

老人憐憫地望著馬和，端了一碗粥叫醒他。

馬和猛地坐起，他四周張望著，問老人，「我這是在哪？」

老人將碗湊上去，只說：「趁熱喝了吧。」

馬和想起了朱高煦落水的事情。他悶著頭喝粥，瘸腿老人同他攀談起來，馬和告訴他自己是王府的奴僕，陪少主子出來玩，少主子落水了，自己跳進湖裡救他，差點淹死。

老人急忙問：「那個少主子救上來了麼？」

馬和費力地想著，突然大感恐懼：「我、我不知道……」

瘸腿老人嘆息：「那你還不如被淹死了吶！要知道，王府家規森嚴，那少主子要是沒救上來，王府人饒不了你。他們會痛打你，然後將你活埋，給少主子殉葬的！」

馬和驚呆了，半晌，他聲音顫抖著問：「大爺，您，您怎麼知道的？」

老人苦笑著告訴馬和，他曾經是王府的家奴，因為不小心砸了一件玉器，就給打斷了腿，攆出來的。

馬和茫然無助地沉默著，瘸老人叫他逃，逃得遠遠的，永遠別回去。馬和卻惦記著少主子不知是死是活，老人心疼地說：「你自己是死是活還不知道哪！還惦著主子？」

馬和心裡像塞進一團亂麻，他謝過老人後，一步一晃地走進了茫茫夜色。

此時的小高煦，因為大難不死而格外受到嬌寵。他躺在軟榻上，母親親自餵他紅棗銀蓮羹。

管家、醫生、侍女圍了一地，七嘴八舌地說些關切又慶幸的話。徐妃也不像平日裡那般矜持，笑瞇瞇由著眾人嘈雜，似乎這樣才能壓住內心裡的後怕。她往兒子口中送了一匙，一面微嗔道：「看你以後還敢不敢私自出遊，多虧老天有眼，總算撿了條命回來……」

高煦的驚恐情緒尚未褪盡，他顯得很聽話，軟弱地說：「孩兒以後一定聽娘的話，再不敢亂跑了。」

正熱鬧著，朱棣皺著眉大步邁進屋子。他狠狠地瞪一眼高煦，問徐妃：「沒事吧？」

徐妃舒快地回答：「萬幸，毫毛未損。」

朱棣也鬆一口氣，隨即粗聲道：「那好。都退了。」

管家驅走眾人，關上門。

朱棣板臉朝躺著的高煦喝道：「起來！」

高煦畏畏縮縮瞟一眼母親，眼神裡全是求助的信號。見徐妃不說話，他無可奈何地坐起身，尚未坐穩，朱棣已厲聲喝叱：「跪下！」

高煦最懼怕的就是父親，趕緊戰戰兢兢下榻跪倒，朱棣拖一把椅子在對面坐下，嚴厲地說：「把今天的事，詳細道來。」

「是。」高煦聲音怯怯的，邊想邊說：「晌午讀罷書，孩兒一時興起，就跟著馬和出去了……」

朱棣打斷他：「說清楚，是你令馬和陪你出去的，還是馬和領你出去的？」

高煦猶豫片刻，低著頭說：「是、是……我們一塊出去的！」

朱棣哼了一聲：「知道了，接著說。」

高煦心裡懼怕，腦子熱烘烘的像鑽在蒸籠裡。他想起騎在馬和身上而被罰跪的一幕，母親居然為了一個奴才而懲罰他和哥哥！那一天他們跪在學堂的青磚地上，膝蓋又冷又疼，當時他和高熾就恨馬和，你一言我一語地狠狠詛咒了他一番。他們騎過他了，如果將來他要報復，還不如讓他現在就死。潛意識裡，他早存此念。但他知道父母親挺看重馬和，輕易不會相信他的一面之辭，於是，他做出萬般委屈的表情，顯得很困難地說出：「馬和、把孩兒領到湖邊，才玩了沒一會兒，他就、就趁孩兒不備，把我推進湖裡了……」

朱棣徐妃大驚失色。朱棣疑惑地反問：「什麼，是馬和把你推下水的？」徐妃更是著急地說：「高煦你想清楚了，萬不可胡說！」

父母的神色令小高煦害怕又嫉妒，他心一橫，索性斬釘截鐵地一口咬定：「沒錯，是他把我推下水的……他、他想害死我！」

朱棣覺得這不可能，他發怒了：「胡說！他為什麼要害死你！」

一直沒說話的高熾忽然在一旁搶著回答：「我知道了，二弟前幾天騎過他，他要趁機報復二弟！」

朱棣臉色鐵青，他的聲音令人膽寒：「高煦，你敢肯定是馬和推你下水的？」

現實與虛構之間已難辨真假，高煦認為只要氣勢奪人就能夠以假亂真，他大叫：「是——孩兒敢肯定，就是他推我下去的，他想害死我……」他不停地說著，自己也相信了自己所說的就是事實。他嗚嗚地痛哭，而且真的傷心起來。

徐妃見狀，一時也難辨真假。而朱棣已經怒髮衝冠，對著管家發火：「馬和人呢？」

眼看噩運降在小馬和身上了，管家深深地憐憫這個機靈的小太監，他的上下牙齒打著架，儘量平和地說：「稟王爺，馬和不見了，只怕是逃跑了……」

朱棣大怒：「跑了?!這小太監竟然是弒主惡奴？傳令，一定要抓他回來！」

管家應聲，小跑著出了門，領著大群家丁，打著燈籠奔出王府。出門後，他做了分工：「你們仨，沿湖搜索。你們仨，去西門一帶察看。剩下的人跟我來……」

管家一撥人剛走出幾步，卻見一個人影從夜色中搖搖晃晃地迎面走來。管家提起燈籠一照，光線圈在一張慘白的臉上——是小馬和。管家心裡百感交集，幾個家丁已經虎狼一樣地撲了上去，七手八腳的，幾乎要把馬和捏死！家丁們一疊聲怒喝：「逮著小奴才了！……」

管家對家丁吩咐：「綁了吧。」他望望驚恐不已的馬和，又補上一句：「別傷著他。」

管家說完就一個人先行匆匆進王府報告去了。他直接進了內室，見朱棣徐妃都在，向兩人揖禮稟報：「馬和回來了。」

朱棣急問：「已經抓著了？」

管家再折腰，響亮地回答：「是他自己回來的！」

徐妃朱棣兩人面面相覷。對此結果他們並不十分吃驚，朱棣揮揮手讓管家先退下。夫妻兩人單獨面對時，神情都很沉重。徐妃嘆著氣說：「馬和既然自己回來了，說明是我們兒子在說謊。唉，嫁禍於人哪。」

朱棣未料到兒子如此頑劣，不由也嘆了氣：「這個高煦，頑劣不堪，可恨！真沒出息啊……也怪我沒管教好他……！」

徐妃擔憂道：「此事若傳出去，可不就成了王府醜聞。」

朱棣惱怒道：「不光是醜聞，我還擔心，有人會添油加醋地寫進奏摺裡，稟報父皇。說我家教無方哪，縱子為害哪！目前形勢下，我們萬事都必須謹慎。」

徐妃面有愧色：「也怪我過去對孩兒太過溺愛，給王爺添麻煩了。這事就交給我來處理吧。」

朱棣笑了笑：「有勞夫人了。只有一樁——可別留下後患。」

徐妃臉上，是心領神會的表情。

柴房裡，馬和垂頭跪在地上，他已經被綁了一夜。他的委屈是漫無邊際的。他冒死救了少主子，卻仍然被當成罪犯！這一夜，他不停地想到自己的娘，眼前一次次地出現娘拉著他跪拜在觀音菩薩前的情景。他突然有點懂得娘的心思了。對於地位卑微的人們，現實中的無奈無法解脫，他們只有尋求精神上的依靠。否則，他們哪來足夠的勇氣活下去？在精神與肉體的雙重痛苦中，馬和嘗試著想像觀音的慈悲，觀音那無所不在的洞察力，觀音是永恆的母親的化身，觀音知道他的不幸，最終會來解救他……他胡思亂想，美妙幻想，在困頓的生命體驗中閃現了新的念頭：幻想中的觀音比現實中的任何人都更親切，更真實，更容易捉摸。雞叫了，一道霞光擠進柴屋，在幻境裡漂浮的馬和尚未到達彼岸就回到了現實之中，他抬起頭來的時候，意外地看見了正在打量他的徐妃。

馬和無言。歷經大難，他的精神和身體都了無生氣。

徐妃冷冷地開口道：「馬和，你為什麼把高煦推下水？」

這個問題像晴天霹靂，打得馬和懵了，他本能地為自己辯護：「稟夫人，奴才沒有推少主子，絕對沒有！」

「可是高煦說，是你把他推下去的。」徐妃的聲音四平八穩，難辨色彩。

馬和急得瞪圓了眼睛：「沒有！絕對沒有，奴才不敢撒謊。」

徐妃頓時嚴厲了：「那難道是做主子的撒謊嗎？」

馬和知道主子的嚴厲意味著什麼，他畏懼：「不……」

徐妃看著馬和，口氣變緩了：「我還知道，雖然你不慎將少主子推下了湖，跟著卻天良發現，勇敢跳下湖水救他。而且你自己不會水，差點淹死，是不是？」

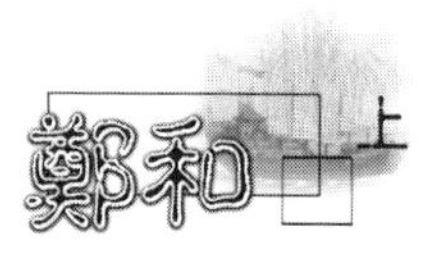

馬和遲疑著應著：「是……」

徐妃立即道：「那你把整個事情的經過，原原本本、老老實實給我說一遍。」

馬和幾乎不用想，他隨口就說：「奴才陪著少主子去湖邊遊玩。少主子不知為什麼，突然把奴才推……」

徐妃厲聲打斷：「住口！是你推少主子下去的，還是少主子推你？不准撒謊！」

馬和驚恐地望著徐妃，半晌說不出話來。

徐妃平靜地提醒他：「先前你不是承認了嗎？你不慎把少主子推下湖的！跟著，你又跳下去救主了。果真是這樣的話，你也算是將功折罪……馬和啊，你好好想一想，把事情的經過，重新跟我說一遍。」

在聰明的馬和心裡，徐妃的意思已經很明白了。他垂首沉默片刻，再抬起頭來時，眼裡已經滿含淚水。他輕聲道：「奴才想起來了……是奴才的罪過。奴才不當心，一不留神，竟然把少主子碰進湖裡了……」

徐妃追問：「之後哪？」

「之後，奴才看見少主子在水裡掙扎，奴才立刻跳下湖水，搭救少主子。」

徐妃滿意了，她恢復了往日的神態：「這就對了！馬和啊，你雖然有罪，但你奮不顧身、冒死救主的事，還是很了不起的。不但夫人我不會忘記，王爺也不會忘記！」

馬和：「謝夫人。謝王爺。」

徐妃又吩咐：「高煦落水的事兒，看見的人很多，動靜也太大，只怕已經傳得滿城風雨了。所以，明天我要把全體僕人召來，當眾訊問你，以正視聽。你哪，就把剛才交代的事情經過，再向我交代一遍。這事，就算了了，記住了嗎？」

馬和點頭：「記住了。」

徐妃微笑了：「你不僅是個好孩子，更是個聰明孩子。起來吧，我領你去吃飯。」徐妃說罷，親手替馬和鬆綁，扶他起來。

第二天早餐罷，王府的銅鑼就敲響了。銅鑼聲中管家吆喝：「夫人口諭，著王府上下全體家僕、娘姨、太監、傭工齊至『正義堂』聽審！……」

王府裡的男男女女，一個也不敢怠慢，匆匆忙忙往「正義堂」趕。大堂前的玉階前，已有家丁執棍棒立於兩側，川流不息往裡走的下人，一個個惴惴不安，不敢吭聲，只聽得見悉悉沙沙的腳步聲。

裡面的氣氛也甚莊嚴。徐妃端坐正中，朱高熾、朱高煦侍立於她身後。下人們按平時排好的順序入內，靜靜排立於堂下，廳裡滿當當的。管家折腰請夫人示下。徐妃看看大堂，輕輕地發一聲咳嗽。頓時，所有下人齊齊跪地，一片聲叫著：「給夫人請安。」

徐妃緩緩道：「起來吧。」

下人們起身，齊聲道：「謝夫人。」

徐妃端起茶盅稍微呷了一口，擱下時，臉上布滿威嚴。此時，大廳裡靜寂無聲，真正是一根繡花針落地也聽得清楚。徐妃望著眾人道：「昨兒，王府出了件意外。二公子被下人帶到湖邊玩耍，竟然掉進湖裡，差點淹死。我聽說啊，這事兒發生後，王府內外，謠言滿天飛！有人說是惡奴害主；有人說主子嫁禍殺人；還有人說是王子不端，下人造反；甚至有人說什麼王府鬧鬼、後院詐屍、善惡有報！更荒唐的是，外面竟傳言王府花園跑出個白骨精、水井裡鑽出條九頭蛇……總之，狂言惡語，百般猜疑！哼，這些造謠生事者，暗中給王府栽贓，巴不得天下大亂！這些人比強盜更壞，比家賊更可恨！世人誰不知道，咱王爺是天子龍脈。皇上在十一位藩王中最喜歡咱王爺，在三十六位皇孫中最喜歡咱們高熾和高煦，咱王府也是天底下最清淨守法的地方。可如今，堂堂王府竟然給血口烏鴉們給糟踐了！今兒把你們召來，就是當著大夥的面，把這事給審審清楚，明示天下。」

徐妃朝站在頭裡的管家看了一眼，管家立刻喝道：「帶馬和！」

馬和被家丁押上來跪在堂前。廳堂裡的人很多，這讓他感到格外的孤立無援。他感覺自己此刻是掉到了井裡，在最後的發落到來之前，只要有人落井下石，他就可能遭遇滅頂之災。因此，當徐妃讓他「從實招來」的時候，他的供詞小心翼翼：「昨兒晌午，奴才陪著二爺去湖邊走走。到蟠龍橋上時，奴才腳下一滑，不小心撞到二爺身上，二爺身體一歪，就往湖裡掉。奴才一把沒拉住，二爺就落水了……奴才死罪。」

徐妃扭頭問高煦，是否實情？高煦說是。

徐妃高聲問馬和：「後來呢？」

馬和回答：「後來，奴才嚇壞了，趕緊跳下水救二爺……再後來，奴才自己也被水嗆昏過去，就什麼也不知道了。」

「這麼說，你自己也不會水？」

「奴才不會。」

「那你為何跳下水？」

「奴才只顧得救主子，顧不得其他了……」

徐妃再問高煦，是不是這樣，高煦回答是。

徐妃厲聲問馬和：「你剛才說的，句句是實？」

馬和發誓：「稟夫人，奴才所言，句句是實。」

徐妃的眼睛從一個個奴僕臉上慢慢移過，她突然大聲問：「你們都聽清啦？」

眾奴僕齊聲回答：「聽清了。」

徐妃肅容道：「聽清了就好。事情本身很清楚，馬和不慎把高煦碰進水裡了，差點釀成大禍。待會，著將馬和抽二十皮鞭，罰往柴房服役，以示懲罰。」

管家高聲應著：「遵命！」

徐妃沉吟片刻，又道：「考慮到馬和闖禍以後，不但沒有避罪脫逃，反而冒死救主，忠心不二。因此受罰之後，再賞他二十兩銀子，兩套新衣服，以示褒獎。並將此事載入王府家書。」

馬和知道自己終於從井底爬上來了。他悲喜交集地抒了一口氣，重重叩謝夫人。徐妃微微含笑掃視家僕，問：「你們當中，有沒有誰心懷叵測，跟著造謠生事啊？」

眾人爭先恐後表白：「奴才不敢！」「奴婢不敢！」

徐妃目光尖銳地挨個望去：「有沒有誰，聽到外面人胡言亂語啊？有沒有人，遇到外人向你打聽王府內情啊？」

男女家僕面面相覷，竊竊低語。徐妃發怒了：「有沒有？」

眾僕人紛紛說「不敢」！

徐妃板著臉教訓：「不管你們敢還是不敢，我可是要嚴查的。凡是口無遮攔、洩露王府內情、敗壞王府規矩者，絕不輕饒！記著了？」

下面齊聲答應：「奴才記著了。」「奴婢記著了。」誦經一般。

徐妃知道此番整治已見效果，漸漸和顏悅色起來，她不愧徐達的女兒，從小耳濡目染的她，深諳對下人的駕馭之道。父親說過慈不掌兵，要下人對你忠心就要採用恩威並舉的手段，訓斥過後，她吩咐管家，「這些日子大家都辛苦了，立刻給每人加賞一個月的薪水。還有，今晚殺兩頭豬，開幾罈子酒，讓大夥好好吃一頓。」

管家沒想到今天的堂審會有這麼一個結果，一時驚訝得沒回過神來。直到徐妃瞪他，他才慌忙揖道：「在下遵命。」他轉身向瞠目結舌的僕人們喝道：「都傻啦?還不快謝恩！」

僕人們被突然而至的恩典弄昏了頭，聽到吆喝聲才敢斷定自己沒有聽錯。他們立刻跪了一片，喜笑顏開地叩頭謝恩。徐妃趁別人不注意時抿嘴露出了得意的神色，她知道她的這些小手段也是朱棣愛她的籌碼。其實，在自己心儀的男人面前，所有的女人都願意變成一隻小寵物。剛柔並具的她在朱棣面前從來都以柔克剛。她想像著朱棣等一會知道今天她所做的一切時會有什麼樣的表情，不由先行陶醉起來。這時候，她的聲音聽起來簡直有點溫暖：「起來吧。起來吧。」

馬和在柴房裡幫著幹了兩天活，管家就讓他去朱棣身邊聽使喚了。這一天他正在書房拂塵整理書籍，姚廣孝拈著佛珠一搖一晃進來，默默打量著四壁書畫。馬和心裡一向對這位被王爺稱為大師的和尚刮目相看。他知道和尚不結婚，這一點就使得當太監的他潛意識裡對和尚產生了親近感。他恭敬地替姚廣孝斟茶，告訴他，王爺正在軍中，剛才傳話來，請大師稍候片刻。

姚廣孝口說不急，在客座上坐下就閉目誦經。馬和退立一側，豎立不動。陪侍大師，他的胸腔裡莫明其妙滋生了一層暖意。姚廣孝誦罷一段佛經，微微睜眼，看見馬和昂首挺胸，目不斜視，定如銅鐘，不由對他打量了一番。接著他又閉上眼，吟誦起詩文來：「身如泡沫亦如風。刀割香塗共一空。宴坐世間觀此理，維摩雖病有神通……」屋內很靜，大師吟誦的間歇，屋角座鐘的鐘擺清晰地篤篤響著。姚廣孝再睜眼的時候，座鐘已走過一個時辰。他看見，小馬和循規守矩，立於原地，紋絲未動，氣韻如初。姚廣孝有些吃驚，這孩子的定力，居然如此之好，不簡單！他微笑著與之攀談：「小師傅大概名叫馬和吧？」

馬和沒想到大師會知道自己這個下人的名字，略略有些激動地回答：「奴才是叫馬和。」

姚廣孝問：「把二公子朱高煦推進河裡的，就是你吧？」

馬和聽見一個「推」字，渾身哆嗦了一下，但他還是回答：「是。」

「善哉！把二公子從湖裡救出來的，還是你吧？」

「是。」馬和回答得有點機械。他不願意再談這個話題。剛剛過去的事情，對於他就像是一場噩夢。

姚廣孝卻似乎特別感興趣，非要追根究柢：「怪哉！……既推人落水，又救人出水，此事於情不順，於理不通啊！」

馬和無話可答，窘迫得低下了頭。

姚廣孝閉上眼睛：「且讓貧僧猜想一下……」稍頃他睜開眼道：「知道了，推人落水或許有假，而救人出水大約是真。對不對？」

這下馬和驚訝了。他張著嘴，想說話卻又意識到不能說，他的眼睛濕潤了。這天地間，竟然還有一個明白真相的人！

姚廣孝親切地看著他，問道：「你為什麼要代人受過呀？」

馬和的目光躲閃著。然而在心裡，他卻覺得姚廣孝像是他的親人。在這個世界上，他沒有親人了，他在心裡一廂情願地與眼前的人親近著。他真想把真相全部告訴大師，但他不敢，萬一大師對王爺說起呢。他支吾著：「奴才沒有代人受過。」

姚廣孝哈哈一笑：「你瞞不了我。頭上三尺有神靈，菩薩可是什麼都看得見的。說吧！」

這話像口渴時送來的瓊漿，馬和的眼睛清亮起來。被綁在柴房柱子上的那天夜裡，他就曾經向神靈祈禱，但他不知道菩薩最終會不會顯靈。現在這樣的話從大師嘴裡說出來，就像給一個虛弱的病人打了強心針一樣，馬和的精神世界彷彿強壯起來。他望著大師，大師的眼神鼓勵著他，他雖然還心存擔心，但終於吞吞吐吐地說出了事情的真相。

姚廣孝聽後沉吟片刻，對馬和說：「這叫『為尊者諱』，儒者之道啊。無端受過，你覺得委屈嗎？」

馬和想了想，認真地回答：「開始覺得委屈，後來就不委屈了……二爺是主子，奴才應該為主子擔當過錯。」

「假如主子一錯再錯呢？」

「那就一再擔當。」馬和心裡本能地覺得，除了一再擔當，別無它法。

「一再一再，何時還債？擔當擔當，理在何方？」姚廣孝高聲問。

馬和想到事後高煦捧了衣服送他、向他道歉的情景，就說：「主子知道錯了，會改。還會感激奴才，奴才應該和主子生死同命，榮辱與共。」

姚廣孝突然嚴肅起來，教誨道：「主奴之別，猶如天塹，不可逾越。主奴之間，就算有生死與共，仍然是尊卑有別。我再問你，如果那天你會淹死，你還會跳下去嗎？」

馬和回想當時自己的心情，說「會」。那天，他又急又怕，恨不得掉下去的人是自己。

姚廣孝不知道馬和腦子裡是怎麼想的，這麼小的孩子就懂得忠心，的確罕見。他追問：「為何？」

「因為大師說過，頭上三尺有神靈，菩薩可是什麼都看得見的！」馬和學著學堂裡的朱高熾朱高煦，用先生說過的話來回答問題。

姚廣孝一怔，哈哈大笑，心裡已經喜歡上了馬和。正要再開口，朱棣一身戰袍，大步而入。他解甲遞給馬和，特意吩咐他拿好。他告訴了姚廣孝一個重要消息：「上月初八，父皇秘密召集內閣大學士和六部大臣，垂詢太子儲君的人選。」

姚廣孝為他分析：「洪武皇上乃千古聖君，掌天下於一心。皇上如果發問，說明他心裡已經有答案了，否則，他問也不會問。」

朱棣點頭同意。他告訴姚廣孝，京城來的消息說，大臣中有舉薦晉王的，也有舉薦秦王的，還有舉薦皇太孫朱允炆的。聽到皇太孫的名字，姚廣孝頓時一驚，脫口道：「朱允炆？」

朱棣不以為然地說到皇太孫：「就是前太子朱標的長子，綽號『扁頭郎君』。小時候睡覺把頭睡扁了，得了這個綽號！今年十五歲，少不更事，一無所長。」

姚廣孝不說話。他最關心的是有多少人舉薦燕王。他知道，朱棣前面的話僅僅是鋪墊而已，真人不露相，真人總是在最後一個亮相。他朝燕王看看，眼睛裡自然流露出心中的懸疑。燕王果然笑了，「舉薦最多的就是本王，哈哈哈……」

「本王」——姚廣孝聽來耳生。這是朱棣第一次在他面前使用。原來都是自稱為「小王」的。滿招損，謙受益啊，朱棣根據表面現象，就以為新太子之位非他莫屬，可以高枕無憂了，不祥呵不祥！但是姚廣孝不露聲色，只是向朱棣恭賀過後，含蓄地提醒：「王爺剛才說，皇上是上月初八秘密垂詢的，那一日……豈不是皇太子殯天周年之忌麼？皇上為什麼要選擇這樣一個日子呢？」

這是朱棣沒想過的，他半天才道：「也許，那是父皇念及喪子之痛，情之所至，瞻望未來吧？」

姚廣孝此時才真正表現出自己的憂慮：「也許是。也許不是。也許先是而後不是。也許先不是而後是。唉……」

朱棣見姚廣孝為他如此殫精竭慮，心中感動，反過來安慰他，「大師多慮了。父皇垂詢太子人選之後，接連給本王降下兩道恩典。其一，賜本王節制黃河以北、燕山以東所有兵馬；其二，

父皇把當年征戰時御用的龍首鎖子甲賞了我！」朱棣說著示意馬和，捧上剛脫下的龍首鎖子甲展示給姚廣孝看。

姚廣孝觀甲，不由得大喜，「這副御用戰袍，其實就是皇上衣鉢啊，它象徵著大明江山哪，無怪乎王爺整天穿著他呢。這意味著，皇上已經在為立儲預做鋪墊了。」

朱棣讓馬和退下，請教姚廣孝：「大師呵，你看這會兒，本王該做什麼？」

姚廣孝沉吟道：「這時候，文武百官，皇子藩王都在盯著王爺呢。您既是萬眾矚目，又成眾矢之的，既榮耀，又凶險！王爺應該韜光養晦，收勢藏拙，靜候天意。」

燕王笑著朝姚廣孝一揖：「本王謹受教。」

接下來兩人愉快對弈，朱棣躊躇滿志地問姚廣孝，如果自己君臨天下，大師想要什麼，想做什麼？姚廣孝笑著回答，自己此生焚香誦經之外，別無它求。朱棣知道姚廣孝酷愛字畫，對他說，王府字畫，任他摘取。沒想到姚廣孝搖頭，他說他不要物，身外之物，對於他，從來都是可有可無。但他還是向朱棣要了一樣東西，是一個人——馬和。他對朱棣說，自己年過半百，一直想收一個徒弟。剛才同馬和聊了片刻，發現他聰明大氣，心胸開闊，且對王爺忠心耿耿。

如果王爺允許，他想借他三年，收做親傳弟子，善加培育。三年之後，保證還給王爺一個能夠縱橫四海的幹才！

朱棣情緒正亢奮著，大喜驚叫：「嘿喲，這是馬和天大的福氣呀，就交給你了！」話音未落，他落下一子：「將！」

當朱棣把這事告訴馬和的時候，馬和簡直樂暈了。他要成為一個有學問的人了！這件事將他心中原本揮之不去的遙遙無期的空虛頃刻填滿！他獨自走到院子裡蹦達了一陣，胸腔裡歡聲雷動，臉上閃動著被閹割前才有的天真與生動，小心眼裡劈里叭啦地燃起了亂七八糟的憧憬。他本能的感覺到他將長期默默地獨自享受這些憧憬或者叫希望。在心底，他虔誠地把姚廣孝當做了他的父親。一個願意對他負責任的父親。

第二天一早，馬和得知姚廣孝已在王府大門外等他，懷抱小陶罐，快步奔出，拜倒在姚廣孝腳邊：「徒弟馬和，拜見大師！」

姚廣孝將手中一隻包袱擲在馬和面前，喝令：「脫掉綾羅綢緞，穿上布衣麻鞋。」

馬和伏地恭敬地稱是，手腳麻利地立刻照辦。姚廣孝注視著那只小陶罐，問：「這是什麼？」

有人關心他了！馬和心中一暖。但他很難為情，羞澀地說：「稟大師，這、這是太監的……『寶』。一生一世都得帶在身邊。」

姚廣孝微笑：「知道了，走吧。」

姚廣孝直接把馬和帶入禪房。他讓馬和坐了，對他說：「從今日起，你半天在王府裡當奴才，半天到我禪房裡來當徒弟。」

馬和大喜，臉上的笑容想掩都掩不住：「這太好了！」

沒想到姚廣孝冷冷地說：「你高興什麼？照老衲看來，沒什麼好高興的。」

馬和收起笑意認真對師傅說：「弟子高興著呢！弟子做夢都盼望讀書成才！」

姚廣孝卻斥道：「成才？……哼，奴才不是才嗎？要知道，奴才也是才！從古到今，朝廷上許多臣工都是奴才，但他們本事比皇上還大哪！」

馬和一驚，他從未想像能聽到這樣大膽的話。自小到大，他只知道在人們的印象裡皇上是天，人們的印象成了他的印象。還有比皇上更高明的人？但這話是從師傅的嘴裡說出，他就如饑似渴地汲進去了。他相信師傅是非凡的，師傅告訴他的道理都是久經琢磨的深刻道理。否則，王爺為什麼會同師傅執手稱兄道弟呢？他謹慎地回答：「是。」

姚廣孝望著馬和：「很快你就會發現，在王府給王爺當奴才，要比在禪房裡給我當徒弟輕鬆多了。當奴才累的是筋骨，當我的徒弟，你得熬紅了眼、用爛了心，苦不堪言！」

馬和堅定地說：「再苦再累，徒弟也願意！」

姚廣孝的面孔突然變得冷若冰霜，「是麼，那好，今兒就給你上第一課。聽著，老衲問你第一個問題——你是什麼人？是男人，還是女人？或者，根本不是人？」

馬和萬沒想到師傅這樣給他啟蒙，他驚恐地望著姚廣孝，根本答不出話來：「我、我……」

姚廣孝怒喝：「你不是人，你只是個太監！」

馬和腦袋一震，斗膽反詰：「師傅，難道太監就不是人麼？」

姚廣孝厲聲斥道：「太監是牛馬的牛馬，奴才的奴才。別看你外表像人，實際上只是皇宮後院的用具。太監嘛，就像鞋底、痰盂、抹布一樣，是個用具！」

馬和的心顫抖著。他是為了擺脫痛苦而來，未曾想到比原先更增加了痛苦。原先他還懵里懵懂，可以在主子的小恩小惠中一次又一次麻痺自己，師傅卻要揭他的傷疤，讓他再次感受當初被閹割前後的那種痛苦。「用具？」他機械地自語。

「對，用具！嬪妃們可以當著你們的面更衣、拉屎、撒尿。帝王可以當著你們的面議政、進膳、如廁、甚至做愛。為什麼呢？因為帝王和嬪妃，根本沒把太監當人看，只當做物件，只當做用具！」姚廣孝說著咳嗽一下，順口朝旁邊的痰盂裡吐了口痰。接著說：「瞧見了嗎？你呀，比這痰盂多兩條腿，卻比那牛馬少兩條腿。哦，這就是你！」

師傅講話的過程中，馬和心裡幾乎溺水一般上氣不接下氣地苦苦掙扎。聽到這兒，他已經忍無可忍，撕心裂肺般地大聲喊叫：「師傅——」

這喊聲傳入妙雲耳中，她正拎著食盒走近禪房，震驚不已地憑窗靜聽。

姚廣孝對馬和的痛苦聞而不聽，視而不見，他繼續平靜地講課：「不必嚷，不必恨，平心靜氣聽端詳。馬和啊，你得終生牢記，你不是人，是物。主子要是喜歡你了，你就是寵物，主子要是討厭了，你就是個棄物。主子如果死了，你就是個廢物！」

馬和望著師傅，見他神色莊嚴，發熱的頭腦漸漸冷靜下來。他這是幹什麼？他是徒弟，拜師的第一天，難道就要和師傅分庭抗禮？要是師傅討厭自己了，他不就成了實實在在的棄物？這樣一想，他的腦袋上冒出了細汗，誠惶誠恐地跪在了地上，萬般痛苦地伏地道：「師傅——我明白了。」

姚廣孝冷峻的目光彷彿陽光具有穿透力一般，看得進馬和的內心。他望著地上的馬和，大聲喝叱：「你沒有明白，你只是被迫接受命運。起來！」

馬和遵命起身，渾身發抖。姚廣孝並不就此罷休，再令：「像狗一樣爬在地上，就像那天少主子騎你那樣。」

馬和以為這是因為自己觸犯了師傅，師傅動怒而給予的責罰，他再不敢有絲毫違抗，順從地爬到地上。姚廣孝嚴厲吩咐：「師傅說一句，你重覆一句。」

馬和顫聲：「是。」

姚廣孝大喝：「我不是人！」

馬和重覆：「我不是人！」

姚廣孝大喝：「我是主子的用具！」

馬和含淚跟著說：「我是主子的用具！」

姚廣孝大喝：「我是牛馬的牛馬，奴才的奴才！」

馬和幾乎是抽泣著重覆：「我是牛馬的牛馬，奴才的奴才！」他的眼淚一滴一滴地滴到了木板地上。

姚廣孝厲聲叮嚀：「這些，絕不是說說就算了，你得讓它們像釘子那樣釘在心上，讓它們刻骨銘心！永遠永遠！」

馬和已經泣不成聲，但他不敢不說，只得嘶聲叫喊：「刻骨銘心！永遠永遠！」

禪房窗下，妙雲如遭雷殛，大驚失色，脫口低叫：「啊！……」

姚廣孝眉頭一皺，顯然聽見了窗外動靜，但他佯作不察，用平靜的聲音對馬和說：「現在，你可以起身歸座了。」

馬和謝過師傅，起身回到自己的座位上。姚廣孝看著馬和坐定，再目視他片刻，臉上露出了舊日音容，聲音竟像昨日在書房裡那般親切了：「馬和啊，身為奴僕，只有當你知道自個有多麼低賤之後，才能熬過平生歲月。特別是太監，在世人的意念中，更是『人』中另類，人下之人。人們把你的缺陷當做拿捏你的把柄，當做逼你繳械的武器，你為此一輩子都不會有真正的安寧。對於世人的作踐，你不必吃驚，也不必憤怒，更不必暴跳如雷。面對世人輕慢的眼神，你要沉默得像一塊石頭，平靜得像這尊木魚。你看它——終日任人敲打，卻無動於衷。你要是到達了木魚這種境界，憤怒和吃驚的就將是那些污辱你的人。到了那時，你即使跪在地上，也比他們高明得多，甚至高貴得多！比如，少主子朱高煦曾經騎在你背上，視你為牛馬，可你在湖邊的所為，遠比少主子高貴得多，明白了嗎？」

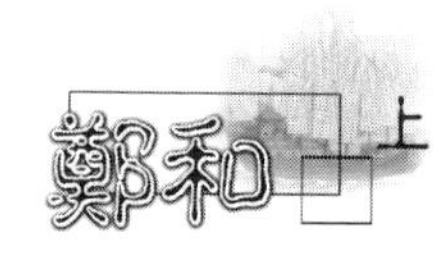

馬和一下子還想不明白，但他似有所悟，點點頭：「明白了。」

妙雲在窗外聽得入神，她倒好像聽明白了，兀自點頭，再次側耳傾聽。

屋內，姚廣孝已經開始給馬和上第二課。他問：「你知道自己是什麼人了嗎？」

馬和不敢馬虎，清晰地回答：「知道。我是太監。太監不是人，是物品，是用具。」

姚廣孝再斥：「錯了！」

馬和不知所措：「我又錯了？」

姚廣孝深沉地說：「又錯了！聽著，太監非人，卻偏偏要做人！太監不但要做人，還要做個人上人！能否如此，全在於自身修煉，在於含辱含憤，一世拼搏！」

馬和此時才恍然大悟，原來，師傅對他是置之死地而後生啊！他敬佩地望著師傅，但又不敢多望，他怕自己心裡對師傅的依戀從眼睛裡暴露無遺。一日為師，終生為父，但師傅願意視他如子嗎？恐怕這只是他這個小太監的自作多情？他垂首向師傅揖禮：「請師傅教我！」

姚廣孝便給馬和說了司馬遷的故事：「……這人和你一樣，也被皇上割去了卵子。一夜之間，從一個文臣墨客墜入寒賤之徒。但他忍辱含垢，痛定思痛，發憤圖強，義薄雲天！他數十年如一日，滴水穿石，鑽研史籍，終於『究天人之際，通古今之變，成一家之言』，修成了古往今來最偉大的一部書——《史記》。在老衲看來，史記一百三十篇，寫盡了天下帝王諸侯，但是書是最了不起的人，就是司馬遷他自己呀！他雖然被皇帝割去了卵子，卻是人中之聖！是無冕之王！」

馬和深深地激動了：「師傅，我也要像他那樣！」

姚廣孝微微笑了，他讓馬和把「寶」給他。馬和拿出小陶罐，雙手呈上。姚廣孝接過稍稍掂量，口中低嘆：「善哉，善哉……」突然揮臂，將它擲出窗外。陶罐與妙雲耳鬢廝磨，劃空而過，落到石崖上，立刻發出一陣粉碎聲。

馬和撲到窗下跪地大泣：「師傅，那是父精母血，將來要和我同歸於土。要不然，我不能全身而死，得不到超生啊……」

姚廣孝毫不留情地打斷他：「那不過是割下來的卵子，是個廢物！」

馬和想起了「陰刀劉」說的話：「『陰刀劉』說過，它是太監的根，太監的寶，要永遠不棄不離。」

姚廣孝大喝：「有所棄，才能有所取，有所捨，才能有所得！一個人，如果被庸常規矩所縛，那他何以從世俗牢籠中掙脫出來呢?他何以能夠超凡脫俗，成就一番大業呢?」

馬和仍跪在地上，他閉上眼睛痛苦地思量，終於漸漸醒悟：「如果被廢物纏著……徒弟這輩子也會變成一個廢物的！」

姚廣孝終於露出了滿意的神色：「說得好，從現在起，你就要甘願無根無後。一個無根無後者，常常是繼往開來之人！」

馬和心裡尚不平靜，但他知道這番道理的分量。「師傅教誨，弟子謹記在心。」他說話的時候，聲音還顫顫的。

姚廣孝喚馬和起身，開始授第三課。他揮手一抹，揭去案上麻布，現出一幅拼圖。只見它，長寬各三尺餘，繪畫著九曲黃河、萬千關山，重巒疊嶂，古木蒼翠。姚廣孝讓馬和仔細觀看。馬和正興奮地看著，姚廣孝又是揮臂一抹，將拼圖揮落在地，拼圖頓時碎成各種形狀的小木塊。姚廣孝交代馬和在一炷香的功夫內，將圖復原。然後，他自己飄然步出房門，未跨出門檻就揚聲道：「善哉，善哉。貧僧只打算收一個徒弟，沒打算收兩個呀。」

妙雲從屋側閃出，笑而折腰：「大師，王爺今兒宴客，忽然想起大師，命我把席上的熊掌、魚翅、蹄筋，還有一壺百年佳釀送來……」一面說，一面往石桌上擺放。趁姚廣孝不注意，還不時朝屋內瞟一眼。

姚廣孝早把妙雲的一舉一動收進眼底，他抿了一口酒，突然盯住妙雲的眼睛問：「你在窗外偷聽半天了，有何見教啊？」

妙雲不好意思地避開大師的眼睛，嘟著嘴道：「奴婢聽了好害怕喲。大師您、您真狠心。您這個教法，早晚要把那個小太監給逼死。」

姚廣孝笑笑道：「王爺的丫環，個個厲害。不過這一點你不懂，舊者不死，新者不生嘛。」

妙雲為姚廣孝斟酒，不以為然地說：「照奴婢看來，人只要平平安安就好，幹嘛要拼個魚死網破的……」

姚廣孝笑著端詳妙雲細瓷一樣光潔的面孔，戲謔道：「妙雲啊，我教我的徒弟，你心疼什麼？告訴你，老衲這雙賊眼啊，最善於看相，見微而知著。老衲一眼望去，你和那人之間，說不定將有無盡恩怨呢！嘿嘿，苦日子在後頭哪！」

少女的臉紅了，她生氣得跺足道：「大師又講瘋話了！」

姚廣孝得意得大飲：「不是瘋話，是……是醉話。」

屋內的那炷香已燃過半，馬和將最後一塊木板安放上去，九曲黃河圖就恢復成原樣了。剛才他一聽見妙雲的聲音，心裡就慌亂起來，他以為九曲黃河圖要拼不成了，沒想到上手之後腦袋瓜好像特別活絡，頭腦也特別清醒似的。圖拼好後，他守著圖端詳，安靜地等著師傅。好容易盼到師傅進來，沒想到他身後竟然跟著妙雲。馬和的心又是莫名其妙亂跳一陣，他趕緊垂下了頭。姚廣孝不看馬和，直接走向九曲黃河圖。低頭看了一會，臉上立刻山清水秀，春光明媚。他招呼妙雲，「你看看，老衲相中的徒弟如何？哈哈哈。」

妙雲湊近仔細看著，佩服地說：「真了不起。」

妙雲的誇獎像甘露滴進馬和焦渴的心間，他的臉霎時紅了，他將頭垂得更低了。姚廣孝對妙雲說：「這幅拼圖老衲曾讓世子朱高熾試過，他恢復用了兩個時辰。二王子朱高煦哪，弄了兩天也沒弄成。看來馬和天生就有慧根，老衲真沒有看錯人！」

妙雲聽了很興奮，她雙眼一轉，笑著瞟一眼大師：「那麼，大師拿什麼獎賞他呢？」

姚廣孝想了想：「老衲賞他立身之本！」他側轉身對馬和說：「聽著，從現在起，你就是我的俗家弟子了。老衲除了給你講些必讀詩文，還將教你易經八卦，教你陰陽五行、天地六合……嘿嘿，這些，都是老衲的立身之本！」

馬和拜謝了恩師，姚廣孝宣布課畢，讓馬和送妙雲回王府。馬和拎著空盒跟在妙雲身後。妙雲穿著淡青色夾襖，秋香色擺裙，裊裊婷婷，冰清玉潔，馬和看得心動神移。他的心中，已經藏著一個大疑問，太監能不能愛別人？能不能被別人愛？此時，這個疑問像火一樣燒痛了他的心，但他卻不敢問道衍師傅，他不敢問任何人，死也不敢。馬和正胡思亂想間，妙雲突然回頭，她，面若桃花，眼若水杏，馬和心裡別別狂跳，轉臉避開，就面對著一堵山崖了——這裡是陶罐碎裂的地方。妙雲只顧看著上方的山崖，高高的、險峻的山崖之上，竟然長著一片通紅的山楂果。她驚叫：「看，多好看哪！」

馬和也看到了，他低聲應著：「好看。」

妙雲心馳神往地說：「要是能夠到多好啊！」

馬和打量著只有飛鳥才能抵達的險峻山崖，一言不發。第二天清晨，妙雲推開木窗的時候，看見了一串美麗的山楂果掛在窗櫺上。每顆果子上都綴著閃閃的露珠。她取下山楂果，珍惜地撫摸著。她小心地把山楂安放在一隻玉盤內，它們像紅寶石那樣閃閃發光。妙雲坐在對前欣賞，手裡開始縫製一件衣裳。而馬和正在不遠處的走廊上掃地，他的臉龐與脖子上都有新鮮的傷痕。

第五章

日月如梭。

馬和長大了，長成了一個英俊青年。清秀的稍稍女性化的臉龐上，兩隻大眼睛不露聲色地覽閱世情，卻體現出他內心的井然有序。這是由知識和經驗的積累提煉出來的秩序，這種秩序一旦成為一個人臉上默默無言的固定痕跡，就沒有人敢在心底將這個人物輕易否定。

他騎著快馬朝王府奔馳而來，腰間橫掖著兩隻信筒。到了門口，提著韁繩的手快速朝後一勒，馬就停了下來，他大步匆匆跨入正門，門畔的侍衛們頓時立定，恭敬地注視馬和入內。王府內與他相遇的家僕、差役趕緊側身讓路，他們恭敬地招呼：「馬大哥吉祥！」「在下給馬統領請安。」

馬和深邃而清澄的目光頓時露出了微笑，他練達地一一回禮：「老四好！……劉叔您甭客氣！」顯然，馬和已經今非昔比，他贏得了王府所有下人們的敬畏。他總是步履匆匆，內心有一種緊迫感，這緊迫感有時候會使他暫時忘記自己的缺陷，或許正是為了忘卻他才行成了自己緊迫的風格。而另一些時候，這缺陷又變成了他的一個秘密情人，甚至幻化成他的潛在的動力，鞭策他謹慎大膽，迂迴精進。

馬和進入正堂，朝朱棣揖過禮，就將秦王朱爽、晉王朱罔派人送來的信筒放在大案上。朱棣打量著紅漆燙封的信筒，心中一喜一驚，百般滋味。喜的是，兄弟間多年不通信，他心底對親情的渴望得以滋潤，驚的是，幾年不通信，來信必有名堂，現在仍是太子虛位的非常時期，一著不慎，全盤皆輸啊！他沉吟道：「父皇最忌諱皇子之間秘密往來。為此，我與二哥、三哥之間多年不通書信。難道，他們不知道父皇脾氣嗎？為何要在國儲未定的時候給我送什麼密信呢？弄得我收也不是拒也不是。唉！」

馬和寬慰道：「兩位信使說，這只是王爺兄弟之間的尋常家書。」

「可是，家書有家書的規矩，應該叫驛站遞送。可兩位皇兄特意派信使千里迢迢送來，豈非欲蓋彌彰？萬一叫父皇知道了，只怕生疑，甚至追究。」

馬和不知再說什麼了，道：「王爺明見。」

朱棣拔出佩刀，一面拆解信筒一面問：「你還打探出什麼消息？」

馬和說出他的疑惑：「秦王駐守西安，晉王駐守開封，兩地相距數百里，為什麼秦晉兩王的信使，會在同一天到達北平？為此奴才婉轉地問了兩位信使，他倆支支吾吾的，說是在郊城巧遇了，才一同進城的。」

朱棣笑笑：「這個謊說得不高明！」

馬和：「王爺說得是。奴才從他們的謊話中，聽出了一些真情來……」

朱棣急切道：「少說廢話！什麼真情？」

馬和：「奴才聽出來，不但是晉王的信使是來自開封，那秦王的信使也是從開封府過來的。這……或許意味著，秦王此時不在西安，而在晉王府上。」

朱棣「哦」了一聲，立刻說：「完全可能。三月初五，秦王進京朝見父皇，四月初三辭駕離京。照此判斷，秦王離京後沒有返回西安，而是拐到開封去了……二哥三哥私自會晤，就不怕父皇問罪？」說到這兒，他按捺不住了，用刀鋒撬開信筒蓋，使勁一甩，一卷書信掉地，馬和快步上前撿起，輕輕放到案上，再快步退至一旁。朱棣拿起書信默讀，瞬間臉色驟變，連手都不由自主地微微顫抖起來，不遠不近侍立著的馬和緊張地注視著朱棣。朱棣把信朝案上一摔，默想片刻，吩咐馬和：「快去大覺寺請道衍大師！」

馬和應聲匆匆出去備轎，自己先騎了馬來到大覺寺，向道衍師傅說明情況。師傅並不著急，從門旁拿了自己的竹手杖往外走，卻對已趕上來停在門口的綠布官轎視而不見。馬和自然也不能再騎馬，亦步亦趨跟在師傅後面，一個勁地請求：「師傅，您還是上轎吧？」

姚廣孝慢吞吞道：「老衲腳下這雙麻鞋，就是轎。除此以外，老衲沒有坐過任何轎子。」

馬和只得低聲下氣懇求：「今兒，您就破個例，坐它一回。」

姚廣孝嗔怪道：「馬和啊，老衲這點怪脾氣，你又不是不知道，走了一輩子路，不死不坐轎！你可別壞了師傅心性！」

師傅話說到這份上，馬和就應該鉗口噤聲了。然而他居然仍舊笑嘻嘻地圍著師傅乞求：「師傅，王爺正等著您呢，徒弟看他急得不行。」跟師傅久了，馬和對師傅的脾性也摸熟了。師傅是真喜愛他。馬和同師傅在一起，和同燕王在一起是不一樣的，他和燕王是奴才跟主子的關係，主子同奴才的關係，不是恩人就是敵人，而且兩種關係也會隨時微妙轉化。而同師傅就不一樣了，師傅是他精神上的救星，也是他精神上的父親，可是兩人之間卻不存在不可逾越的鴻溝。因此，雖然他對燕王和師傅都心懷敬畏，但同師傅在一起時他心裡就鬆弛得多。他在心裡把師傅當做父親，他也感覺到，師傅拗不過自己的常人感情，也已經在心裡將他視作兒子，以填補自己作為精神領袖和同世俗有距離的僧人在這個世界上的深刻孤獨。兒子同父親之間，總會產生一種既定的氛圍。

姚廣孝不以為然地瞟馬和一眼，似乎有意逗逗他：「急急好啊，讓他急去！等老衲拜見王爺時，他正好已經急過頭了，大家平心靜氣的好說話，你說是不是？」

馬和無奈地應著：「是。」

姚廣孝不滿地：「到底是不是？」

馬和趕緊提起精神：「是。是！」

姚廣孝這才面露笑意，讓馬和猜猜，秦王的信裡說些什麼，晉王的信裡說些什麼。

跟在姚廣孝身後的馬和緊走兩步跟上師傅，他知道師傅又要點化他了，心中暗暗興奮，卻並不費神去猜，而是說：「皇子之間的密信，徒兒怎麼猜得著呢？」

姚廣孝訓誨：「天下本無糊塗事，世上擠滿糊塗人！」

馬和低聲道：「徒弟怕猜錯了！」

姚廣孝：「錯怕什麼？只要肯猜，『對』早晚會從錯中來。」

馬和凝神一想，說出自己的想法：秦晉二王的密信，恐怕都離不開太子之位的人選。姚廣孝讓他繼續猜燕王對信的態度，是憂還是喜？馬和想想，大概是喜憂參半吧。姚廣孝再問馬和，燕王將如何應付秦晉二王？

馬和朝師傅看看，眼中滿是求情的意味，讓師傅放他一馬：我又不是燕王，這怎麼猜得出呀？姚廣孝笑著拍打愛徒兩下，「能猜到這一步，已經難為你了。有長進。」他放慢步子，馬和見師傅遲遲不開口，輕輕催促：「徒兒請教師傅。」

姚廣孝沉吟道：「老衲擔心，他們是想利用燕王了！」

馬和大驚：「當真？」

姚廣孝冷笑：「大位空虛，哪位皇子不想探足？得大位者君臨天下，失大位者屈身為臣！同是皇兄皇弟，差之毫釐，失之千里，豈能不以命相爭？特別是皇二子秦王，太子殯天之後，他為長兄，依序當立。他恐怕早就把太子位視為自己的囊中物了，豈容燕王染指？而在燕王看來，自己雖是皇四子，但智勇果決，無人可比，論賢當立。而且，皇上早在三年前就把龍骨戰甲賜於他，他苦苦等候了一千多個日夜，也是痛苦煎熬了一千多個日夜，仍然是——天涯望斷無消息。誰也料不到，皇上會讓太子位空虛數年之久，就是不做最後決斷。這——使得各位皇子如火烤，如針刺，如癡如狂如罪犯，無片刻之安哪……」

馬和驚駭出聲：「罪犯?!」

姚廣孝淡然道：「從古至今，凡圖謀大位者，哪個不是風聲鶴唳、草木皆兵？哪個不是杯弓蛇影、提心吊膽地過日子？即使是皇子，也得處處小心，走路怕人暗算，吃飯怕人下毒，說話怕人偷聽，睡覺也怕一覺下去醒不來了。人要是過上這種日子，不像罪犯像什麼？」

馬和輕輕感嘆：「看來各種人有各種人的難處，可這樣……值嗎？」

姚廣孝沉思著說：「值。只要能即位，沒有比這更值的了！如老衲猜得不錯，那麼秦晉二王這一番忙碌，就意味著皇上快要做決斷了。」

馬和對師傅敬佩不已，心中越發依傍師傅，他激動地問：「照師傅的意思，王爺的勝敗存亡，指日可待？」

姚廣孝嘆息：「不出今年吧。」

這時候，兩人已穿出小巷，遠遠可見莊嚴的燕王府了。師徒兩人頓時無言。

從姚廣孝步入王府正門開始，侍衛就一疊聲傳報進去：「道衍師傅到！道衍師傅到！」沿途，家僕差役紛紛避讓，恭敬折腰。姚廣孝一路走，一路合十作揖，微笑致意。朱棣從正堂玉階上一溜兒竄下，親切相迎：「大師啊，您可來了，小王已經等您兩個時辰了。」

姚廣孝折腰緩聲道：「貧僧罪過，請燕王寬容。」

朱棣一隻手挽起姚廣孝，另一隻手直往前指，嘴裡連說：「請。請。」

姚廣孝敏感地發現，燕王又謙稱自己「小王」了，三年多來，他可一直自稱為「本王」的。他畢竟還年輕，有點沉不住氣，急於有人同他分擔權力之爭引動的焦慮。進了大堂，朱棣眼色示意馬和關閉大門，就將密信遞給了姚廣孝。姚廣孝坐在客席細看信件，朱棣憂慮地踱來踱去，一邊對姚廣孝解釋：「二哥秦王也是皇后嫡出，英勇善戰，早年隨父皇征戰沙場，立下過不少功勛。他說近來舊傷發作，手足無力，連走路都得人扶著。因此，對太子位毫不期望，只想多過幾年舒心日子，求一個富貴終生……」

姚廣孝眼望著密信回答：「秦王此話不說還罷，一說，恰恰是欲蓋彌彰！秦王信上百般隱匿爭位之心，我看是此地無銀三百兩！過猶不及，司馬昭之心，路人皆知也！」

朱棣道：「二哥還說，在各皇子中間，四弟我的文武韜略最為傑出，也最得父皇厚愛。二哥他將不避忌諱，鼎力扶助我即太子位。如此，乃朱明王朝萬代之幸！」

姚廣孝內心不屑冷笑，卻故意仰面大讚：「好秦王呵，好二哥呀！自個放著皇上不當，非要做四弟的臣子。如此謙讓的皇兄，古今罕見！」

朱棣不悅，微嗔：「大師，也許我二哥是一片真心。」

「也許？燕王這『也許』二字，用得真是透澈！據貧僧所知，洪武十二年，沙頭堡一戰，燕王與秦王各立戰功，但皇上多賞了您一匹西域汗血馬，秦王就妒嫉得近乎失態，當晚飲酒大醉，殺了幾個無辜軍士。敢問燕王，可有這事？」姚廣孝提醒燕王。

燕王一怔，無言頷首。

姚廣孝緊鑼密鼓地繼續敲打朱棣：「見微知著啊，連一匹汗血馬也要拼命爭奪的人，如今卻謙讓起太子位了！要知道，這不是一匹馬的爭奪，這種現象的後面，是在同燕王爭寵皇恩而不能吃絲毫的虧……這又是為了什麼？燕王難道不應深思嗎？」

朱棣臉色蒼白，嘆氣苦笑：「大師字字千鈞，小王佩服。」

姚廣孝擱下秦王的信，又拿起晉王的信。朱棣說到三哥晉王，雖是母后養育，卻是賢淑宮庶出。才智也甚平庸，在各皇子中競爭力最弱。不過，三哥說話蠻直爽，他說，古訓是，有嫡立嫡，無嫡立長。太子殯天後，二哥秦王便是嫡長之子了。姚廣孝聽罷立刻說，他還漏了後面那一句，無長立賢！太子殯天，意味嫡長已逝，如按古訓，恰恰應該擇賢而立。晉王腰斬古訓，才智並不平庸啊……燕王點頭表示同意，苦惱地說：「三哥在此信中竟然暗示我，如果二哥被父皇立為太子，不僅是大明萬代幸事，也是我等皇子兄弟之福。他竭力擁戴秦王繼承大位。不但他擁戴，吳王湘王魯王越王等皇子們，都是竭誠擁戴二哥秦王……他說，我將來應該統掌天下兵馬，拱衛大明王朝。」

姚廣孝抬起頭來，嘆道：「秦王晉王已經開始分配江山了，他們給燕王您一個『一人之下萬人之上』的位置，扶助未來的皇上秦王。」

朱棣一屁股坐下，惱怒地捶拳擊案：「我哥他們……哼！」

姚廣孝為朱棣分析，二哥三哥早已串通一氣。信中其實是逼、拉、誘惑、威脅，還有利用。朱棣聽到這兒打了個哆嗦。姚廣孝拍拍案上密信：「一言以蔽之，就是希望燕王俯首稱臣，向皇上表明擁戴秦王的心意。」

朱棣怒氣沖沖，面孔漲成了豬肝色。姚廣孝看在眼裡，沉思片刻，對朱棣說：「貧僧倒有一個法子，只是不知當說不當說。」

朱棣急急催促：「說，說！快說嘛！」

姚廣孝說出一個險招，就是將兩封密信呈送皇上。皇上最痛恨的就是皇子之間爭奪大位，致使骨肉分離，手足相殘。皇上要是知道了秦晉二王的用心，必然又氣，又痛，又失望！那麼，太子之位，秦王就永無指望了。而秦王之禍，豈不是燕王之福嗎？

朱棣心情沉重道：「二哥三哥要是知道了，非恨死我不可！從此以後，我就將身背罵名，在兄弟藩王之間，如何立足呀？」

一直垂手侍立於側的馬和一直在緊張地傾聽這場驚心動魄的對話。但他不敢表現出自己的注意力。他驚訝於人與人之間的關係：利益之重，重於泰山，重於骨肉親情！人世間的一些事情，有時候是多麼殘酷啊。朱棣踱到那副龍首鎖子甲前面立定，心情複雜，感慨萬千。姚廣孝及時在邊上說：「為將者披堅執銳——殺人。為王者運籌帷幄——誅心！殺人者，下也。誅心者，上也。」

朱棣終於鄭重表態：「看來，我已經被他們逼得萬般無奈了，唯有行險取勝！」說完此話他厲聲吩咐馬和將秦王晉王的信原樣封好，今夜六百里快馬呈送京城。

馬和護送姚廣孝回大覺寺，路上他敬佩地說：「弟子今日聽了您和王爺的談話，真是振聾發聵，大長見識。師傅今天一番話，就使得王爺化險為夷了。」

姚廣孝半眯著眼，這使他眼睛裡的內容顯得神秘莫測。他慢騰騰說：「如果真是這樣，那老衲就危險了。」他望望馬和驚訝不解的目光，嘆氣解釋：「奴才如果比主子還要聰明，這奴才豈不危險？其實，我對燕王敬獻的一策，燕王早想到了，他只是想說而不能說，想做而有所顧忌，老衲於是就替燕王說出了燕王的心裡話。」

馬和明白了，秦晉二王是燕王的手足兄弟，如果那樣做，就是出賣兄弟，別人眼裡心裡，燕王就成了無情無義之人。燕王也顧忌這個。

「燕王雄才大略，自視極高。在他面前，即使是老衲，也得小心說話，謹慎建言，處處維護他的王者之尊，萬不能耳提面命。老衲即使胸有良策，口中也只道出半截，另一半讓燕王自己去說。如此一來，這良策像是燕王自己想出來的。」

馬和倒吸一口冷氣：「王爺還沒有登基哪，師傅就如此小心。將來，王爺要是當了皇上，師傅如何相處？」

姚廣孝睜大眼睛，神氣清朗，他豁達一笑：「燕王如果當了皇上，斷然是伴君如伴虎。真到

那一天，老衲自有退路。到那時，難處的只怕是你，不是師傅。」

馬和感慨：「奴才不好當。看來，如何給主子當差，還是一門學問哪。」

姚廣孝鄭重地說：「大學問，比科考應試所需要的學問還大。」

馬和唉聲嘆氣，他未雨綢繆地先發起愁來。姚廣孝見狀，對他說：「主僕之間，確有萬般難處。但學問二字，偏偏就是從難處得來。世上如果沒有難處，也就不會有什麼學問了。」

馬和應著：「弟子明白了。」

姚廣孝搖頭：「不，你還沒有真明白。否則，不會這麼快就說自己『明白了』。聽著，馬和啊，你是燕王的奴才，燕王是你的主子。對你而言，最崇敬的人是燕王，最可怕的人也是燕王。對於燕王而言呢，最崇敬的人是父皇，最可怕的人還是父皇。因為燕王在你面前是主子，在皇上面前就是奴僕。懂了麼？燕王與你，一個主，一個奴，但主奴的命運，卻又暗中相通。這就是天道啊，一物生一物，一物又剋一物。天道無常，萬物爭榮！馬和啊，人生有貴賤，但功業高低，不在於是主是奴，全在於自個的造化。」

馬和觸電般怔住了！這話石破天驚般點化了他。「造化」！一個太監也可以有「造化」！他知道要有「造化」首先得「造」——就得修煉，還得是有天意護佑著的修煉，在充滿靈慧之氣的「漸悟」之中，登堂入室，終成「造化」。他行嗎？他抑制著內心澎湃的激情，朝姚廣孝深深折腰，深情地說：「謝師傅點化！」

姚廣孝慈愛地笑笑，指著前面一處茶攤道：「那就……請師傅喝杯茶吧。」

馬和笑道：「請。」他扶著師傅坐入茶攤，叫了一壺玉泉水泡龍井，斟滿一杯，雙手恭敬地奉給師傅。姚廣孝徐徐啜茗，兩眼朝旁邊瞟去，只見右前方一堆人正在爭瞧一個老漢手中的麥穗，那麥穗個兒特別大，老漢介紹，有六七錢重。有人要買，老漢卻不賣，只肯換糧食。於是有幾個人七嘴八舌地問換多少糧？老漢說了個數，圍觀的人哄笑起來，人群漸漸散去。姚廣孝以他洞若觀火的眼睛發現了一個機會，他把這個機會送給了徒弟馬和。他對馬和說：「師傅要送你件大功勞。」

馬和正沉浸在溫情之中，享受著異樣舒坦的心情。受過師傅教誨，師傅又要他請喝茶，使他依稀產生了一種實實在在的幸福感。他不再感覺自己是隨風飄浮的斷線風箏了，他是一隻實力非凡的風箏，有一雙神奇的手在掌握著他，有一雙關愛的眼睛在注意著他，這是一位親人的……乍一聽師傅的話，馬和還在恍惚之中：「大功勞？師傅，您說什麼？」

師傅見他恍恍惚惚，嗔道：「想什麼呢！皇上萬壽節快到了，皇子們肯定會向父皇賀壽送禮，他們送的，不外乎金銀財寶，世間奇珍。可洪武皇帝是農家子弟出身，在六十五歲的晚年，你想想他最盼望什麼？」

馬和用右手掌握住下半個面龐，不好意思地掩飾著自己的幸福心情，邊想邊說：「天下太平，五穀豐登……」

姚廣孝朝右前方拿麥穗的老漢努努嘴，馬和眼睛一亮奔了過去。老漢要用一株麥穗換兩擔麥子，兩擔麥子是六錢銀子，馬和卻從懷裡掏出了一錠十兩的銀子遞給他，而十兩銀子買得到兩頭牛。

馬和捧著那株奇异的麥穗，興衝衝回到茶攤，師傅早已不知去向，他大步回到王府，正欲進門，一眼望見一乘華麗官轎漸近，眾差役前呼後擁，氣派不凡。馬和立刻轉身奔下臺階，垂手恭立，含笑相迎。轎子裡走出來的是胡誠，馬和上前揖禮：「小的給胡大人請安。」

胡誠同馬和是老熟人了，笑道：「馬和呀，莫非你知道本府會來，在這兒候著？」

馬和恭敬地回話：「小的給大人接駕，是小的福氣。」

胡誠對馬和印象不壞。他不像那個張玉，時時戒備著你，通體劍拔弩張的模樣，真正是狗仗人勢！馬和要收斂得多，安分隨和，溫文爾雅。由他陪同，心裡無疑輕鬆些。他一邊四處打量著，一邊問：「馬和啊，聽城防總兵說，秦王、晉王殿下，都派人給燕王請安來了？」

馬和心裡一驚，胡誠顯然已知秦晉二王派人來之事。此時否認是不明智的，索性以直言換取對方信任，他說：「是啊，小的還見到了。」

胡誠含蓄地打探：「本府真為燕王高興，各地的皇爺們還都惦記著咱們燕王啊！」見馬和沒有馬上接口，他又做出一副猛醒姿態，自責著：「本府多嘴，皇子之間的事，本府不該多問。」

馬和卻無所謂地說：「就是大人不問，王爺也會告訴您的！這不，皇上的萬壽節快到了，秦王晉王派人來和王爺商量，給皇上送什麼壽禮哪。」

胡誠悟道：「這可是件天大事兒！」

馬和先進書房向朱棣稟報胡誠求見一事。他告訴朱棣，胡誠已經知道秦王晉王的使者來到北平。朱棣立刻心生不快：「因此，他就跑來探聽虛實了?哼！」

馬和道：「胡大人向奴才打聽內情，奴才回答他說，皇上的萬壽節快到了，王爺們當然要商量一下，如何給皇上賀壽。」

朱棣滿意地讚許：「回答得好!有請。」

馬和正往外走，朱棣又把他叫回頭，問他：「我敬獻給父皇的那對玉璧備好了麼?」

馬和回話：「妥妥當當的。工匠已經配上紫檀托兒，瞧上去，真是滿目生輝！」

朱棣告訴馬和，胡誠近日要赴京述職，給他一個面子，就托他帶到京城，替自己敬獻給父皇。馬和應著，卻不動身。朱棣問他還有何事?馬和道：「王爺說到了萬壽節，奴才猛想起來，今兒晌午，奴才得知一件稀罕事。城外的百姓奔相走告，說是天降祥瑞，通縣柳莊，有株麥子竟然長了一尺來長的麥穗，百年罕見哪!奴才想，皇上要是知道了這事……」

馬和一面說一面暗暗觀察朱棣表情，果然未等他說完，朱棣已經兩眼放光，驚喜萬分地叫起來：「麥穗在哪兒?」

馬和道：「奴才已經重金購下，帶回王府了。」

朱棣就叫快快拿來瞧。

胡誠進入大堂，迎面就見一尊精美玉璧立於大案上。他揖拜過後，抬頭笑呵呵地望著朱棣道：「王爺與玉璧，可謂相映生輝！」

這話吉利。似乎寓意著什麼。朱棣笑著請胡誠坐。由衷地說：「胡大人就任北平長史以來，清廉持正，勤政愛民。北平軍民對胡大人是一片讚頌之聲啊！胡大人此行述職，吏部對胡大人必定大有褒獎。」

胡誠的心情頓時輕鬆下來，高興地說：「多謝燕王美言。」

朱棣到底不能徹底放心，暗含機鋒道：「哪裡。到了京城之後，朝廷大臣肯定會問你北平情況，比如燕王近況如何啊，燕軍動靜怎樣啊，到那時候，本王還得請你美言幾句。」

胡誠急忙表態：「燕王放心。下官與燕王是榮辱與共的，絕對忠誠於燕王！」

朱棣大悅，關切地問胡誠萬壽節準備送什麼禮，胡誠說正為此事發愁，皇上一直提倡清廉樸素，瞧不得臣子們進獻金銀珠寶，於是就想不出還有什麼東西可以送。他已經打聽到秦王送的是一柄七星寶劍，晉王送的是四匹西域駿馬，吳王送的是三尺高的東海紅珊瑚……都是奇珍異物，又吉祥又樸素，可自己就是找不著合適的壽禮。

朱棣讓胡誠瞧那尊壽山玉璧，胡誠起身細看，嘴裡評說著：「好好！晶瑩剔透，通體如雪，一派聖潔之氣。這尊玉璧比其他皇爺的壽禮珍貴多了，皇上肯定龍顏大悅！」

朱棣聽得快活，就用快活的聲調對胡誠說：「這尊玉璧並不是送給皇上的，而是賞給你的。」

胡誠聞言，且驚且顫，就怕是自己聽錯了，輕聲問：「王爺說什麼？」

朱棣道：「你就把它當做自個的壽禮吧，帶進京城，獻給皇上。」

胡誠話都說不周全了，「下官萬、萬萬不敢……下官實在是擔不起呀！」

朱棣笑了：「你是本官同僚，萬壽節上，你要是折了面子，本王臉上也不好看哪！你我不是榮辱與共嗎？你的體面就是我的體面，你的光彩就是我的光彩！收下吧！」

胡誠撲地而拜，嘴裡說著銜恩圖報一類的話，竟然哭出聲來。朱棣趕緊扶起胡誠，胡誠落座，仍然感動得拭淚，淚眼矇矓地問朱棣，他拿走了玉璧，王爺怎麼辦？

朱棣微笑著告訴他，自己的禮物已經備下了，正想請胡大人帶往京城。說著馬和已經托著一隻銀盤從側屋出來，朱棣信手掀去銀盤上的黃緞，現出那株一尺長的麥穗。

胡誠近前一看，驚得眼珠都要掉下來了，顫聲驚叫：「麥穗！天哪……這可是天降祥瑞，千古難得啊！」

朱棣得意地問：「你說他珍貴不珍貴？」

胡誠大叫：「極珍——極貴！」

「你說它樸實不樸實？」

「樸實至極！」

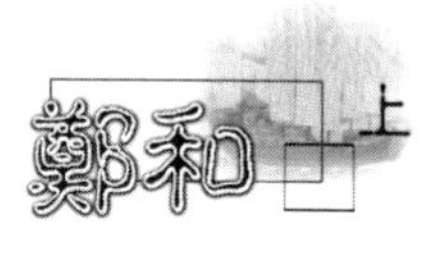

朱棣感嘆著，都是父皇的盛世聖君之德呀，四海太平，五穀豐登，蒼天才會降下如此祥瑞來。兩人發了一會兒感慨，胡誠終究按壓不住好奇，問朱棣這株麥穗是從何處覓得？

朱棣：「這還用覓麼？這祥瑞之物，就生長在我王府下正東方六十五里處，正好應著父皇六十五大壽。」

胡誠是真的吃驚，心中有點駭然，他喃喃地說：「吉祥，吉祥，太吉祥了！天降祥瑞，又恰恰降在燕王府地。看來真乃天意了！王爺啊，您要主天下了！」

這話自然是說到了朱棣的心坎上了。但他知道現在高興還為時太早，他急忙擺手，趁機順水推舟，託胡誠將這株麥穗，進獻給父皇。並代為轉達他的兩句賀辭。這頭一句是：「草木繁榮昌盛，都是仰仗太陽的恩典哪。」這第二句朱棣說的時候眼裡含了淚水，他是一字一句吟誦出的：「誰言寸草心，報得三春暉！」

這個過程中，馬和沒說一句話，一直微笑地侍立於旁。

十幾天後，胡誠乘坐的華麗驛車篤篤地進入了南京的金川門，京城到底熱鬧：禁衛林立，刀槍閃爍，車馬如梭，行人如織。車裡的胡誠卻只謹慎地撥開一道縫兒，他露出半個面孔，小心翼翼地左右觀望著，突然看見前方有兩個著宮服的太監迎面走來，趕緊縮回頭，放下窗簾。萬沒想到太監逕直走到車前，竟然攔住了去路，一位太監脆生生地問：「請問，車內可是北平長史胡大人？」

馭座上的幕僚一驚，熱鬧地方也是容易生事非的地方，這不，麻煩還真不找自來了！自從太子去世，長史府裡行事就格外地小心謹慎，在諸太子中，眼瞅著燕王風頭最健，胡長史也只能順水推舟，另起爐灶，以他作為新的靠山，實在不想再生出其他事兒。鋒是幕僚小心地說：「這……敢問兩位公公，有何事？」

一位年輕些的太監傲慢地說：「我在問你哪！車內是不是胡大人？是就說是，不是就說不是！」

幕僚猶疑片刻，只得說是。

年紀稍大些的太監就從袖中掏出一幀信封，遞給幕僚，讓他呈交胡大人。幕僚接過來，看兩人轉身就要走，急問他們在哪里當差，年紀大的太監不說話，年輕的說：「我們嘛，不言自明！」

幕僚只能眼睜睜看著他們走遠，然後讓馭手將車駕到無人的隱蔽處，他跳下車，輕輕喚胡誠，胡誠拉開窗簾，幕僚將信遞給胡誠，不安地說：「主公，看來，有人十分清楚您的行蹤，他們早就候在這裡了！」

胡誠心裡一緊，趕緊拆了信看，一目數行，匆匆看到署名處，署名是齊泰。

齊泰是誰？他問幕僚。幕僚努力回想，告訴胡誠，齊泰是內閣大臣，今年又升為皇上近侍，頗受信任。胡誠把信遞給幕僚，讓他也看，說：「我與齊大人素無來往，怎麼會我到京城的第一天，就要約我見面呢？」

幕僚看著信判斷，八成與燕王有關。胡誠嘆氣：禍福難料啊！

就在這天晚上，胡誠進了宮。他由兩個親信抬著小轎到了宮門口，白天攔車遞信的兩個太監突然從黑暗中步出，換走他的親信，悄聲把他抬進宮裡。小轎在重重疊疊的禁宮裡穿行，過了院落，又上迴廊，小橋流水，曲徑通幽。胡誠的心也隨著微微顫悠的小轎七上八下的，他在轎中不敢動彈。庭院深深，屋角樹間，到外躲著欲望，到處藏著隱秘。尤其是夜裡的宮廷，宛若幽幽淵潭，測不出究竟有多深，底在何處？弄得不好，不是沒有葬身水底的可能。小轎終於在一座宮殿前的玉階前停下，迎面站在玉階上的人自稱是齊泰。兩人行過禮，齊泰便問：「大人認識這個地方嗎？」

胡誠左看右看，駭然道：「這是東宮！這是先太子的寢宮啊！」十年前，他曾在這兒為先太子侍讀，今日舊地重遊，心中百感交集，他跪地仰天長叩：「太子爺啊，奴才回來給您請安啦……」

齊泰一直微笑著注視著他，這時說：「太子爺雖然殯天而去了，龍脈卻依然承續。請起。」

胡誠起身：「敢問齊大人召見下官到此，有何吩咐？」

齊泰收起臉上笑意，告訴他，不是他要見他，而是另有貴人要見他。胡誠戰戰兢兢跟隨齊泰進了內宮暖閣，只見殿內一個年輕人正在燭照下讀書。殿角，坐著一位氣宇軒昂的大師。齊泰向年輕人稟報：「北平長史胡誠，奉召到來。」

修身白面的年輕人放下書本站了起來，親切地問胡誠：「胡師傅，你還認得我嗎？」

胡誠不看還平靜些，一看，大驚失色，拜倒顫聲叫著：「太公子啊，可想死奴才啦，奴才總算是見著您哪。您都長這麼高啦？噯喲，奴才給太公子請安……」胡誠連連叩頭不止，聲淚俱下。他是真誠的，像有許多的委屈，不哭不快。

朱允炆讓他起身，立刻把殿角自己的師傅、當代大儒方孝孺介紹給了胡誠。然後對胡誠說：「先父在世時，多次向我誇獎你。說你忠直可靠，滿腹機謀。」

胡誠回想當年，很是激動：「奴才受先太子厚恩，無以為報啊！」

朱允炆入座，目視齊泰。齊泰頓時聲色俱厲，喝道：「可你如今竟然改換門庭，投靠燕王朱棣了！」

胡誠又是百感交集，心中一酸，竟滴下淚來：「奴才豈敢！奴才任北平長史，原先是奉先太子之命，前去制約燕王的。萬想不到主子英年永逝，抛下奴才，生不得死不得，進不得退不得。奴才舉目無親，度日如年，萬不得已，只得聽命於燕王……」

方孝孺在一邊為之嘆息：「事出無奈，屈身苟活。」

胡誠以為方孝孺為他說話，趕緊道：「就是就是，奴才確實無奈之下，屈身苟活。奴才向太公子請罪！」

朱允炆顯得很寬容，表示明白他的難處。邊上的齊泰反而步步緊逼：「如今，皇太孫已入住

太子東宮，你有何想法？」

胡誠知道此時含糊不得，他立刻高聲道：「奴才──事皇太孫如事皇太子，寧肯肝腦塗地，也要報主子厚恩！」

齊泰看看朱允炆和方孝孺，口氣緩和下來，接下來他向胡誠打聽燕王動靜，胡誠說出自己的觀察，燕王一門心思謀求太子大位。齊泰又問燕王秦王晉王之間有無往來，胡誠明白問這樣的問題其實是對自己的考驗，通得過還是通不過，同自己未來的命運有關。眼前這些人他也是得罪不起的。他說了秦晉二王派使者密見燕王的事，還說了自己不相信王府中人所說是為商量萬壽節壽禮之事。他這樣一表態，對方三人臉上都露出了滿意的神色。接下來，由齊泰將實情告訴胡誠：燕王將兩位皇兄的密信呈給皇上了！密信中講的就是謀位之事。燕王最狠毒，這樣一箭雙鵰，既打擊了排在他前面的兩位皇兄，又洗刷了自己，表達了忠順。

方孝孺嘴角一撇，撇出一絲冷笑。慢悠悠道：「可皇上是何等的聖明啊！他一眼就看出了燕王的用意！他是想借皇上之力扳倒秦晉，為自己謀取大位！唉，皇上對諸太子之間勾心鬥角、手足相殘之狀，是一目了然、痛心疾首啊！」

胡誠點頭，「只要太子位一日空虛，各藩王的爭奪也會一日不停……」話未了，齊泰大聲叫道：「已經確定了！」

這一聲喝叫在胡誠心中不啻石破天驚火山爆發，他目瞪口呆地一時不會出聲了。

朱允炆文氣地說：「昨日，皇上將我召至勤政殿，親口對我說，朕意已定，不在皇子之間選立太子，以絕手足之鬥。著將皇太孫——我，立為太子諸君！」

胡誠的心尖尖幸福地顫慄了。這才是靠得住的靠山！這就是此行的收穫！他此時竟產生了一個感覺錯亂，好像他有一個親生兒子失而復得了！而這個親生兒子是要為他養老送終的。他撲倒在朱允炆膝下，哆哆嗦嗦地說：「奴、奴才，叩見太子！……奴才、又有新、新主子了，奴才三生有幸啊！」

朱允炆告訴他，聖旨將在十月初十布告天下。現在，此事只有這殿裡的四個人知道，萬萬不可洩露天機！只需繼續執行父親賦予的使命，他就會比父親更厚待於他。

胡誠知道他的使命就是密切注視燕王的舉動，燕王若有異動，立刻密報。他忠心耿耿地連連點頭，最後說：「下官再也不怕了，因為下官又有主子了！」

妙雲坐在梳妝檯前，她盤好了頭，卻不離開。鏡子裡的那張臉，鵝蛋形，柳葉眉，晶瑩如玉。兩隻靈秀的杏眼生動有神，只要動一動，不說話也在說話。陽光從東窗照進來，直直照在了她的面孔上，她那光潔的皮膚和精致的五官無可挑剔。但她還是在流水般的陽光中發現了自己臉上的一顆雀斑，這一顆淡紅色的雀斑貼在鼻梁上方，雙眉中間，是一顆渾然天成的美人痣。原來怎麼沒有發現？原來是沒有的！又大一歲了，身體似乎每天都在變化著，她的心中漸漸添了愁

緒。她並不在意自己是個美人，她在意的是自古紅顏多薄命，也知道，從來紈袴少偉男。更別說，她本身就是一個丫頭呢！她會有怎樣的薄命呢？這樣想的時候，她的眼中就有了一絲淡淡的淒涼，別人難以覺察得到，卻像水垢那樣，一點一滴地沉澱到心底的某個旮旯裡去了，那可不是個容易打掃的場所。女人的悲哀，像她這樣的女人的悲哀，有誰能真正為她解脫？再說，她有這個造化麼？

有人在輕輕敲門，將顧影自憐的妙雲拉回到現實之中。她不太情願地拉開房門，只見馬和站在門外，手裡拎著個包裹，卻是站立不安的模樣。

妙雲笑問：「馬統領，有事嗎？」

馬和結結巴巴地說沒事。

妙雲突然臉紅了，故意扭身要回屋的樣子：「沒事你站這幹嗎？」

馬和見妙雲臉紅，自己的臉被傳染了一樣也變成了紅蘋果的顏色。他怕妙雲真走開，迅速將小包裹遞上：「妙雲姐，是這樣。我侍候王爺上街，看見一些物件，覺得新鮮，就買了來。也許……你用得著。」

妙雲的胸膛裡像揣進了一隻活蹦亂跳的小兔。馬和幾乎是和她一塊兒在王府裡長大的，她眼見著他一天天的出息，一天天的英俊，一天天的成了一個辦事有板有眼、行事有禮有節的男人……男人。可惜他不是個男人，他是個太監！這樣想的時候——她曾不止一次的這樣想過——她的心像被錐子猛錐了一下，痛得渾身一抖。可是，如果他不是一個太監，像他這樣一個年紀輕輕、前途無量的統領，將會被多少達官貴人看上招作佳婿啊！這樣一想，她便任性的同無形中的對手賭起氣來，對馬和嗔道：「哼，你這是什麼意思，你是想要害我啊，你給我一個人送了東西，讓人知道了，不是給我惹麻煩?!」

馬和顯得很拘謹，同平時瀟灑倜儻的辦事風格判若兩人。他幾乎是囁囁著說：「我……我給王府裡的每個侍女都……都送了一份，姐妹們，都收下了，高興著哪。」

妙雲柔婉的眼波瞟馬和一眼，其實是忍不住在打量他。這個男人就是不一樣。他的心思有多麼細密啊！這樣的男人正是女人求之不得的……不知不覺中，她又在心裡把他當做了男人。她心疼地又嗔：「哼，你呀……就你會做人！這得花多少銀子啊！」說著拿過馬和手中的包裹。

馬和見妙雲領情，欣喜地掉頭就走。不料妙雲又將他喚住，見四下無人，妙雲低聲問道：「你知道今天是我的生日，對嗎？」

馬和深情的目光望著妙雲，真是此時無聲勝有聲。

妙雲不好意思地挪開眼睛，悄聲道：「我知道你為了給我送東西，不得不給每個姐妹都送一份，對嗎……今後，不要這樣做了，知道嗎？」說著關上門，進了屋。妙雲旋即打開包裹，層層疊疊的包裹裡，安臥著一串美麗的珍珠。

馬和見妙雲關門，愉快地轉身離去。這時候，不遠處的花木叢中，鑽出了小太監劉業，他窺

見剛才的一幕，竊竊笑出了聲，然後哼著歌，往花園一角的花棚走去。

花園內，徐妃正執小剪，津津有味地修剪著花卉。管家恭敬地侍立於旁，勸夫人歇會兒，花木自有花匠侍候。徐妃不快地說：「花匠們偷懶，你瞧，把我的蘭花都糟蹋成什麼樣了！」

管家垂首認錯：「是是。奴才管教不嚴。待會，奴才就召集人，嚴查重辦。」

徐妃執剪走向下一片花卉，嘴裡還在訓導，卻已換了推心置腹的口氣：「老韓哪，近來京城裡風言風語很多，咱燕王府絕不能出任何事，免得給王爺添亂。」

管家亦步亦趨跟在徐妃身旁，唯唯諾諾點頭應著。忽然，徐妃隱約聽見像有吵架的聲音，她循聲望去，眼睛盯住了園角的花棚。

花棚裡，小太監劉業正摟著一個小丫頭調情。小丫頭邊掙邊喘：「劉哥，快放開我，當心有人。」劉業緊摟著不肯鬆手：「心肝，再親一個……」

小丫頭在劉業懷裡扭著身子：「別……叫夫人知道了，命都沒有。」

劉業吱吱笑：「怕什麼，馬統領還拈花惹草呢！」

突然「嘣」的一聲，一道陽光撲進來，棚門被管家踹開，管家的怒喝聲驚雷一般傳進來：「什麼人？」

劉業和小丫頭回頭一看，徐妃怒目站在管家身後，兩人嚇得撲地而跪：「夫人……」

徐妃明白了，氣得渾身發抖，卻不向地上這一對男女發作，而是轉身重重扇了管家一個耳光，怒斥：「看見了？你是如何管教的？」

管家被打得趔趄一步，半邊臉火辣辣的，他當即跪倒，自知此事重大，自己作為王府管家難辭其咎，顫聲請罪：「奴才失察，罪該萬死。請夫人治罪。」

徐妃怒喝：「你的罪過以後再說，先給我拿下這一對禍害！」

徐妃將此事告訴朱棣的時候，他正志得意滿地立於那副龍首鎖子甲面前。胡誠剛從這兒離開，帶來的消息令他心曠神怡，意氣風發。胡誠告訴他，萬壽節上，當他在太和殿上當著滿朝文武呈上天賜祥瑞，轉達了燕王的兩句賀辭後，皇上半天沒說話。等他抬頭一看，差點沒嚇死，皇上直盯著銀盤中的麥穗，滿眼是淚啊！不僅皇上流淚，滿朝大臣跪拜在地，通通流淚，齊聲叩道：「大明盛世，吾皇萬壽！」當晚，皇上在西宮大宴群臣，特意把他召至面前，拉著他的手，說了一句舉世震驚的話：「有皇兒朱棣在，朕，死而無憂了。」朱棣聽得熱淚盈眶，胡誠就在邊上趁熱打鐵地說了一句讓朱棣麻痹大意的話：「聖意太明顯了，王爺不久就將繼承皇位。」此時朱棣就把胡誠的話告訴了徐妃，兩人歡喜一陣，徐妃更為剛才所見之事難受。原想不要馬上拂朱棣興頭，但又怕醜事越拖延想要興風作浪的人越多。她只得嘆著氣，將剛才在花棚裡所見告訴了朱棣。

朱棣驚愕得追問一遍：「什麼？一個太監，一個蘭兒？」在徐妃眼中證實了答案，他不由對著徐妃大發雷霆：「燕王府怎麼會出這樣天大的醜聞?!萬一傳揚出去，咱王府不成了藏污納垢之地？」

徐妃不敢正視朱棣，低眉順眼輕聲自語：「貧妾也不明白，太監已經去勢，怎敢還有男女私情呢？這可真是天地不容啊……」

朱棣心中煩躁，喝道：「別說了！趕緊將這對狗男女處死！」

徐妃知道朱棣心中在責怪她，叫她小心謹慎，對下人嚴加管教，卻偏偏在這種時候弄出這等醜事來。他是恐怕楚國亡猿，禍延林木，城門失火，殃及池魚。那些對燕王府虎視眈眈、別有用心的人拿這件事來大做文章。那就索性來個矯枉過正！她說：「貧妾有個想法，在處死他們之前，先嚴加訊問一番，徹查王府所有的太監和下人，看還有沒有這等事，以求個乾淨！」

朱棣自然贊成，叫來管家吩咐快快去辦。管家動用王府家法訊問劉業。劉業被綁在刑架上，起先不說，被打得渾身是血，不省人事。徐妃怒責管家，管家又將怨氣都發在了他的身上，衝著他喊：「說！快說！將罪過全部交代出來！」見劉業沒有聲息，管家示意親兵上前潑冷水，終於，劉業呻吟著醒了過來。管家上前威逼：「聽著，太監裡面，還有沒有誰跟你一樣犯事的？你要是知道，說了，主子或許會開恩。」

這最後一句話使得劉業睜開了眼睛，他懷著希望虛弱地問：「主子……會饒奴才一命嗎？」

管家的右眼眼皮一跳，他銳利的目光盯了劉業一會，決定用軟話套出實情：「說吧，主子無所不知，恩典大著呢！」

劉業顫慄著，說道：「奴才、奴才，曾經看見……」

管家把耳朵湊近劉業，催促道：「快說，你看見什麼?」

劉業在管家耳邊無力地低語。管家聽著聽著，驚恐得睜大了眼睛。馬和、妙雲，這兩個人都是王府奴才裡面的人物啊!他的心情複雜，但不敢拖延，立馬轉身去了王府書房，跪在朱棣、徐妃面前，一五一十將劉業所說向主子稟報：「據劉業招供，領內太監馬和，暗中與侍女妙雲也有私情。馬和曾經給妙雲送過定情之物……」

「胡說！」朱棣又驚又氣，一時竟有些失態。

管家連忙叩首：「奴才不敢瞎說，是劉業說的，此事就發生在妙雲生日那天，他親眼看見的。」

朱棣與徐妃面面相覷，都像剛被澆了一身的冷水，狼狽尷尬。朱棣控制不住地站起來，背過身去，大罵：「混賬!混賬!」有點透不過氣來的樣子。徐妃被這一連串的事情擊打得有點懵了，垂首機械地喃喃：「罪孽啊，罪孽!……」

馬和被關進了王府牢房。牢房裡很黑，很暗，他摸索著坐下來，讓自己的眼睛慢慢適應眼前的環境。他聽見了不遠的地方有人在呻吟，循聲望過去，看見了隔壁牢欄裡的劉業。

劉業顯然先看見馬和，他蜷縮在草鋪裡，此時嚶嚶哭了起來：「馬哥，奴才對不住您呀。」

馬和往牢欄邊挪了挪，一聲不響地望著劉業。陰暗中，他是那樣的蒼白、萎靡。他們曾經是

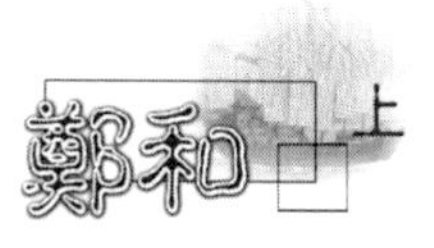

好朋友，他待他情同手足，沒想到，大難臨頭時，他竟咬他出來墊背。難道他不明白，就是他馬和死了，他也活不了啊。他憤懣，而且痛心疾首。太監們割了男根，難道也割掉了一個人的良心？太監難道個個這樣軟弱、下賤、貪生怕死?!看來，太監的惡名，多半是太監自己造成的！

【第六章】

徐妃吩咐身邊丫環香草去叫妙雲，自己強壓怒氣坐在炕沿上。香草知道出了事，慌慌張張找到妙雲叫她快去夫人屋裡。妙雲問她夫人有什麼急事，她也不說，只催快走，弄得妙雲一路提心吊膽。進了屋子，妙雲立刻發現氣氛不同往常，徐妃沉著臉兒，一身的怒氣。妙雲不知何事，躬身請安：「奴婢拜見夫人。」一語未了，就被徐妃喝斷：「妙雲啊，王府裡出了罪孽，你知道嗎？」

妙雲一無所知，愕然回話：「稟夫人，奴婢不知道。」

徐妃冷冷地告訴她，馬和已被關進牢裡，只怕是要給處死。

妙雲如遭雷殛，顫聲問道：「為什麼？」

「為什麼？還不就是為了你？」徐妃恨恨地說。

妙雲嚇得雙膝一軟，撲通跪地：「奴婢不明白……實在是不明白。請夫人明示。」

徐妃「霍」的站起來，跺足恨道：「還敢狡辯！我問你，你生日那天，馬和給你送東西沒有？」

妙雲一怔，彷彿被魔幻罩住，頓時絕望，半天才道：「送過一串珍珠……」

徐妃跳腳道：「你！……唉，我最不解的是，你原本是個心高氣傲的乾淨丫頭啊，怎麼會同一個太監相戀呢？」

妙雲慘叫：「夫人，奴婢對天發誓，我沒有同馬和相戀！」

徐妃哪還聽得進去，一串珍珠！這可比任何表白都更能說明真相！她怒喝：「你給我住口！」

妙雲心灰意冷，垂首哭泣，只能聽天由命了。

徐妃重新坐下，嘆氣數落道：「王府裡的所有丫頭，就數你品貌兼優。我知道，男人個個喜歡你，連王子高熾、高煦也打過你的主意，只是在我嚴威之下，他們才不敢造次。我可是一直喜歡你，一直護著你呀！可你，膽子真是大呀，怎麼敢對一個太監動情呢？這叫我的臉往哪裡擱，這不是給王府丟人麼！」

妙雲跪著哀哀地哭泣，心底裡卻是不可思議地開始拋棄作為一個女人的任何希望。她認命了，一個沒爹沒娘的王府丫頭，尤其是一個如此美麗的丫頭，或許正是最不該有指望的女人？美麗是導火線，是藥引子，弄不好自己粉身碎骨還要傷了別人。然而，她又有什麼過錯呀！就在這時，她突然產生了一個想法。但她還想最後幫一幫馬和。她鼓足勇氣說：「奴婢沒爹沒娘，六歲進了王府，要不是夫人照應，奴婢早就死了。夫人的恩典，奴婢永生不會忘記……」

徐妃聽到這裡，哼了一聲，說：「知道就好。」

妙雲接著說：「可是奴婢與馬和之間，確實沒有什麼非禮之處啊！在奴婢眼裡，馬和只是個可憐的小弟弟，在他眼裡，奴婢也只是個苦命的姐姐。彼此沒爹沒娘，無親無友，像落葉碰到了飄萍。早晚相遇了，說上幾句話，相互照應一下而已，絕對沒有越軌之事！夫人啊，奴才們惡語傷人，你千萬不能相信啊！」

徐妃猶豫了。妙雲一直是她的貼身丫鬟，她清楚她的為人，因為自己對她一直帶點偏心，倒也使這個丫頭養成了敢說敢當的性格。或許，她說的是實情？但即使這樣，她也不能留她了，有道是，女人是禍水，其實這女人只是說的漂亮女人。女人如果生得不美，想當禍水還得靠自己勞神……她深深地嘆了一口氣，對妙雲道：「不管怎樣，我是不能留你了。當下之際，王府必須確保太平。你、你帶上自個東西……走吧！快走！」

妙雲大哭著離開內室，捂著臉，跌跌撞撞衝過下院。一路上遇到的人，早已變了面孔，有意看她或有意不看她，甚至故意作出竊竊私語的樣子或者將說話的聲音放大讓她聽見：

——可惜，這娘們還不如委身給爺呢！太監那玩意……嘻嘻……

——竟然同一個太監有染，嘖嘖，說著都難聽……

——瞧啊，沒臉見人了！

這一切驚心動魄地撕扯著妙雲的五臟六腑，她像一隻誤入虎穴的母獅，四周的老虎正一步一步向她逼近……她瘋狂地衝出同類的包圍圈，朝無人的地方狂奔，衝到一個荒廢已久的院落，站在殘垣斷壁下絕望地痛哭，一會兒，她看見前方有一口水井，她的腦子裡疾速閃過一個念頭：這裡面是她的溫柔之鄉。她只要熬過短暫的煉獄之旅，就能進入永恆的溫柔之鄉了……她搖搖晃晃上前，掀掉破井蓋，一頭扎進井裡。

有人看見了妙雲跳井。那是香草，一個柔懦的女孩兒，只有妙雲從來沒有欺負過她。她不敢上前同妙雲講話，甚至不知道如何勸解她。兩人平日裡就比一般人知心些，她從夫人那裡溜出來是想同她道個別。她見狀，扒住井口，用盡全身力氣對著井裡大叫：「妙雲——」然後，她又抬起頭，對著院門外大叫：「救命啊——救命啊……」

很快衝進來一撥人，七手八腳地下井救人。有幾個就是剛才故意要糟蹋妙雲的男女，此時卻是一臉的正經和急促。管家慌慌忙忙衝進內室向夫人稟報：「夫人，夫人，出事了！妙雲她……投井了！」

徐妃大驚，半晌說不出話。終於顫聲問：「在哪？」

「後院廢井。」

徐妃頓時跺足氣道：「好好！這個臭丫頭，羞愧自盡呀，死得好！外頭山高地遠的，她為何不死到王府外面去！」

管家對妙雲馬和不無同情，但心裡也一直在為自個兒擔著心。這些事情，將來都要算上他的失察與管教不嚴之罪的呀。此刻，他立馬跟著發火，潛意識裡似乎覺得這樣才能稍稍為自己開脫：「可不是麼！王府恩養了她那麼多年，她卻給王府添晦氣。奴才肺都氣炸了。」

徐妃揮手：「趕緊料理，甭讓我看見。」

管家怯怯地應著：「奴才這就去辦。」剛要出門，卻又被徐妃急急喚回，管家不知還有什麼吩咐，「夫人……」徐妃卻壓低聲音問他：「人怎麼樣？」

管家立停，小心地說：「回夫人，那井雖然深，卻是口乾井。聽香草說，妙雲看也不看，一頭扎下去，負了重傷。人麼，僥倖還活著。」

徐妃又來氣了：「她為何不就碰死了呢？死了乾淨！」

管家趕緊應聲：「就是！」

徐妃到底不忍，終於嘆氣道：「這個倔丫頭……趕緊找大夫瞧瞧。再派兩個妥當人守著，別讓她再幹傻事了！」

管家心裡一寬，但不敢表露，應著「遵命」，急急走了。

管家走後，徐妃無力地坐下，心知此事恐怕是委屈了妙雲。她呆坐片刻，想了一會，對鏡理理雲鬢，就去了妙雲屋裡。

妙雲頭臉纏著厚繃帶，奄奄一息地躺在榻床上。兩個中年女僕守在旁邊。門被徐妃吱吱推開，她走了進來，巡視一眼，兩個女僕識相地低頭悄悄退了出去。

徐妃走近妙雲，靜靜地望了一會，低喚：「丫頭，丫頭……」妙雲睜開眼，看見徐妃，掙扎欲起。

徐妃在榻沿坐下，按住妙雲：「躺著別動。」

妙雲無聲地流了一會兒眼淚，無力地說：「夫人，奴婢，對不起你。」

徐妃輕聲道：「別說了。我相信你了。你冤枉。」

妙雲：「謝夫人。」

徐妃：「好好養傷。傷好後，還跟著我吧。唉，我想來想去，王府裡這些丫頭，還是你最靠得住……」

一聽徐妃說到王府，妙雲心裡像有啄木鳥的尖嘴在啄她的心，她打斷了徐妃的話，「夫人……奴婢想離開王府。」

徐妃吃驚：「怎麼著，還在恨我？」

經歷了這樣一件突如其來的事情，妙雲心裡是從未有過的漠然，但她只平靜地說：「奴婢只知感恩，哪裡會有仇恨之心呢。」她說話的時候，委屈的眼淚又順著眼角流了出來，緩緩淌到了枕頭上。「奴婢在王府待不下去了。裡裡外外的流言蜚語，比風刀霜劍還厲害！而且，奴婢要是待在這兒，那個馬和豈不是也抬不起頭了嗎？所以……奴婢想跟夫人求一道恩典。」

徐妃不知妙雲這個丫頭葫蘆裡賣的什麼藥。疑慮地問：「什麼？你且說出來。」

妙雲：「夫人啊，您父親，徐老恩人的靈位不是供奉在家廟嗎？」

徐妃詫异地點頭應道：「是啊。」

妙雲道：「奴婢知道夫人忙，上得照料王爺，下得主持王府，片刻都走不開。因此，奴婢想去家廟，替夫人侍奉徐老恩人的香火，終老此生，永遠不出廟門！奴婢求夫人恩准！」

徐妃萬沒想到妙雲說出這樣一番話來，大為感動，幾乎掉淚：「妙雲……真是好孩子呀，你這是在替我還願哪……」

妙雲呆呆地，即使在這種時候，她還是在為馬和著想。憑著一個女人的直覺，她覺得只要她去了家廟，馬和很可能就不會死。當然也還有其他原因，她隨口說出來的就是這「其他」原因：「不全是……奴婢覺得，這世上，凡是活人，都有是非。只有死者才是最可靠的人。他們永遠不會欺負活人，永遠安於清靜，太太平平。奴婢願意守著徐老恩人的在天之靈，過一輩子。」

徐妃愕然，竟無言以對。

王府僕人楊小榴素與馬和相善。得知馬和被關的消息，他冒雨奔到大覺寺，將馬和被王爺關進密牢的事情告訴姚廣孝。當時姚廣孝正端坐在佛像下念經。剛才，窗外一聲巨雷轟響，一束閃電打在高高的佛像上，激出一片銀光。姚廣孝抬頭向遠方張望，一種不祥的感覺剎那間籠罩了他的心頭。

姚廣孝聽了楊小榴的稟報，心頭一陣悸動。這在於同世俗總是保持著距離的他，是很少出現的狀況。「佛性不清靜，到處惹塵埃！」他在心裡將慧能詩偈改了兩字，嘲笑自己。臉上卻沒有絲毫表現。他用鎮定的聲音問：「什麼罪過？」

楊小榴湊攏過來低聲稟報：「他和妙雲相戀，被下人供出來了。王爺大怒！」

姚廣孝突然爆發出快活的大笑，一直笑彎了腰。嘴裡還說：「好，好！好啊！……」

小榴見狀，哭笑不得，著急地要打斷笑聲：「大師，大師！王爺要殺了馬和啊！」

姚廣孝這才止住笑，讚道：「癡男怨女，天作之合。太監裡頭也有多情種子啊！難得，真是難得！」

小榴著急地央求：「大師，王爺最聽您的話，您快救救他吧！」

但姚廣孝卻不急，他說等雨停了再說，急得楊小榴等也不是，走又不放心，坐立不安。姚廣孝反過來寬慰他：「急什麼！這雨一下，對草木有好處；馬和被關一關，對性情有好處；王爺火一火，對老衲有好處。」

姚廣孝拍拍楊小榴，說，難為你了。讓他先回去。自己等雨停後，拄根拐杖步行去王府。朱棣立於廊下，滿面怒容，魁梧的身材鐵塔般，一動不動，兩眼恨恨地盯著不急不慢走來的姚廣孝。屋簷下，滴滴嗒嗒落下一串串深重的水珠，府院愈顯冷峻森嚴。姚廣孝隔著水簾微笑著合掌：「呀，燕王氣色燦爛，宛若雨後太陽，貧僧為燕王祈福。」

朱棣生氣地說：「大師還是這麼逍遙自在，小王好生羨慕大師哎！」

姚廣孝回道：「燕王心裡頭，已經把貧僧罵上一萬遍了。可臉上仍然這樣平靜，說話還是這樣體貼，真乃王者風範也！貧僧好生敬佩燕王。」

朱棣微窘，緊接著做色道：「大師恕小王直言。馬和雖是王府奴才，但我早把他交給你了，也算半個佛門弟子吧。大師怎麼帶出這麼個腌臢之物？惹得滿府腥膻，上下沸騰！這等醜事如果傳到京城，斷然是言官多嘴，御史彈劾，再加上臣子們捕風捉影，秦晉兩王趁機落井下石，豈不

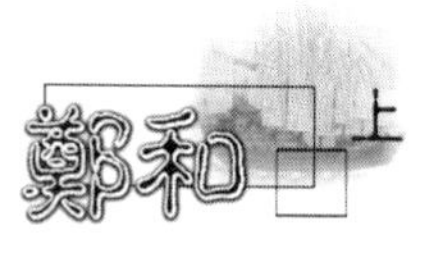

要壞了小王的大事？」

姚廣孝頷首讚道：「嘖嘖，燕王見微知著，所慮深遠。」

朱棣見姚廣孝還那麼灑脫，局外人一般，心中更生氣。他兀自一屁股坐下，故意不招呼姚廣孝坐，說：「父皇最注重綱常倫理和人臣之道，多次說過，『家奴不法，主子難辭其咎！』父皇要是聽到了這種醜事，那絕不會是只聽聽而已，他首先會猜疑，『哦，恐怕不只這些事吧，還有沒有朕不知道的醜事啊……」

姚廣孝頷首：「燕王明見。不怕人有事，只怕人猜疑。尤其是怕皇上猜疑呀。」

朱棣：「知道就好。你或許還不知道，一直有大臣在父皇耳邊嘀咕，說什麼燕王長於征戰，短於治理。言下之意，就是攻訐我只配做一個將帥，不配主天下。這醜聞一出，豈不印證了這些奸臣的話麼？父皇將要擔心什麼『四兒治內無術、馭下無方』了！甚至疑心咱王府裡衣冠禽獸，一團污濁。唉，簡直氣死我也！」

姚廣孝大讚朱棣：「燕王對皇上性情竟然如此明白，真可謂得天意啊！好好。得天意者，得天下。」

朱棣被姚廣孝弄得哭笑不得。「咦……我說什麼，你就誇什麼。大師到底有主意沒有？」

姚廣孝四周看看，對朱棣說，我們還是先去書房吧。朱棣望一眼姚廣孝，見他居然目光炯炯，神情溫雅，毫無焦慮之色，心中不由疑惑，難道他早已胸有成竹？他不說話，起身先往書房走，姚廣孝跟在後頭，進了書房，姚廣孝關上書房門，不請自坐，道：「這裡才是說話的地方。」然後他重重嘆了一口氣，恢復平常推心置腹的說話態度，「在一般人眼裡，太監去勢之後，不陰不陽，不雌不雄，已非完人。其實，太監去勢，是去一處之勢。此勢一去，性欲方面自然就比常人淡了些。然而人有七情六欲哪！這七情六欲，遍布周身，隱於肌膚內，發自心靈間，非一刀所能盡除也。因此受閹割的太監，並非無欲，而是仍有欲卻自知無能，並且不敢，知道動念頭就是死罪。長期壓抑的心境，卑瑣、哀怨，嫉妒，漸漸變態陰暗，心術不正，對周圍世界充滿了恨意。而馬和卻與眾不同，雖是太監，卻自小深得燕王厚愛，讓他陪王子讀書，還將他賜於貧僧做了個關門弟子。有學問的滋潤，慈愛的關照，雖割去了男根，情感方面卻同健康人無異。王爺您想想，如果他對一個侍女也有情義的話，那麼他對於恩重如山的王爺您，又當如何呢？王爺呀，奴才有價，情義無價啊！」姚廣孝口裡滔滔不絕，心裡其實正揶揄自己，為搭救自己的愛徒，幾乎抵得上戰國時候蘇秦的口才了。沒想到這一番話還真把朱棣打動了。聽著聽著，朱棣的眼睛清亮起來。這麼說，馬和多情，還同他對他的偏愛有關囉？這說法對於他，真有點振聾發聵的意味呢。他愣了一刻，含笑上下打量一遍姚廣孝，不禁有點疑惑地問，「大師，您何以了解太監呢？」

朱棣看姚廣孝的眼光，亦諧亦莊，姚廣孝有些窘迫。不管朱棣是開玩笑還是認真，姚廣孝知道反正他對這個話題感興趣。他心裡還在為徒弟的命運捏著汗，於是謹篤地說：「貧僧看的書雜，只要感興趣的，什麼都看，曾看過兩本寫太監的書。看的時候，喜歡去偽存真，由此及彼，由表及裡，得出自己的結論。」

朱棣恍悟，往深處想，姚廣孝的話不僅有道理，而且還不是一般的淺理。他不禁點頭沉吟：「唔……」

姚廣孝此時正色道：「再者，馬和的死活並不重要，重要的是燕王的大業，未來的大局。貧僧想，怎樣處理馬和這件小事，對王爺的大局最為有利呢……」姚廣孝當然是故意這樣說，並故意沉吟起來。

朱棣著急地催他快說。

姚廣孝斷然道：「一筆勾銷，全無此事！王府過去是一片淨土。如今，更是淨土一片！」

朱棣頗為疑惑，「可這事……是真的呀！」

姚廣孝肅容道：「王爺說是假的，那就是假的！」

朱棣一下子全明白了。

姚廣孝狠狠地說：「把造謠生事之徒劉業，秘密重辦了。而且令馬和親自辦理！如此，一來是給馬和恩典，二來也是給他一個警告，三來可以杜絕一切流言蜚語。」

朱棣沉思片刻，仰面大笑。一切都解決了，而且天衣無縫！他在心裡不能不佩服姚廣孝。口中說：「光顧說話了，忘了給您拜茶。快快，來人哪，上茶！唉，這下我就放心了。」他殷勤地拿過僕人托盤中的茶杯，遞上去。姚廣孝笑著接過來：「王爺心焦，貧僧口焦，正盼著有一盅茶呢！」他偷偷擦乾了手心裡的汗。

又一次死裡逃生的馬和，腰挎彎刀站在一場大雨之後的藍天碧野裡，默默注視著劉業被王府家丁押到坑邊。侍衛們把劉業按跪在地，等待馬和發落。馬和卻別轉頭去。潔淨如洗的天地間，有一道美麗的彩虹橫亙在天際，馬和知道它很快就會消失，目不轉睛地盯著它看。這時候看見彩虹，馬和並沒有欣喜，反而聯想到，一個奴才的生命，就像這彩虹一樣的虛幻、不可靠。甚至還不如眼前的彩虹，彩虹畢竟美麗過呀，畢竟曾經令那麼多人矚目過呀！他的思路被劉業的哀求聲打斷，他俯視著地上的劉業，使個臉色讓侍衛們往後退開，說：「劉業，王爺有令，讓我整肅法紀。」

劉業還是淒慘地哭泣求情，「大哥，馬統領，奴才知罪了。求大哥開恩，賞小的一條活路吧。嗚嗚嗚……」

馬和心裡有些憐憫，但還是擋不住對他的憎惡：「你自作自受，我救不了你。不過，我已為你向王爺求了一道恩典。」

劉業頓時充滿希望地問：「什麼恩典？」

馬和毫無表情地說：「身為太監，早年已挨過一刀。主子恩准，對你就不動刀了，你、你自己下去吧！」

劉業膽怯地看看深坑，嚇得大哭，苦苦哀求：「馬哥，我才十六歲啊……煩你懇求王爺，賞

我一條生路吧。奴才願意一輩子當牛作馬……」

馬和沉沉地說：「別說了。沒有用了。照我看來，你沒有罪，人和人相愛是天經地義的事！太監也是人，太監也可以愛！……」

劉業睜大了驚訝的眼睛：「大哥——」

馬和心裡悲愴，為自己，也為劉業。他是欲哭無淚，並且此時此地也不允許他流眼淚。他脫了一件衣服給劉業披上，退後向侍衛們使了個眼色，侍衛們一起衝上前，把劉業推入坑中，接著一個個紛紛揚起鐵鍬向坑中填土。劉業狂呼「大哥救命」，漸漸地，聲音被土悶住，慘叫聲越來越弱了。馬和沒有再向土坑看一眼，他獨自踏著彎曲的藤蔓和匍匐的蒿草，穿過稀疏的松樹，向王府走去。又一次九死一生，只帶給他一個信念：要好好地活下去！就像這幾株松柏，絕不因為周圍植物的低矮，就不再長高。絕不！人爭一口氣，誰說太監不是人，我偏要活出個人樣來！與其老死在無望的期待中，不如陣亡在不屈的搏鬥裡！

馬和走進書房。朱棣伏案疾書，正在寫信。馬和躬身稟報說，「奸賊劉業，已經妥當處置了。」

朱棣擱筆，微笑地看著馬和，點頭說：「好。燕王府邸，過去是一片淨土，將來是淨土一片。馬和啊，本王考察你多年了，你果然是個忠直可靠、有情有義的人。」

馬和畢竟心有餘悸，諾諾應道：「劉業犯法，奴才也負有管教不嚴之過。奴才愧對主子……」

朱棣豎起一掌，阻止馬和再說下去。「聽著，王府總管老韓，歲數大了。即日起，你升任王府副總管，協助老韓，統管王府內所有事務。此職，責任極為重大呀！」

這實在出乎馬和預料，犯了王府規矩，不降反升？他不知如何表態，只能掩起心中驚訝，垂首道：「奴才萬萬當不起……」

朱棣無聲一笑，讓馬和抬起頭來。馬和只得遵命抬頭，卻不敢正視朱棣眼睛。朱棣兩道深邃的目光看進了馬和的眼睛裡：「照我看，你不但當得起，而且會比老韓幹得更好……你自己心裡，也是這麼想的吧。」

馬和一頭跪下。此時他不敢讓朱棣看見他的臉。他太激動，以致熱淚盈眶。他怕自己顯得失態。他不想自己這樣。他叩首，幾乎一字一頓地說：「王、爺……奴、才，領、命。」

朱棣親自扶馬和起身，他看見了馬和眼裡的淚水，心中很滿意。自從聽了姚廣孝的一番話，他對馬和一時多了些溫情。人非草木嘛！他聲音親切地說：「馬和，今後，府裡上下的事，我和夫人都要靠你嘍。」

馬和激動地對天起誓，此生此世，他定將鞠躬盡瘁，效忠王爺。以報王爺天高地厚之恩。朱棣知道馬和絕非輕浮小人，而是一言九鼎的君子。有許諾就會有實施。他推心置腹，向馬和問起當年同他一起進京的那幫小淨生的命運。馬和心領神會，將自己所知詳細地告訴了朱棣：那些小淨生，多數仍在宮廷裡當差。其中，王景弘任景仁宮領太監，小六子在賢淑宮當差，王四海任上書房太監……這些兄弟，時常能見到皇上。

朱棣大喜，意味深長地要求馬和：「內廷太監，消息靈通，經常能聽到外臣聽不到的東西。你……可以謹慎地同他們聯絡感情。將來，或許有用。」

馬和輕描淡寫地說，他早已這樣做了。他告訴朱棣，王景弘他們雖然是內廷太監，但宮裡頭人多俸祿少，太監的日子也過得十分清寒，遠不如王府待奴才這麼豐厚。所以，近兩年來，每逢節慶，他就用自己攢的銀子買些北平土產、果品、衣料等物，托人給他們捎去。東西雖然不多，卻加深了彼此的情義。

這個消息對於朱棣是意外的驚喜，他暗幸自己沒有錯待馬和。他讓馬和現在起，用馬和自己名義，將所送禮品增加三倍，所費銀兩全部由王府支出。他強調，特別在春節與中秋兩節，禮品還要加厚一倍。

馬和聽了歡喜，朱棣又囑咐他，只管送東西，不要隨便打探宮廷消息，以免生疑。如果他們自己多嘴，你就聽著。人哪，既然情義在，來日方長嘛！馬和說明白，朱棣卻又忽然沉下臉來，告誡道：「最重要的是謹慎，萬一出了什麼事……」

馬和知道朱棣要說什麼，高聲道：「如有萬一，也絕對是奴才自個兒的私事，與王爺沒有一絲一毫的關聯！」

朱棣這才放心，吩咐馬和，準備一下，明早他和夫人要去家廟祭奠。馬和答應著往外走，朱棣在後面又跟了一句：「你陪著我們去。」

王府家廟坐落在王府後院內。這裡平時很安靜，鮮有人來。淩晨時分，家廟內更是一片寂靜，南面的正廟裡聳立著徐氏祖宗靈位。

廂房內室的門吱地一聲開了，頭上還纏著紗布的妙雲，著一身素衣盈盈步出。她來到大堂，給徐達靈位添加新香，肅拜默祈。接著，她執長拂清潔靈案，拿起條帚輕掃地面。掃到窗口，她順手推開了木窗。突然間，一小筐掛在窗板上的山楂果撲楞楞滾了一地，似乎有一隻頑皮的猴子同她開了一個玩笑。她呆若木雞地盯著滿地鮮紅欲滴、晶瑩可愛，甚至沾著清晨露珠的山楂果，青春的紅暈突然在她蒼白的臉上顯現。尚處在麻木狀態中的她，一下子活了過來。但當她意識真正清醒的時候，她的心又突然悸動起來。她扔了條帚，繞到窗下，機械地撿起那些山楂果，重新放入小筐內，來到山崖邊。朝陽照在她清瑩的臉龐上，迎面一陣山風將她的長髮吹得高高揚起，她猶豫著，終於一咬牙，閉上雙眼，身體往前一挺，奮力將小筐扔下山崖。

雨點般的山楂果，漫天而下，它們在山谷間撲嗵嗵四下亂滾，消失。妙雲硬著心腸不關心它們的命運，一扭身往回跑。因為跑得急，腳下的步子一個踉蹌，差點摔跤。她低頭一瞧，見是地上一塊鵝蛋形的雨花石絆了她，那雨花石形狀雖美，卻透明無色。心有靈犀的妙雲撿起雨花石，擦乾淨放進袖中。她要讓自己的心，變成無色無欲的一顆石子。她回到廟堂，正欲在靈位畔的小凳上坐下，忽然間，一陣風響，房門被吹動了。妙雲循聲轉過臉，竟然看到一隻紅彤彤的山楂果子從門畔滾來，一直滾到她的腳邊。

妙雲渾身發抖，不知如何是好。就像一個虔誠的教徒一隻腳誤入了佛教禁地。她幾乎不敢動彈了。好久好久，她終於彎下腰，拾起這最後一個山楂果。它又紅又大，鮮豔欲滴，活靈活現一個誘惑！天哪，她沒有力量將它再次丟棄，沒有力量逃避這天意的吸引！這時候，那顆雨花石從袖中滑落，她任它掉在地上，把山楂果按在心胸處，無言地、深深地痛哭了。隱隱約約，家廟外面傳來了車馬的鞭響聲，妙雲一驚，趕緊收拾起自己，朝外走去。

朱棣徐妃在眾侍衛的前呼後擁之中，坐著王府大車疾速駛來。令妙雲心驚肉跳的是，她看見了馬和，他就伴隨在大車的旁邊，騎著一匹銀白色的高頭大馬，目光炯炯，顯得前所未有的神采奕奕。大車馳至廟門前，馭手喝止。妙雲早已候在門畔，她側著身，用脊背擋住馬和，在車旁躬身問候：「奴婢給王爺夫人請安。」說著上前攙夫人下車。

徐妃笑道：「妙雲啊，我早說過，你再不要自稱『奴婢』！你現在已經是自家人了。」

妙雲輕輕地說：「謝夫人。」

朱棣自己下了車，看看家廟，連聲稱讚。對徐妃說：「夫人你瞧，妙雲來了以後，這些草木花卉都長得格外精神了！」

「稟王爺，我喜歡這兒。」

徐妃親切地說：「妙雲啊，陪我們祭奠家父去。」

妙雲隨著朱棣徐妃往裡走，自始至終，她一直用脊背對著馬和，她一眼也不看他，似乎只有自己瘦弱的肩背才能稍稍抵擋得住他那無聲的襲擊。而馬和不同，他的目光一有機會就在妙雲的身上閃爍。他的內心裡，從來沒有像現在這般瘋狂。他明白，自己再也無法泯滅靈魂深處對妙雲的眷戀。他不想扼殺這種眷戀，這眷戀使他自信，從容，也為他演繹著生命的神奇與精采。在這種意趣盎然的眷戀中，作為太監的馬和彷彿離他越來越遠，反而顯得不真實了。而作為「男人」的馬和，卻像踢噠踢噠踏塵而至的馬蹄聲，真實而急促地迎面撲來，鍥而不捨地要與他那顆在悲情中被開啟了智慧的靈魂重疊。

妙雲將一束束燃香奉給朱棣和徐妃。朱棣徐妃雙雙跪地，對徐達靈位虔誠拜香、叩首，祈求父親在天之靈的護佑。馬和立於妙雲身後，暗暗注視著妙雲的側影。用妙雲看不見的目光，傾訴著自己的無限柔情。

朱棣徐妃祭奠回府，早就等候在門畔的張玉迎上來稟報，胡誠已經在正堂等了一個多時辰了。胡誠對張玉說，京城六百里快馬，送來朝廷密旨，著王爺和胡大人共同拆閱。朱棣一驚，站住，同徐妃對視一眼。徐妃說：「我先回屋了。」聲音有點怕冷那樣的抖。

一幀密封的封套擱在正堂大案上，胡誠焦慮不安地來回踱步。見朱棣入內，上前急揖。朱棣要知道的是，密旨什麼時候到的？是先送到長史衙門，還是直接送到王府？他用故作鎮靜的態

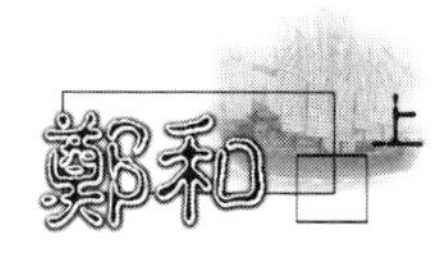

度，直截了當地問了胡誠。胡誠覺得這些問題多餘，說：「自然是直接呈送燕王府的。是未時三刻送到的。不過，那位特使傳達了朝廷命令，令下官與王爺同時開閱。下官這才趕來的。」

這話並沒有減輕朱棣的焦慮。共同開閱的密旨，往往有著非同尋常的內容。他坐下，端起茶盅，手竟微微發抖。他輕啜一口茶，心裡罵自己不成氣候，儘量從容地說：「開閱吧。」

胡誠連忙謙讓。兩人讓來讓去，胡誠見朱棣態度堅決，就先住了口，從袖中抽出一方白絲巾，先用絲巾細細地揩抹雙手，然後雙手莊嚴取過密件，顫顫地揭去上面的火漆、封條，打開密件。朱棣眼望前方，表示不急，卻聽胡誠叫道：「這密件中還有一幀密件！王爺您瞧，它是密中之密啊！」

朱棣轉過臉去，胡誠已經從密套中取出另一幀密件，但此件封面上卻貼著一個黃卷，卷上寫著數行字。

朱棣對胡誠說：「念吧。」

胡誠高聲誦讀封面上的密令：「奉旨，著燕王朱棣，北平長史胡誠，同於十月初十午時正，開啟此件，並昭示北平所有軍民人等。如時辰不到，有私自開閱者，重懲不貸。欽此。」

朱棣心中狐疑，暗暗猜測是否太子儲君之位已經確立？胡誠已經放下密件向他恭喜。朱棣明知故問：「怎麼著？」

胡誠微笑：「下官琢磨，這幀密件裡面，定然安放著皇上選定太子儲君的詔書！因此，朝廷才規定在同一時刻，昭示大明各省、府、鎮、衛。」

朱棣聲音不太自然地問：「那你向本王……賀什麼喜呢？」

胡誠其實早已心中有數，卻趁機麻痺朱棣：「太子儲君，當然是燕王啦。除此之外，怎麼可能有其他人選？」

朱棣撐不住就要面色燦爛起來，儘量抑制著，說：「十月初十，就是明天啊！」

翌日午時之前，王府大院上下，早已侍衛林立，戈甲閃亮，氣氛十分莊嚴。院當中安放著一尊古老的日晷，陽光將時針的陰影投射在晷面刻度上。日晷前的大紅案上，有一隻銀盤，盤中擱著那幀密旨。案前三座香爐，香煙繚繞。院子門口響起沉重的鼓號聲，一個官員大聲唱喝：「午時將至，著北平城五品以上文武官員，入燕王府接旨！……」

唱喝聲中，朱棣著王服，率領大隊文武官員步入大院。

朱棣來到大紅案前，帶頭跪下。一動不動地閉目等候。他的動作比起往常，更顯持重、從容，其實緊閉的眼睫卻在微微發顫。朱棣身後，跪著胡誠，再後面依次跪著北平衙門大小官員，個個官服燦爛，神情肅穆。

馬和挎刀立於大院一角，遠遠注視著這裡的動靜。他的目光，挪過朱棣，移過重官員，落在了那只銀盤裡的密旨上。銀盤上安放著深不可測的天意！這天意將在正午時刻昭示天下。在這個時刻，上至京城的中書省、六部九卿，下至大明二十一行省、八十八府，還有大江南北的三百二十多處鎮、衛、所，都將同時開啟皇上密旨，確立新的太子儲君。在這個時刻，大明將產生下一位帝王，江山也有了下一任主子。這是個既莊嚴肅穆、又膽戰心驚的時刻。因為，多少人的榮辱禍福將在此刻確定，多少人的性命安危都寄託在此時此刻！哦——君臣名分，生死存亡，一朝確立，萬古不移！

說時遲，那時快，馬和瞥見日晷陰影正好投射到正午時刻了。幾乎與此同時，某處的大鐘也在哐哐敲響。他的心縮緊了一般，祈禱燕王能夠如願。他知道，他的師傅一定坐在蒲團上，閉目拈珠，誦經不止……他看見禮賓官員朝朱棣躬身一揖：「時辰到，請燕王示下。」

朱棣抬起頭，沉聲喝道：「開啟聖旨！」

禮賓官員就應聲步至大紅案前，拿起大幀封套，揭開，從中輕輕抽出一方黃頁。所有的人都目不轉睛，緊張萬分。

禮賓官員捧著聖旨，運了口氣，昂首念道：「旨曰，『旨開國三十年來，天下一統，四海歸心。為使大明萬世昌盛，國脈永續，朕特此詔示中外，立皇太子朱允炆，為大明太子儲君。即日起，各皇子藩王，各文武臣工，及天下子民，應謹守君臣之道，敬奉太子如朕躬。欽此。』」

朱棣萬沒料到是這樣。如萬箭攢心，他一時有些失態，張口結舌，微微發抖，一句話都說不出來。身後的官員見朱棣沒有動靜，一個個都不敢動彈，左右窺伺，等待著。整個大院陷入死一般的靜默之中。

終於，朱棣清醒過來，憤怒地撲下身子，幾乎是咬著牙叩首：「兒臣……接旨！」

官員們這才敢撲地，隨之叩叫著：「臣等接旨！」話音剛落，忽響起一個激情洋溢的聲音：「吾皇聖斷，萬歲、萬歲、萬萬歲！」官員們又緊跟著喊：「萬歲、萬歲、萬萬歲！」是胡誠在叫。

胡誠接著叫：「臣，敬祝太子千歲，吉祥萬福！」

官員們只得一起跟著喊。一通歡呼畢，胡誠轉眼看朱棣，只見他一言不發，步履沉重地獨自離去。

朱棣進入內室後就關上了房門。徐妃聽馬和稟報過後，知道朱棣會難過，到處找他。看見家將張玉挎刀守候在內室門外，就問他王爺是否在內。張玉說是，但他不敢開門，說王爺嚴令任何人都不准入內。徐妃自己拉開房門，發現朱棣躺在榻上，爛醉如泥，屋內地面上到處是他肆暴的犧牲品：摔爛的瓷瓶、瓦罐，甚至玉器，一片狼藉。徐妃心疼嘆氣，偎到朱棣身上，拿開他胸口上的酒罈子，輕輕為他捶肩、捏脖、按摩筋脈。朱棣任其擺弄，一動不動。徐妃柔聲勸慰：「王爺啊，依貧妾看來，這反倒是件好事兒。朱允炆是您侄兒，甭管他是當太子還是做皇上，不都得敬著您嗎？從今往後，咱們過自家的安生日子，既太平，又富貴，不爭不鬥，祛災取祥……」

朱棣半睜眼，發出粗重嘆息：「不！……」

徐妃知道朱棣一下子無法平靜，只得再勸：「王爺啊，俗話說，知足者常樂，能忍者自安，

你可要想得開啊……」

朱棣打斷她：「不是你想的這樣輕便呀。現在我才明白，父皇早就下定了決心，要立朱允炆為太子，以消除皇子之間相互爭位之慮，免手足相殘。而太子黨裡的這些內臣，只怕早就知道了父皇之意。他們想盡辦法來迷惑我、麻痹我，以使朱允炆捷足先登。我呀，不但是空忙一場，大位旁落，很可能還引起太子黨的戒心！」

徐妃顫聲問：「王爺準備怎麼辦呢？」

朱棣長嘆：「事到如今，君臣之分已定。要是再不遵從，那就是謀反了！那就聽夫人的吧，知足者常樂，能忍者自安。我就徹底放棄帝位之爭，做一個安分守己的燕王吧。」

徐妃這才稍稍放心，竟滴下淚來。但朱棣卻想到，朝廷早晚會派人密查，看大位未定時，哪些皇子曾經有過爭位之心，奪嫡之舉。特別是在外領兵的皇子……還有胡誠，先前就是太子黨的人，從他今天表現看，一定是拜上新主子了。今後，一定會對燕王府動向監視得更緊！他一把推開徐妃，大步朝外走去。到了門口，立刻吩咐張玉：「傳各總兵、各標統，速至王府聽令！」

朱棣換了一身帥服，面色如鐵地端坐王座上。面前大案上擱一柄寶劍，他的手始終按在劍上。

堂下眾將排立，氣氛森嚴。

朱棣沉聲問：「朝廷聖旨，大家都知道了吧？」

眾將齊聲道：「知道了！」

朱棣道：「從今以後，燕軍所有將士，都必須恪守君臣之道，敬奉皇太子猶如敬奉皇上，明白嗎？」

眾將竟然沒有人回答。

朱棣按劍，再次大喝：「明白嗎？」

眾將這才齊聲應：「遵命！」

但是，仍有一將挺身而出，大聲說：「燕王，末將以為，此事極為不公！朱允炆何德何能，他憑什麼當太子？大位應該由燕王繼承！」

幾個將軍立刻呼應：「燕王功勛卓著，無人可比。」

——那個扁頭郎君才多大點？肯定是太子黨的人矯旨欺君，矇騙了聖上！

——末將生死都跟隨著燕王，絕不聽從太子黨的亂命！

……

朱棣憤怒拔劍，用力一劈！只見銀光一閃，那尊大案竟被劈掉三分之一，剩下的三分之二搖晃幾下，轟隆一聲倒了。大堂上，頓時鴉雀無聲。但朱棣並不將劍回鞘，而是揮手狠狠一擲，那劍竟然電光般飛去，直直地插在眾將面前，發出嗡嗡的顫鳴！朱棣冷若冰霜地說：「我重申一遍，燕軍所有將士，都必須恪守君臣之道，敬奉皇太子猶如敬奉皇上！違令者，殺無赦！」

眾將齊聲說：「遵命。」但聲音裡透露出無奈與不甘。

朱棣的表情此時才鬆弛些，嘆道：「列位兄弟，你們要明白，現在，誰再敢議論大位承繼的事，就是授人以柄，害人、害己、害本王……退了吧。」

眾將慄然互視，之後齊齊一揖，沉悶地離去。

大堂空了，長劍仍然插在原處。朱棣站起，顯得坐立不安，過後又頹喪地坐下，沉悶片刻，聲音沙啞地對張玉說：「傳馬和。」

馬和很快進來了。躬身請過安，朱棣就讓他看面前的劍。馬和見寶劍就插在自己面前，不知何事，不敢作聲。朱棣隨即讓他拔起劍，冷冷地說：「我知道你認識它，它是本王的佩劍，我要你拿著它，立刻去殺一個人。」

馬和高聲回話：「奴才遵命。請王爺示下，殺誰？」

朱棣聲音發顫了：「姚——廣——孝！」

馬和腦袋裡發出「嗡」的一聲悶響，像被大木棰重敲了一下。他大驚失色，不顧一切撲通跪地，大呼：「王爺！您……」

朱棣伸手制止他說下去，沉重地說：「姚廣孝不僅是你的恩師，也是我的軍師。但他鼓動本王爭位，致使今日一敗塗地！馬和啊，你必須明白，如果留下此僧，便是留下一個天大的危險！朝廷耳目，早晚會打探出內情，到了那時候，不光是姚廣孝，王府上下也會慘遭滅門之禍！」

馬和含淚再次懇求：「王爺……」

朱棣死盯著馬和，只發出輕輕「嗯？」的一聲，但馬和知道它的分量，再不敢猶豫，高聲回答：「奴才遵命！」

馬和走後，朱棣吩咐侍立於旁的張玉，讓他帶上可靠精騎，包圍大覺寺。他說：「如果馬和執行了本王命令，你不准露面，立刻撤回。如果馬和顧及恩師，下不了手，那你就把馬和與姚廣孝一起斬首來報！」

馬和手執長劍，神態失常地朝王府大門走。徐妃正豎立於廊下，見狀叫他站住。上前問道：「王爺的佩劍，你拿他上哪兒去？」

馬和垂首，幾乎要落下淚來，聲音憔悴地答道：「執行王爺命令。」

「什麼命令？」

馬和支吾不肯說：「奴才不能說……」

徐妃發怒：「說！你要去殺誰？」

馬和抑制不住落淚失聲：「夫人……王爺之命，奴才實在不敢說。但是那個人……夫人您認識。夫人只要想一想，就會想起那個人了！」馬和知道自己再不能多說，再不能停留，踉踉蹌蹌奔出了大門。徐妃驚訝地望著他的背影，似有所悟。

馬和進入大覺寺，見師傅正坐在院內的石凳上，就著幾碟小菜，自斟自酌，其樂融融，已經微醉。馬和將長劍藏於身後，心裡充滿了辛酸。師傅禪情悠悠，與世何求？「菩提本無樹，明鏡亦非台。佛性常清靜，何處惹塵埃？」他是因為燕王才遭此劫難。如今燕王謀王位不成，就要殺他，天理何在？他站在師傅身後，不知如何是好。

姚廣孝不回頭，卻已經看見馬和，他用平常的聲音說：「既然來了，就到前面來吧。」

馬和走到姚廣孝面前，撲通跪下，叫聲「師傅……」再說不出話來。

姚廣孝卻呵呵笑了：「燕王派你來殺我的吧？」

馬和點頭，哭泣無語。

姚廣孝搖頭嘆息：「這差使，真是難為你了……你，怎麼辦哪？」

馬和悲痛地說：「燕王是我主子，您是我的恩師，徒弟，實在不知道應該怎麼辦？」

姚廣孝：「好辦。殺掉我！」

馬和大叫：「不！」

姚廣孝訓導：「師傅叫你殺的！」

馬和聲嘶力竭地叫著：「絕不！」

姚廣孝板臉怒斥：「無用的東西，老衲真是白白教導你了。」

馬和挺直身子認真地說：「師傅沒有白教！師傅說過，奴才不但要忠實可靠，而且要有情有義。而且，師傅對我……恩重如山，就是……有情有義的。就如我的再生父母……所以，奴才此生此世，絕不做無情無義的事！」說著說著，竟哭出聲來。

姚廣孝聽著，也有些動容。他呵呵笑著掩飾自己：「喲喝……了不起嘛！起來吧……知道麼，如果你不殺我，那你也是難逃一死。」

馬和這才起身，反問師傅：「如果我殺了師傅，燕王就不會殺我滅口了嗎？」

姚廣孝這才對馬和真正刮目相看起來，讚道：「問得好！看來，你對燕王已經相知頗深了！」

馬和有點不好意思地說：「這也是師傅教導出來的。」

姚廣孝溫和的目光望著馬和：「馬和呀，我知道你不願意殺我，可你如何向燕王覆命呢？」

馬和垂首沉思片刻：「徒弟願意同師傅一起，亡命天涯！」

姚廣孝搖頭：「那太累了。你想啊，一個人如果終生都在逃命，那麼這條性命還有什麼意義呢？連鳥獸都不如呀！」

馬和無奈地說：「那可怎麼辦呢？」

姚廣孝的目光更溫和了：「還是那句話，殺我！」

馬和目光直直地望著姚廣孝，師傅那平靜的嗓音，像沙塵暴一樣可怕，使本來就失去了方向感的他充滿絕望。

鄭和
上

第七章

徐妃驚訝地望著馬和失魂落魄的背影，心裡朦朧生出不祥的預感。她不假思索拔腿就去找朱棣。朱棣坐在那張寬大的王座中，一動不動，猶如一座雕塑。

「王爺，是你命令馬和去殺人的嗎？」徐妃進門就質問。

朱棣抬頭，表情淡漠地默認了。

「是要殺道衍和尚？」

朱棣一頓，艱難地迸出一個字：「是。」

徐妃一屁股坐了下來，預感果然成真！一股巨大的悲哀籠罩了她。她知道朱棣處心積慮爭王位很久了，如今功敗垂成，自然惱羞成怒，開始濫殺無辜。她痛心疾首地想到，他像他的父親，當今的皇上。自己的父親徐達是皇上保障皇位的犧牲品，如今，姚廣孝又要成為朱棣爭奪王位的犧牲品。炙手可熱的王位啊……

朱棣見徐妃不說話，內心原本就有的不安和空虛反而擴大了。她在想什麼？她在心裡會怎麼想他？他終於忍不住了，先嘆口氣，然後向徐妃解釋道：「他知道的太多了，朝廷早晚會追查下來。只有死人，才不會說話。」

徐妃冷冷地說：「姚廣孝死後，馬和就不知道內情了嗎？」

朱棣狠狠心道：「馬和如有異常，我可以再殺掉他。」

徐妃冷笑出聲：「馬和死後，貧妾就不知道內情了嗎？難道你連我也要滅口嗎？」

朱棣驚慌地望著徐妃，厲聲喝止：「夫人！」

徐妃不為所動，憤激地說：「就算你把貧妾也殺了，貧妾身後，還有高熾、高煦兩個王子，你也接著殺嗎?!就算我們母子都死了，還有王府上下二百多人，還有北平五十萬百姓，王爺你殺得光嗎?王爺啊，世人之口，悠悠不絕，就是皇上也無可奈何，王爺能全部滅除得了嗎?」

朱棣張口結舌地望著徐妃，她在往這條路上想他啊……她那咄咄逼人的銳利的目光是他很少見到的，他突然意識到她是徐達的女兒，經歷賦予她的洞察力有時候連他也及不上。他呆了半晌，訥訥地說：「我，我是想消除後患嘛。」說話的底氣明顯不足。

女人的武器就是溫柔。徐妃見朱棣軟了下來，也改變了態度。用體貼的聲音說：「我知道，王爺是因為大位旁落，才惱羞成怒，罪及姚廣孝的。是不是啊?」

朱棣苦笑笑：「什麼都瞞不過你!」

徐妃坐到朱棣身邊，越發親切：「王爺您想想，古來聖賢，無不胸懷大的氣象。海納百川，有容乃大。大自然中間，沒有比海更大的現象了。所以海才有那麼大的吸引力。佛祖的肚子為何大?就是因為，大肚能容，容天下難容事，無非七情六欲嘛!因此，佛法無邊，沒有比佛法更大的法道了。我們做主子的，就是要學海和佛的大度，容得下忠奸善惡，也容得下一敗塗地!忍凡人所不能忍者，才能登峰造極，建功立業啊!王爺你想過沒有，就是馬和執行命令殺了姚廣孝，但他心裡會怎麼想啊，他能不怨主子恩將仇報嗎?他能不擔心這樣的下場早晚落到自個兒頭上

嗎？還有這麼多的下人、部屬，他們要是聽說這事兒，今後還能死心塌地地忠於主子嗎?!王爺啊，你要三思啊！」

朱棣一拳捶在自己腿上：「愛妃說得對……我，我是給氣糊塗了！」

徐妃長舒一口氣。朱棣的魂彷彿借出去剛還到自己身上來，他恢復了平常神態，眨眨眼輕嘆道：「是啊，即使殺了姚廣孝，其實也不能避禍，因為朝廷遲早會知道有一個名僧被我殺了。這幫人肯定猜疑，燕王有什麼不可告人的事，要殺人滅口？如此一來，反倒是弄巧成拙了！」

徐妃這才柔婉一笑：「燕王英明！還不快去！」

英明？朱棣聽著噗哧笑出了聲，道：「愛妃不是揶揄我吧？好，我回頭再謝你！」話音未落，他就跑了出去，一路大喊著：「備馬！快備馬！」

馬和正與師傅隔著石案對坐。他們對飲有一刻了，推杯換盞，已經醉醺醺的了。此時生死兩茫茫，現實的世界他們暫時忘卻了，即將到來的冥寂世界他們現在誰也不願事先去想。姚廣孝飲著酒，突然兀自笑起來。馬和問師傅：「師傅有什麼好笑的事呀？」

姚廣孝道：「馬和啊，師傅問你，你是不是喜歡上了那個妙雲啦？」

馬和毫無思想準備，一時不知如何回答，只嘿嘿地傻笑著。

姚廣孝嗔怪道：「都死到臨頭了，還不跟師傅說實話！」

馬和以為這是一個永遠無法向人啟口的話題，沒想到師傅主動提起，他既難為情，又心裡甜津津地充滿了訴說的欲望和溫情。他一時不能辨別這溫情是對師傅還是對自己的。他喃喃道：「喜歡……我知道我不能喜歡她。可是，不知為什麼，我就是喜歡她……喜、喜歡看見她，又怕看見她。只要她在場，別、別的人就形同虛設了……唉……是我連累了她。如今，可是連向她告別一下都來不及了。」

姚廣孝滿意地聽著：「不錯，你對師傅說了大實話。其實，師傅早就瞧出來了，就在我給你上第一堂課的那一天，我就瞧著你們兩人之間總有什麼事情要發生。你倆這輩子，是蜂蜜拌黃連，有苦有甜哪。」

這輩子？哪還來這輩子？半醉半醒的馬和心裡消沉地閃過這個念頭，迷糊地說：「師傅，您醉了。」

姚廣孝呵呵笑著，嘆道：「但願長醉不願醒啊……馬和，你聽著，師傅告訴你，有愛沒有錯。一個人要是沒有了愛，那才是一件可怕的事情呢，那樣活著，是、是行屍走肉……只是，你的地位不同，你是太監。有愛，但愛的方式不能同別人一樣，一般來說，只能放在心裡愛……否則……」

這本是馬和最想聽的教誨，談論愛的話題，對於他，是奢侈的享受。但現在探討，已經不是時候了。就像一隻耽誤了南飛的大雁，在寒秋裡奄奄待斃地憧憬著南方五彩繽紛的暖色世界，再

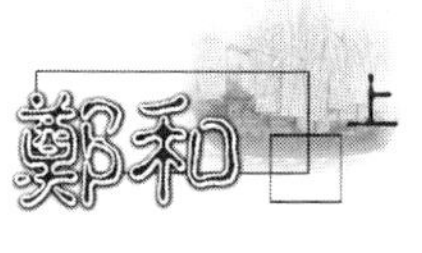

竟怎麼樣啊？」

姚廣孝沉思著對馬和說：「是好人。而且是一個大好人。」

這倒使馬和疑惑起來：「什麼，他要殺你，你還認為他是好人？」

姚廣孝的眼睛裡閃現出睿智之光。看見了這樣一束光芒，馬和立刻肅然起敬，他懷疑師傅沒有真醉，或者他的醉意也變成了智慧。唐代的大詩人李白不就是因為常醉酒才留下了那幾首千古絕唱嗎？姚廣孝認真地說：「老衲並不這樣看燕王。燕王是英雄。老衲討厭庸才，喜歡英雄！欲爭王位者自古不絕，就是當今的大明王朝，哪個皇子對太子位不是虎視眈眈？退一步講，有幾個皇子心裡沒有憧憬過這個位子？即使不是皇子，就沒有人在暗中窺視大位？然而有欲望者，並非就有能耐。有的人，野心不小，亦自以為能，其實才德不足恃，胸中擺不下城府，自然就成不了氣候。而燕王身具帝王之氣，胸懷萬古之志，早晚能成大業。眼下嘛，太子位的事，對於他是急火攻心，他是一時被一葉障目罷了……」

馬和聽到這兒，急忙插話：「師傅，您是說，王爺是一時糊塗？」

姚廣孝拿起面前的酒杯一飲而盡：「是啊，帝王之氣，未到至真至純的地步……然而後生可畏……歲寒，然後知松柏之後凋也。這帝王之氣呀，亦非一蹴而就，就像你一個太監要出人頭地一樣難，須經千錘百煉哪！」

馬和呆了半晌，沒想到燕王想成就帝業也同他一樣要經歷磨難，豈非異曲同工之妙？他趕緊替姚廣孝又斟滿一杯酒，問：「如果咱們死了，王爺將來會後悔嗎？」

姚廣孝抿一口酒，口氣裡居然還有點得意：「悔得一塌糊塗！」

馬和一愣，不甘心地說：「可是咱們已經死了呀！」

姚廣孝此時又是醉態可掬的模樣，道：「人生自古誰無死，留取丹心照汗青。告訴你吧小子，燕王成大業之後，會給老衲立一座又高又大的功德碑，年年供奉，香火不絕。當然了，碑底下也會有你小子的名字。」

馬和很受安慰地笑笑，道：「師傅，徒弟和您一塊死，死了還能成就功名。死得不冤！」

「是時候了。」姚廣孝說。他讓馬和扶他起來，馬和擲了酒杯，拿過竹杖遞給師傅，一手攙著師傅，去王府受死。一路上，兩人說說笑笑，心靈無羈，其實馬和渾身禁不住地震顫不已。他極少同人如此親近，在這個非常時刻，他突然實實在在地感受到，自己攙扶的就是親生父親，他很想把這種幻覺說出來，但話到嘴邊，又使勁嚥下去了。他擔心這樣的溫情表述，會使自己顯得過於嫩生。面前一座高高的石橋，橫跨在山谷之間。姚廣孝邁步上橋，有點力不從心，馬和攙師傅的手加了一把力。上到橋頂，忽聽前方馬蹄聲驟，兩人展眼望去，一隊王府騎兵，風馳電掣般馳來。馬和眼中一個驚慌的忽閃，稍縱即逝，他下意識地把姚廣孝挾緊了，看起來他在幫師傅，其實精神上是師傅支撐著他。

姚廣孝說：「等會兒我要跟燕王求個恩典，請他在老衲死後，將此橋更名為『奈何橋』。」

「奈何橋？」馬和不懂。

「奈何橋上嘆奈何呀！」

師徒兩人正閒話間，朱棣已將隊伍留在橋下，自己一人大步上了橋，見到姚廣孝撲通一聲跪下，昂首道：「大師，小王給您賠罪！」

馬和大出意外，一時不知自己該如何是好。姚廣孝卻不介意地呵呵笑著反問道：「敢問燕王，您何罪之有？」

朱棣慚愧直言：「小王因為太子位落於朱允炆之手，氣怒攻心，一時糊塗，竟想嫁禍於人，唉，險些鑄成大錯！」

姚廣孝上前扶起朱棣，他說：「燕王此舉是想免除後患，用心並無過錯。只是，後患不在貧僧，而在燕王您自己，在您的帝王之心。只要此心仍在，後患定然無窮。敢問燕王，貧僧說得對還是不對？」

朱棣感慨萬分：「大師說得太對了，所以，小王已決定放棄帝位之心……」

不料，姚廣孝跺足大叫：「不！」

輪到朱棣驚訝了：「什麼？」

姚廣孝侃侃而談：「燕王如果放棄帝位之心，那才真正是大錯特錯！果真如此，後患不但不能消除，反而會愈演愈烈，直到釀成喪家滅門之禍！」

在姚廣孝說話的同時，朱棣已經痛苦地意識到未來的這種可能性，但他仍掙扎著說出：「大師言重了！」

姚廣孝冷笑著說：「據貧僧所知，朱允炆是一個柔弱少年，斷無君臨天下的才能。這樣的人如果做了帝王，不但燕王您不會服他，秦晉兩王更不會服他！再說朱允炆，他對你們這些手握雄兵、鎮守邊關的各位叔父、各位藩王就能放心?他肯定是提心吊膽，如骨鯁在喉，如芒刺在背，日不安席、夜不能寐!所以，只要朱允炆登基，刀兵之災必不可免。要麼是朱允炆逐步除掉你們各位藩王，要麼是你們幾個藩王割地自立，與他爭奪天下。」

朱棣聽得唏噓，嘴唇翕動，但還是說：「我決定恪守君臣之道，不爭天下！」

姚廣孝不以為然：「燕王可以這麼想，朱允炆會這麼想嗎?即使朱允炆這麼想了，太子黨會這麼想嗎?朝廷大臣會這麼想嗎?只要燕王健在，他們統統不會安寧。燕王啊，請恕貧僧說一句觸犯天威的話。」

「說！」

姚廣孝沉吟著說：「爭位之事，你無錯，朱允炆也無錯，只有一個人犯了大錯……就是您父皇，當朝洪武皇帝犯了大錯!他立錯了太子!致使數年之後，天下血流成河！」

朱棣怎能允許別人這樣說父親，他怒叫：「放肆！」

姚廣孝卻加快了語速，似乎不吐不快，一副即使說了要殺頭，他也不會住口的架勢：「燕王，成大事者不但要飽經挫折，而且要萬死無悔！所謂百煉鋼化為繞指柔，就是指的九死而不悔的境界，到最後，越是身處逆境越是沉得住氣，意志越是堅定！燕王如果貪生怕死，不敢以天下為己任，那麼，貧僧不但不願追隨燕王，還要請燕王立刻殺掉貧僧，你我恩斷義絕！」姚廣孝說罷，搶過馬和手中的長劍，跪下，雙手舉劍過首：「燕王請！」

馬和一時目瞪口呆，朱棣心裡感慨萬千，竟不能面對姚廣孝，轉過身背對著姚廣孝叫：「你、你是要逼、逼本王爭奪帝位麼？」

姚廣孝大聲道：「燕王，千古英雄，都是逼出來的！天下大業，也都是逼出來的！就連你父皇洪武皇帝，也是被人逼上金鑾殿的！不成帝業，毋寧死！」

朱棣劇烈地思索著，終於猛然回轉身子，一把抓過姚廣孝仍然高舉著的長劍，舉上蒼天。他的手掌就直接抓在劍鋒上，手中血流如注。他仰天嘆道：「是啊，不成帝業，毋寧死！」其實，這句話，是他心河裡原本就暗藏的潛流，只是現在適時噴湧而出了。

姚廣孝及時祝賀：「貧僧恭賀燕王，在這座奈何橋上，開創了千古大業！」

「奈何橋？」朱棣不解。

姚廣孝點頭，「是。貧僧正要請燕王降一道恩典，將此橋更名為奈何橋。」

朱棣大笑：「好！爭奪千古大業，本來就是無可奈何之事！」

馬和在一邊兀自激情澎湃起來，作為太監，他的榮辱繫於燕王的命運，這一點，他早已無師自通。此時他上前跪倒，大聲道：「奴才永遠追隨王爺！即使赴湯蹈火、粉身碎骨也在所不辭！」

朱棣想著今天自己的種種思慮，心中又是一番感慨，將手中自己長年佩掛的寶劍，送給了馬和。

重新確立大志的朱棣行事更謹慎了。他不露聲色，治理上外鬆內緊，待下人慈威並舉。但即使這樣，還是引起了胡誠的警惕。他能感覺到在王府太平盛世的溫和空氣裡，瀰漫著危險的情愫。這一天，他聽到消息，朱棣又要布陣練兵，早餐後就來到了城門口。城門尚未打開，只見朱棣身著戰袍，頭戴銀盔，闊步行走在兩行戈甲鮮明、意氣昂揚的武士之間，後面跟隨著身著戎裝的張玉、馬和等幾個將軍。胡誠領著幕僚在路邊恭立了一會，才見燕王走出隊陣，他上前賠笑道：「下官早想領略燕軍盛況，今日得知燕王布陣閱兵，想跟隨燕王一睹燕軍風采。」

朱棣爽朗地笑著，其實話中有話：「胡長史歷來敬業，本王一向欽佩。」

胡誠謙遜道：「謝燕王抬愛。如有下官不該看的軍事機密，下官自當迴避。」

朱棣忙說：「別別。既來之，則觀之嘛！否則的話，燕軍的糧餉軍械馬匹器具等等，胡大人就不肯照應了。」

胡誠心中得意，口裡卻道：「下官豈敢！豈敢！」

朱棣朝守門軍士大聲吩咐「開門」，「轟隆隆——」兩排軍士同時拉開沉重的城門，頓時，

門外響起了驚天動地的鼓號聲，鼓號手將長號刺天，大鼓蓋地，一齊轟鳴。迎著鼓號聲，朱棣穿過城樓，走到城門外的金水橋上，只見無數將士早已列陣，金戈鐵甲遍布橋面、廣場和對面的演兵場，整齊雄壯，氣勢磅礡。朱棣一揚手，萬千將士殺聲驟起，刀槍劍戟鏗鏗鏘鏘。等於是朱棣帶著胡誠，在刀槍叢林中穿行，兩旁全是密密麻麻正在操練的將士。胡誠心中驚駭著，儘量鎮定地說：「無怪乎人說，大明勁旅，盡在燕軍。燕王有此軍力，足可以取天下了！」

朱棣聽了這樣的話，心中畢竟受用，但他立即用嗔怪的口氣說：「看您說的！燕軍是朝廷的！因此，燕軍不是取天下，而是安天下的！」

胡誠笑嘻嘻躬身道：「是是！下官口誤，燕王恕罪。」

朱棣一撇嘴：「哼，胡大人口誤不要緊，本王卻得掉腦袋。」

胡誠訕訕應著，朱棣瞥一眼胡誠身後的幕僚，說道：「宋先生常去軍營查看……」幕僚聽得一驚，連忙解釋，自己是為發送軍械而去。朱棣卻告訴他，明天就給他發一塊權杖，今後，他可以持此牌進入燕軍大營，暢通無阻。幕僚唯唯應著，胡誠怕幕僚說錯話，又想到太子位確立後有一些該說的話還沒有機會說出來，眼下倒正是一個機會，就道：「燕王的恩典，我們長史府裡上上下下都銘記在心。下官更是知道，燕王雖然沒有承繼太子位，卻成為太子的叔伯，這可比太子還高一輩呢！還有，燕王是皇上最鍾愛的王子，而下官只是一介臣工，親疏有別，血濃於水呀。下官怎敢不與燕王同心同德，而自取其禍呢？下官如有不當處，請燕王訓斥，也要請燕王恕罪啊……」

老調重彈，口是心非。朱棣聽得不耐煩，正要打斷，卻見兩匹快馬疾馳而來，衝到他面前，跳下兩個欽差，施禮後說聖旨到。朱棣趕緊拜倒在地。欽差宣旨：「著燕王朱棣，三日內起程，赴京見朕述職。欽此。」

朱棣心中一凜，趕緊應道：「兒臣領旨！」

朱棣接旨後就有點心神不定，閱兵結束，他立刻著馬和去請道衍師傅。兩人相約來到後花園，一邊觀花，一邊說話。馬和不遠不近地拉開一段距離跟著。姚廣孝擔心的是，皇上好見，太子難纏。並非太子本人難處，而是他身邊的臣黨狼狽為奸。而朱棣卻憂心忡忡地告訴姚廣孝，父皇也不好見。他已經整整五年沒有見過父皇一面，這五年裡，父皇不僅龍體日衰，性情也變得更加猜忌多疑。只要看看胡惟庸案、藍玉案、空印案……連年的大肆整肅，幾乎把元勛舊臣除盡了！聽說，好些大臣凌晨離家上朝，都向妻子訣別，因為不知道自己能不能再回家了……」

姚廣孝重重嘆氣：「皇上如此整肅，是對江山後世，放心不下啊！」

朱棣皺著眉頭說：「前輩英雄盡逝，小王就顯得愈發突出了。我提領重兵，威鎮北平，朝中大臣，誰不側目而視？更別提朱允炆那個小娃娃了！胡誠近來就對燕軍盯得格外緊，這說明，太子黨已經對我很不安了。」

姚廣孝點頭贊同：「燕王所慮極是！先太子朱標、繼太子朱允炆，父子倆一個比一個文弱；

而從開國元勛徐達直到燕王您，則是一代比一代強悍。兩相對比，強弱立見。皇上為了後世太平，被迫痛下殺手，屢屢削強就弱。如今這一輪回，快要輪到燕王了……」

朱棣一怔，俗話說，人無遠慮必有近憂，難道他有近憂了？他問：「大師的意思是──」

姚廣孝說出自己的擔心：「燕王此次進京見駕，皇上可能削奪你的兵權。」

朱棣驚惶：「我可以稱病，不去！」

姚廣孝搖頭：「父皇召見，豈能不去？」

朱棣氣急：「難道我去送死不成？」

姚廣孝微笑分析：「燕王此行雖有風險，但只要皇上在位，您就絕對死不了。因為您是皇上愛子，智勇謀略最像皇上。大不過把您拘在京城，身邊圍滿金銀美女，恩養天年吧。嘿嘿嘿……」

朱棣怒容滿面：「大師不要取笑。對於我，這不是跟死差不多嗎？」

姚廣孝道：「是差不多。一旦恩養，便如同籠中物，朝廷可以先養後殺，任意宰割……」

朱棣聽不下去，不滿地斜睨姚廣孝一眼，道：「大師就沒有善策了嗎？」

姚廣孝笑著說自己正在搜腸刮肚，求燕王賜一杯茶喝喝，朱棣這才感到自己也正口渴，連忙叫茶。

馬和進去拿了茶具放在涼亭內案上，躬請燕王師傅入內，替兩人上了茶，退在一旁伺候。姚廣孝不緊不慢品茶，朱棣卻像等著揭榜的考生那樣心急如焚地盯著他。姚廣孝徐徐飲盡一盞茶，望著亭外湖水道：「燕王請看，這一汪湖水，彷彿就是京城，眼下平平靜靜。魚呀蝦呀，都藏於深處。」

朱棣注視著平靜的水面，未出聲，靜等姚廣孝往下說。姚廣孝突然將手中那只茶盞擲出，落進湖中，撲通一聲，水面頓時激起圈圈漣漪。姚廣孝指著湖水的漣漪道：「燕王一旦踏入京城，便會打破水面平靜，驚動水下魚蝦。」

朱棣若有所思地點頭，轉向姚廣孝：「那又怎樣？」

姚廣孝似乎未聽見朱棣的話，還反過來問他：「如何使茶盞入水卻不起波紋呢？」

朱棣無奈地搖頭苦笑：「不起波紋？大師不是開玩笑吧？」話音未落，姚廣孝已經捧起案上那尊二尺多高的巨大茶壺扔進湖中。撲通一聲巨響，整個湖面都激起了一圈圈的波瀾，遠遠壓過先前的細紋。朱棣眼中一亮，像在黑暗的隧道中看見了前方有火苗。

姚廣孝點題：「看，燕王激起的波瀾不是沒有了麼？只因為有更大的波瀾取代了它。」

火苗變成了火把，朱棣催促姚廣孝快快往前照明：「請大師詳示！」

姚廣孝壓低聲音道：「其一。燕王進京之後，應當處處表忠心，示弱於人。朝廷不是顧忌燕軍嗎？燕王就以身患傷疾為名，主動上奏，削減自己的兵權，將燕軍完全交出去，再三請求解甲退位！讓朝廷放心。其二，燕王進京之後，邊關便紛紛告警，只見東北的頑凶阿爾巴胡，西北的敵軍完顏鐵山，都破關入侵，掠我牛羊殺我子民，圖謀光復前元王朝，真是大有山河破碎之勢啊！」

朱棣明白了：「這種險情，小王可以辦到！」

姚廣孝繼續說：「敵情如火，而燕王此刻又不在北平，守關的將士只好紛紛向監軍長史胡誠稟報，催促他趕緊領兵退敵呀！胡誠乃一介文臣，手無縛雞之力，哪裡應付得了大敵？只能飛奏朝廷……」

朱棣一掌拍案：「而朝廷只能令我速回北平，統領燕軍退敵！」

姚廣孝頷首：「其三。這次進京述職，肯定不僅燕王一人，只怕還有秦、晉兩王。」

「不只。湘王、吳王也去。」

「這就是了。秦晉兩王是燕王之兄，他們對於太子之位，原本就視如囊中物，如今卻落得以臣子之禮拜見朱允炆，豈能甘心？燕王進京之後，應當處處把秦、晉兩王請在前頭、供在亮處，讓他們率先承當明槍暗箭，燕王則縮在兩位皇兄後面，只求太平無事。」

朱棣聽到這兒，面色已燦爛如晴日，由衷讚道：「高明！不但關外的敵情是個大茶壺，我二哥三哥也成了大茶壺。他們一齊擲進湖水，哪裡還有我的波瀾啊！哈哈哈。」

馬和一直恭立邊上侍奉，一字不漏地專心傾聽著，暗暗慶幸自己幸運。這樣的道理，要自己摸索弄懂，得花多少心血和歲月啊！這時他上前倒茶，向燕王請求：「奴才請求一同進京，為王爺護駕。」

朱棣略一沉思：「准了！你隨我同去京城。但你的任務不是護駕，而是探望那些宮廷太監，請他們喝酒敘舊，越親密越好，你給我重重地孝敬他們！」

朱棣翌日就出發了。在金水橋上，當朱棣對胡誠交代，在他赴京期間，三十萬燕軍和各處關防全部委託給胡誠時，胡誠的表情同內心一樣驚訝不已：「燕王啊，下官一介文臣，可當不起如此重任哪。」

朱棣居然沒有絲毫猶疑，反而斬釘截鐵道：「你身為長史，兼負監軍之責，當不起也要當！何況，胡大人滿腹韜略，有什麼當不起的呢？我已經下令了，燕軍所有將士，當視胡大人之命如同王命，抗命者斬！」

胡誠猜不透朱棣葫蘆裡賣的什麼藥，顫聲道：「王爺如此信任下官，下官只能戰戰兢兢，勉力支撐。」

朱棣與胡誠等送行官員告別，徐妃卻往上一步，憂慮的目光深深地望著丈夫，內心裡，她的擔心甚於朱棣上戰場。

朱棣費力地隱藏起自己的離愁別緒，勉強笑道：「愛妃放心。我會毫髮不損地回來。」

徐妃轉臉囑咐馬和好好照顧王爺，提醒他少喝酒，別發火，說話小心。

馬和深知此行的重要與危險，深深揖首應著：「奴才一定用心照料王爺。」

徐妃又吩咐，到了京城，立刻著人遞信回來。之後，隔三差五的，也要來書信！

馬和應道：「奴才遵命。」

此時，一些覺得要交代的事都湧上了徐妃的腦海：「王爺常年在外，京城府邸裡的下人沒了主子，都懶散慣了，凡事跟北平王府沒法比。所以，你還得好好整頓一下，不准他們給王爺添亂！」

馬和再次躬身領命：「奴才一定重整規矩，令下人們侍候好王爺！」

徐妃仍欲言，朱棣笑止：「好啦好啦！愛妃回去吧。長則一月，短則十天，我們就會再見的！」他毅然決然上馬鳴鞭，馬和等也翻身上馬，簇擁著朱棣奔馳而去。

南京的東宮書房內，方孝孺手執書卷，在屋廊下焦慮不安地來來回回踱過無數遍了。屋裡座鐘鳴響了，他忍不住問侍立廊下的小太監：「日已過午，皇上早該退朝了。太子為何還不回來？」

太監道：「稟太師。奴才剛才著人打探了。聽勤政殿太監說，皇上今兒發了火，把太子爺拘在東暖閣裡，令他反省。」

方孝孺追問原因，可小太監再也說不出什麼來了。終於，朱允炆手執一根棘條，唉聲嘆氣地出現了。

方孝孺急急上前：「太子，您可回來了！出什麼事了嗎？」

朱允炆面無表情地一屁股坐在太師椅上，嘆道：「師傅，皇爺爺今天把我痛斥一番，還用這根棘條狠狠抽了我幾下！」

方孝孺又驚訝又擔心地用眼睛詢問著太子：為何？

朱允炆自怨自艾地說：「我真是太迂腐了！唉，皇爺爺臨朝聽政時，已經十分惱怒了，因為有許多大臣奏請皇上罷撤嚴刑峻法，奉行『仁恕』，赦免蒙冤待死的武昌侯。皇爺爺片言不發，一邊點頭一邊冷笑。退朝後，我陪皇爺爺散步。皇爺爺傷心地問我，『太子啊，你如何看待武昌侯之罪？』我好沒心計呀，當場跪下來替武昌侯求情。我說武昌侯偶有過錯，但罪不至死。臣孫請皇爺爺寬恕……皇爺爺聽了，氣得從花園裡拔出一條棘條，扔到我面前，令我拾起來。我說，『它上面生滿利刺啊，臣孫不敢拾。』皇爺爺大怒，抓起這條棘刺，大手緊攥著它，使勁一抹，竟然把上面的利刺全抹掉了！我瞧著嚇壞了，皇爺爺真是天生一對鐵掌啊！皇爺爺把去了刺的棘條交給我。說，『孫兒，朕替你將刺兒去掉，你不就拿著順手了？武昌侯這些驕兵悍將，就跟這些刺一樣。朕在位時，誰也不敢炸刺。朕要是死了，他們就會刺得你鮮血淋漓！所以，朕要在死之前，替你把刺兒去乾淨！……』」

方孝孺拿過那根去了刺的棘條，用手掌在上面抹了一把，打量著，憂慮地說：「太子恕老臣直言，皇上對您已見不滿，皇上嫌您太文弱了。」

當太子以來，朱允炆一直感到有一股無形的令人窒息的壓力逼迫著他，今天在皇爺爺那裡，他挨了打，眼下他一向依賴的師傅方孝孺也是借皇爺爺的話責備他，他的心中就更像塞了團亂麻似的無頭緒。他率性地發了脾氣：「師傅說得對，我就是文弱！我也不想做太子，更不想做皇帝！是皇爺爺——哦、還有你們，把我逼到這個位置上來的。……」說著，朱允炆竟然拭淚了。

方孝孺又心疼又擔心，顫巍巍地跪下：「太子千萬不要急。據老臣看，皇上如此耳提面命，其目的，乃是盼望太子立威於朝，盼望太子自強不息！」

朱允炆賭氣告訴他：「可我現在，見了皇爺爺就、就、就……害怕。」他心裡知道這是他不該說出來的。

方孝孺微笑著點化太子：「皇上知道太子畏懼他，更知道太子敬愛他。皇上嘛，最喜歡對自己又敬又畏的臣子，更何況是自己的愛孫！老臣覺得，皇上把『嚴刑峻法』施行得越徹底，對太子將來即位就越有利。」

朱允炆慢慢安靜下來，讓師傅起身，接著往下說。

方孝孺說：「皇上太明白了！在得天下前，驕兵悍將是個寶。在得天下之後，那些驕兵悍將便是禍害！皇上把家國打掃得乾乾淨淨地交給您，有何不好！皇上此舉，雖然殘酷無情，但是從長遠看，於君、於國、於百姓，可謂善莫大焉。」

朱允炆沒有信心地說：「可是，與皇爺爺的天威相比，孫兒我望塵莫及，難以為繼呀！」

方孝孺寬慰自己的學生：「不必為繼！太子登基後，非但不必繼承皇上的嚴刑峻法，反而要顛倒過來，施行仁政，以德治國。一者，驕兵悍將已經被皇上清除乾淨了；二者，前一代嚴，後一代寬，正符合新君新政新氣象，到了那時，您必定被萬民稱頌，創立盛世盛君，成為青史絕唱！」

朱允炆稍稍鬆了口氣，有點歡喜地說：「師傅是說，皇爺爺以威猛定天下，我則以寬仁撫天下，前後兩代，相得益彰？」

方孝孺笑著拿起那根棘條：「太子明見。只是目前，皇上威猛並沒有結束，而太子的寬仁時代也沒有開始。太子應該處處順從皇上，敬奉皇上，讓皇上繼續為您清除這些利刺兒……」

這時，齊泰匆匆入內稟報，秦王朱爽，晉王朱棡，朝見皇上已畢。現在正前來東宮，奉旨拜見太子。朱允炆當上太子後尚未見過兩位皇叔，一聽說皇叔來了，驚喜得就要出迎，但齊泰提醒他，現在太子已是國之儲君，秦晉兩王只是臣子。上尊下卑，豈有國君降節迎臣子的道理？朱允炆望望方孝孺，方孝孺點頭道：「齊大人說得是，太子應該謹守國家法度，端坐宮中，等候兩王拜見。」

秦、晉二王其實已經到了東宮禁地。守在道口的幾個東宮護衛迎上前，賠笑著施禮，請兩王下馬步行。秦、晉兩王交換一個眼色，同時用腳後跟踢馬，兩匹駿馬奔行而過，竟然撞倒了那幾個護衛。護衛見他們氣勢囂張，不敢再攔，只能眼睜睜看著秦晉兩王一直奔馳到宮門臺階前，翻身下馬，大大咧咧走上臺階。

齊泰早已出來，在門前冷冷地注視著這一幕，這時上前揖道：「內臣齊泰，奉太子口諭迎接秦王、晉王。」

秦王大呼小叫：「咦，我那侄兒朱允炆呢，怎麼不出來迎一迎？以前可是回回都出來的。」

齊泰道：「太子乃國之儲君，豈可輕動？盼兩王遵行朝廷律法，以禮拜見太子。」

晉王對秦王笑笑：「二哥呀，侄兒現在是君了，咱還是臣，和以前大不一樣了。待會，咱們還得磕頭哪！」

兩人在齊泰引導下來到東宮書房，只見朱允炆端坐在上。見到侄子，秦晉兩王一時也有點動情，大步上前。雙方很近了，要是以往，朱允炆早已施禮問候相擁，可現在他卻是不動聲色，也不起身。秦王同晉王互視一眼，兩人眼中是會意的不以為然，但也只得止步雙雙下跪，叩首及地，齊聲道：「臣朱爽（朱棡）拜見太子儲君。」

朱允炆這才笑著讓兩位叔叔平身。

秦晉兩王強壓怒氣起身，秦王鷹隼一樣的目光四處掃射一遍，道：「請問太子，君臣之禮已罷，是不是該行家禮哪？」

晉王一邊附和：「太子爺雖然尊貴，也是骨肉至親嘛！」

朱允炆到底稚嫩，一聽這話急了起來，趕忙起身道：「兩位叔伯教訓得是。」

說著就深深揖首：「侄兒朱允炆，見過二叔三叔。」

秦王露出笑容，上前拍朱允炆的肩膀，直說他瘦，還讓晉王看他是不是很瘦。晉王咂嘴，摸摸朱允炆的脖子，說天鵝似的，這樣細的脖子要擔當天下大任，大概要累得直不起來。方孝孺在一邊看得不舒服，似有毛毛蟲在胸口爬。他忍不住開口：「啟稟太子，君有君位，臣有臣位，都請坐下說話吧。」

朱允炆趁機躲開兩王親熱，說自己從小就瘦，但精神卻一直很好。晉王說記得侄兒從小愛吃甜瓜，就給他拉了三車過來。叔侄三人拉扯著家常話，十分隨便。齊泰見秦晉兩王對太子不敬，心中不爽，插話：「臣斗膽提醒王爺，請按朝廷律法，稱尊上為太子。」

晉王哪把他放在眼裡，喝道：「我們叔侄說話，你插什麼嘴，滾下去！」

齊泰羞怒交集，目視朱允炆，以求支持，但朱允炆卻輕輕點了下頭，齊泰只得無奈退下。朱允炆勉強笑著問了兩位皇叔家中近況，秦王故意愁眉苦臉地說，想進京城來住哇，陝西那地方，窮得叮噹響。作為未來的皇上，朱允炆不想管的事如今也只得硬著頭皮管，他對秦王說：「那二叔更應勤政愛民了！侄兒聽說，陝西今年大旱，餓死好多百姓。但王府不肯開倉放糧……」為淡化緊張起來的氣氛，他又加上一句：「當然，我這只是聽說。」

秦王訕笑著：「嘿嘿，太子批評咱了！允炆啊，你不知道，那些刁民，拒交稅銀，反抗官府。殺還殺不過來呢，豈能給他們糧食吃！」

朱允炆心中反感，臉上再掛不住笑容，沉下臉，「侄兒還聽說，二叔以平叛為名，縱兵搶劫，逼得百姓只能進山為匪。還有，王府公子更過分了，把活人的心臟煨成了肉粥，當早餐用……當然，這也只是聽說。」

秦王沉不住氣了，加重聲音問：「朱允炆，你還聽說什麼，都說出來嘛。」

朱允炆冷笑一聲：「二叔不要生氣，侄兒只聽說這些，就嚇得不敢再聽了，更不敢——說給皇爺爺聽！」

秦王聽了這話一驚，呆呆看著朱允炆，忽然笑著跪下。膝行至朱允炆腳邊，萬分親熱地承認自己馭下不嚴，教子無方，辦事難免疏漏，請太子多多包涵、寬容。求太子千萬別讓這些謠言傳入父皇耳朵。

朱允炆見二叔突然現出一副可憐相，尋思是自己狐假虎威，借皇爺爺這個鍾馗嚇住了鬼，心裡又好氣又好笑，索性順水推舟道：「自然不會讓皇爺爺知道，皇爺爺年紀大了，要是知道王孫們枉法害民，還不氣壞了龍體！到那時候，該治我們不忠不孝的大罪了！二叔您說是不是？」

秦王略略鬆口氣，連說是是。叩首道：「臣恭領太子爺聖諭！」

方孝孺、齊泰見秦王馴服，臉上表情才鬆弛下來。秦晉兩王再說話的時候，口氣謙恭了許多。臨走時，朱允炆說：「皇叔進宮時，侄兒沒有遠迎。現在，侄兒應該親自送送，以盡後輩禮數。」他一手一個，挽起秦王晉王，親切地送他們出來。至院中，兩王恭敬地折腰：「請太子留步。」

此時朱允炆心中已經暖意融融，他說：「二叔三叔，回頭，我去王府看你們。我就把二位皇叔入宮拜見、謹守法度的事稟告給皇爺爺。往後哇，還要盼兩位皇叔以朝廷大政為重，多多扶持侄兒。」

秦晉兩王聽太子再次提到父皇，又喜又懼，再次揖道：「朱爽（朱棡）敬遵太子諭！」

朱允炆送走兩王回來，方孝孺滿意地放聲大笑，誇道：「好！好！太子恩威並舉，情義交融，大展了君主風度。秦晉兩王是羞在臉上，苦在心裡。哈哈哈。」

齊泰卻說出了自己的擔憂：「但是，這兩個悍王的凶焰仍然旺盛哪！現在他們怕的只是皇上，萬一皇上殯天而去，他們還會恪守君臣之道嗎？」

方孝孺點頭，嘆道：「見微知著，樹欲靜而風不止。齊大人所慮極是。大明所有邊鎮，所有精兵，都由這些悍王把持著，個個如虎狼環侍著京城。現在就已經不安於臣道了，日後更加可畏。」

齊泰轉向太子：「臣以為，太子應該早做決斷，密奏皇上。趁皇上健在時就厲行裁撤，防患於未然。」

朱允炆聽著齊泰和師傅的對話，剛剛放鬆的心情又縮緊了。當太子儲君的權力、威風帶給他的喜悅已經被防不勝防的明槍暗箭引起的綿綿驚疑全然抵消。他的心情驟然變壞，又想到了另外一個人，鬱悶地說：「燕王不是也到京了嗎？為什麼還不到呢？」

齊泰也早心存擔憂：「臣也想到了。秦晉是悍王，比秦晉更加勇猛善戰的燕王，卻有許多人稱他為賢王……這豈不令人深思？」

朱棣此時正在東宮門外。他們一行人在離東宮很遠的地方就下馬了，徒步走過來，看見護衛，朱棣讓馬和給他們一人遞了一個銀包。護衛們受寵若驚，爭相要陪朱棣進去。朱棣卻說，君臣之道，就是要從細微處做起。讓他們先進去稟報。他回過頭吩咐馬和去辦他的差事，晚上碰頭。

一會兒，東宮轟轟隆隆地拉開了正門，一連串的錦衣太監、執事，排立於門旁，朱棣笑眯眯地整衣正冠，走進宮門。

東宮正殿裡，朱允炆故作鎮靜地等待著朱棣。他擔心剛才的交鋒又要重演。雖然表面上他占了上風，其實這樣的明爭暗鬥極為牽掣和耗損他的精力，他感到厭倦。但朱棣的舉止出人意外。他走近了就很規矩地跪地，一叩，再叩，三叩，鄭重而清晰地說：「臣朱棣，拜見太子殿下。」

朱允炆想自己是多慮了，起身笑道：「四叔免禮，快起來。你我至親，何必如此！」

朱棣恭敬地回道：「君臣之道不可違。臣覲見父皇時，行過三跪九叩大禮。覲見太子儲君，自然應該拜行一跪三叩。」

朱允炆聽得舒心，朝朱棣一鞠：「侄兒向四叔行後輩之禮！四叔請坐。」

朱棣落座，打量四周，黯然神傷。他緩緩回憶著當年同先太子親密無間的交往，睹物思人，不禁拭淚。聽朱棣說到父親，朱允炆也跟著涕淚漣漣，道：「先父病危時，常跟我說，所有皇叔當中，唯有四叔最為賢能！四叔不但精通兵法韜略，而且極重忠孝節義。侄兒當時並沒有領會此話的深意。待到皇爺爺欽定侄兒繼太子位，侄兒想起先父生前之言，這才豁然開朗。原來先父話裡頭，竟然暗藏『臨終托孤』的意思。先父是說，萬一他殯天而去，侄兒應當視四叔為父。四叔哇……」想著父親，朱允炆心中百般滋味，竟撲到朱棣懷裡，傷心地痛哭了。

朱棣摟著允炆，仰頭遙望蒼穹泣道：「臣朱棣，對先太子大哥在天之靈發誓。臣生生世世忠於父皇及太子殿下。萬一父皇百年，臣誓死忠於太子，海枯石爛，不改初衷！」

朱允炆大為感動：「四叔高義。侄兒從今日起，就把四叔當做繼父了！」朱允炆說著退開半步，竟折腰欲跪，大呼道：「繼父啊——」他是真的希冀朱棣能做他的靠山！朱棣沒等朱允炆跪下，連忙扶止：「臣萬萬不敢。臣粉身碎骨，也難報大哥和太子殿下的大恩哪！」

屏風後，齊泰與方孝孺兩人一坐一立，輕搖摺扇，凝神竊聽。方孝孺聽到叔侄兩人親如父子，臉上笑紋綻開。而齊泰卻沒有表情，他將信將疑。

朱棣扶起朱允炆的時候，用的勁不小，突然手按腰部，扭傷了似的，呻吟起來。他咂嘴皺眉解釋道，自己舊傷發作了。朱允炆反過來扶著他，他趁機求允炆讓他回京療傷：「臣駐邊關已十多年了，渾身戰傷，未老先衰。開春以來，更是逢雨便痛，入夜難眠。病重時，甚至坐不得、立不得、躺不得，渾身上下像有萬隻小蟲咬著，難過得恨不能一刀把自己砍嘍！臣如此狀況，怎能繼續統兵鎮守邊關呢？早晚，豈不耽誤朝廷大事麼？臣思來想去，只有交出帥印和兵權，回京療傷。此外，妻兒也想念京城，整日鬧著要回來……」

未等朱棣說完，朱允炆就打斷了他：「這可萬萬使不得。北平離不開四叔。」

然而朱棣苦惱地表示，他的傷痛實在熬不下去了。萬一耽誤了軍機，功臣變成了罪臣！到那時，有何顏面再見父皇？有何臉過江東、回京城？他懇請太子同父皇說說，讓他和家人回到京城來。

這時候，屏風後的方孝孺已是滿面憂慮之色，而齊泰卻反而換上了一副欣然的神態。

朱允炆為朱棣分析，皇上不會同意他的請求。朱棣告訴他，他上午覲見父皇時，父皇沉吟後說，讓太孫允炆拿個主意吧。

朱允炆跳了起來，焦急地說：「我怎麼拿得動這麼大的主意呢！」

朱棣寬慰他：「不急。臣進京述職，總得待上一陣子。太子可以慢慢拿主意，幫臣了卻心事。」

京城的一家酒館裡，馬和正在設宴招待當年的舊友——如今的宮廷太監。

案上布滿山珍海味，每一位太監的面前都斟滿了一杯紅酒和一杯白酒。馬和舉杯，帶著濃厚的情感說道：「各位兄弟，咱們都是人間異類，苦辣辛酸這些年，過得不易啊！今日相聚，但求一醉方休。來呀，再乾一杯！」

太監們先後舉起了酒杯，聲音七零八落地：「乾哪！乾！……」都有點醉態了。已經有些發福的王四海拉著馬和，真誠地羨慕著：「馬哥，您現在是燕王府總管了吧？弟兄們都佩服死了！」

馬和笑著：「哪裡、哪裡……副的、副的！」

王四海說：「副總管也是主子呀！哪像咱們，整天的端盆提桶倒尿罐，唉，苦不堪言！」

馬和低調地說：「可你們是在皇上身邊呀，你們當的是皇差！皇上是太陽，你們就是星星。不像咱，草民一個。」

長得五官玲瓏的小六子一直話不多，此時突然舉杯，頗動情地說：「馬哥，這些年，咱們受了您不少恩惠，小弟打心眼裡感激您。馬哥您抿上一口，小弟全乾嘍！」小六子一口飲盡。

接下來是嘈嘈雜雜的一片感激聲：

——馬哥才是咱們太監裡頭的太陽哪！

——要不是馬哥相助，我早就病死了。多虧馬哥捎藥來，救了小弟一命！

——馬哥待咱們不但比主子親，簡直比爹娘還親哪！

……

馬和聽著這些熱氣騰騰的話，心裡也是暖融融的。他謙和地笑著說：「各位兄弟千萬別這麼說。做太監的孤身一個、無親無友的，要想混個太平日子，不互相幫襯著能行嗎？這幾年，承燕王恩典，栽培了奴才。我掌了些權，也有了些銀子。不瞞各位兄弟，我今日臨出門時，燕王就扔下一張銀票，五百兩。燕王說了，『請公公們喝茶！』待會，你們每人五十兩現銀——揣上！」

在一片驚喜的道謝聲中，馬和的聲音壓過了眾人：「各位兄弟，這輩子，凡用得著愚弟的地方，只管開口。愚弟與大夥榮辱與共！乾杯！」

乾杯之後再次落座，馬和讓大夥兒多吃菜，自己也細細品嘗著，一邊卻用手肘推了推邊上的王四海，問道：「四海呀，聽說你父親進京瞧你來啦？」

王四海驚訝地問：「馬哥您是怎麼知道的？」馬和笑笑未答。王四海放低聲音苦惱地說：「爹是逃難來的！莊稼遭災，財主逼債，一家人走投無路，只好奔我來了。」

馬和關切地問：「那你怎麼安置他們呢？」

四海頓時流下淚，抬起袖子擦著眼睛，難為情地告訴馬和，都怪自己沒有能耐，爹在天橋幫工，娘病著，一家沒個住處，兩個小弟餓得討飯。馬和思忖片刻問四海他爹最擅長做什麼。四海說是養馬。馬和告訴四海，燕王在京郊有個農莊，內有幾十匹戰馬。他說：「叫你父親給燕王養馬去吧。對了，一家人都搬去，也好給你們安排個住處！」

喜從天降。王四海的聲音與心一同顫抖著：「馬哥您……當真？」

馬和微笑著說：「燕王是個恩重如山的主子，只要我跟燕王稟明，必成！」

王四海撲通一聲跪下，大叫：「馬哥呀，小弟一家謝您救命之恩！」

短暫的安靜之後，響起一片喝采聲。一個太監戰戰兢兢地開口了：「馬哥呀，小弟在江寧縣有個姥爺，被親戚趕出來了，沒吃沒住的，眼瞅著快不行了。小弟是姥爺帶大的，看了實在心疼……可是，姥爺歲數大了，只怕沒什麼本事。」

馬和稍一沉思便道：「這麼著，讓你姥爺去農莊敲更吧！人歲數大了，睡覺少，敲個夜更總行吧？」

太監大喜，也跪下了：「小弟謝馬哥大恩！」

馬和連忙扶起，口叫：「別，別。都是兄弟，能幫忙的我豈有袖手旁觀之理！」又有幾個太監吞吞吐吐開言欲求。馬和笑道：「這麼著，叫小二拿紙筆來，把你們的困難都寫下來，兄弟我帶回去，一樁樁給你們辦！」

眾太監一片打躬作揖，叩謝不已。只有一個瘦削的鼻梁筆挺的太監端坐不動，沒有聲息。馬和靠近他，悄聲問：「景弘，你是我最好的朋友，為何從來不找我？」

王景弘謹慎地說：「多謝馬哥盛情。兄弟暫時還過得去。」

馬和湊著他繼續輕聲說：「我注意你了，今天你可是滴酒未沾呀。」

不苟言笑的王景弘微微笑了笑，說：「謝馬哥關心。今夜該著我當差。皇上嗅覺極好，太監稍帶點酒氣，皇上就能聞出來。」

馬和愣了愣，四下看看，見人都圍到小二那邊去了，才點頭悄悄道：「哦……景弘兄，我們這幫兄弟裡，其實只有你才真正是皇上身邊的人！」

王景弘溫和地聽著，無言。

宴請結束之後，馬和送走眾人，手上拿著太監們要求幫忙的條子，邊看邊往酒店外走。出了門，恍惚聽見有人叫喚，回頭找，看見拐角處站著王景弘。別人都走了，他留在後頭，是有什麼不便說的事情要我幫忙？馬和心中閃過這個念頭，飽含鄉情地叫了一聲：「景弘！」就急步朝他走去。

兩人執手良久，一切盡在不言中。馬和見王景弘還不提要幫忙的話，心想他是一個極自尊的人，還是由自己問吧，就說：「景弘兄有什麼難處，我必定全力相助！」

王景弘頓了頓說：「馬哥，我並沒事求你。相反，我倒是可能幫你幾個事。」

馬和心中一熱：「你是我最知心的朋友，我正想跟你好好討教呢！走，你我再上去喝一盅……」

王景弘說：「我沒時間了。說吧，你想知道什麼？」

馬和猶豫片刻，斷然道：「景弘兄，燕王是我主子，待我恩重如山。宮裡有關燕王的一切，我都想知道！」

王景弘看看四周，聲音更低了：「我只能撿最重要的告訴你。聽著，除了燕王之外，你萬萬不可洩露！」

馬和鄭重道：「遵命。」

王景弘說：「皇上已患絕症，快不行了……」

儘管王景弘的聲音不帶任何渲染，馬和卻驚得跳了起來：「什麼？燕王今天上午還見過皇上呢。他說父皇龍體康健，氣色極佳！」

王景弘的聲音還是那麼平靜：「那是用藥硬撐出來的。皇上不想讓皇子們知道自己的病症，尤其是不想讓秦、晉、燕三王知道！」

馬和面色蒼白，顫聲道：「天哪……」

王景弘望著馬和的表情，一向不露聲色的他也顯得有些緊張，他遲疑地說：「還有一事……你們要當心……」

馬和心裡拼命讓自己鎮定下來，他支撐著用沉著的目光望著王景弘：「說吧，在下求您了！」

王景弘問：「燕王在京城王府裡，也有一批管家和下人，是吧？」

馬和敏感地皺眉想著：「是啊。不過班底和北平王府一樣，都是忠心耿耿的……難道有什麼問題？」

王景弘避開馬和緊迫的視線，說：「錦衣衛早就安排臥底了。」

馬和驚恐萬分，急問那人是誰。王景弘說不知道具體是誰，只知道此人是個管事的。然後說聲保重，就要離開。馬和一把拉住王景弘的的手臂，激動地說：「景弘兄，你告訴我的這些事，都太重要了。燕王會非常感激你！」

王景弘微微笑了：「這我知道。」說罷又要走。

馬和不鬆手，懇切地說：「景弘，告訴我。否則，燕王也會不解。你為什麼要冒著殺身之禍告訴我這些呢？」

王景弘默默看了馬和一會，終於嘆了口氣說：「你是我自小到大的朋友，我了解你……而燕王是你主子，待奴才們恩重如山。所以……以後，我，或許會向燕王求一個恩典。」

馬和將王景弘的手握得更緊，卻用生氣的口吻說：「景弘！你是想讓我天天睡不著覺啊？你連兄弟我都信不過？你想想，你要是現在不說出來，還不成了我的心病，時時刻刻要我費神猜測。」

王景弘知道馬和用的是激將，但想想他的確會為此費神，索性竹筒倒豆子了：「我想請燕王設法，把我要出宮廷，讓我到燕王屬下去效力。」

馬和問：「為什麼？」

王景弘低了頭，抑制著痛苦，說：「宮廷裡勾心鬥角，爾虞我詐，實在太可怕了！當太監的，步步都走在刀刃上，說不定哪天就沒命了。還有，皇上一旦殯天，太子繼位之後，肯定要清理宮廷。我們這些侍候過先皇的人，不會有善終！我想早日脫身哪……」

馬和鬆開手，深深一揖：「景弘兄，馬和以生命擔保，必定把你弄出宮廷，到燕王府來當差。」

王景弘只看了馬和一眼，信任地點點頭，未再說話就匆匆離去了。

馬和回過神來，立刻往燕王府奔去。他感到自己從未有過的頭重腳輕。王景弘告訴他的這些絕密消息，同燕王的命運息息相關，自然也同他的命運有關。看來，奴才和主子並不僅僅是尊卑有別，更是生死與共。一個奴才，有時竟然能夠主宰主子的生與死！

【第八章】

朱棣回到了京城的燕王府。他心情不錯，今天在東宮的表演實在像齣戲，卻又很逼真。有一陣子，連他自己都有點真假難辨的恍惚了。北平王府的管家何三，早已守候在門畔，此時滿面堆笑地迎上前來：「王爺回家了！」

朱棣跳下白駒：「回家了。有人來訪過嗎？」

何三揖著禮笑答：「有兩位貴人，小的已請入客廳拜茶了。」

朱棣濃眉挑起，沉聲責備：「我不是吩咐過嗎？本王傷疾纏身，無論來客是誰，一律不見，只留下帖子。」

何三垂手低聲道：「是秦王和晉王，小的不敢阻攔。」

朱棣一怔，對於二哥三哥，他是想見又覺得最好不見。既然來了，見見也好，他立刻吩咐何三安排家宴。另外，關閉前後門，無關人等，一律不准出入。

說著話，朱棣腳下忽然一個趔趄，臉上顯出不勝痛楚之狀。何三連忙上前攙扶，朱棣一手按在腰間，半歪著身體，倚傍著管家，一步步挪入府院。

這時，秦、晉二王已步出堂前，口裡大聲叫著四弟四弟！迎了出來。朱棣也喜出望外地叫著：「二哥、三哥！你們何時到的？真想死小弟了。」三個骨肉兄弟牽手摟肩，親熱無比，朱棣身體一歪，險些跌倒。晉王急忙扶定：「四弟，你怎麼啦？」

朱棣噓氣：「小弟無用，舊傷又犯啦！……不妨事，不妨事！見著兩位哥哥，小弟傷痛全消！來來，二哥三哥請，請。」說著三人進入客廳，僕人拜茶。何三趕緊取來一隻靠墊，擱進朱棣坐的紅木靠椅裡。又從下人手裡捧過滿滿一碗黑褐色藥汁，呈給朱棣。卻被朱棣嗔怪著喝退：「去去，兩位皇兄在此，還不快退下！」

秦王見狀勸阻：「老四哇，有病就得用藥。我們不是外人，快喝了！」晉王也勸：「別耽誤了治病。先服藥。咱們好說話。」

朱棣只得苦著臉將一碗藥汁喝下，用手捂了一會兒嘴，才說：「唉，我這輩子，最恨吃藥了！受不了這藥的苦味道！」

秦王關切地問：「老四啊，你身體一向強健，怎會落到這個地步？」

朱棣感慨：「二哥甭提了，平西漠時，小弟身中三箭，馬力又不支，我掉進冰河裡，差點丟掉性命。這以後，戰傷加舊疾，一塊兒發作，害得我渾身上下火燒火燎的，苦不堪言！」

晉王嘆氣：「病成這樣，還進京做什麼？」

朱棣說話時暗含怨氣：「父皇有旨，兒臣豈敢不來？再說，皇太孫繼太子位之後，我還沒拜見過這個少主子哪。」

晉王想起上午去東宮的事，頓時氣呼呼地告訴朱棣，今兒上午，他和二哥就給扁頭郎君磕過頭！秦王搖著頭也表示不滿：「原先哪，我們都以為老四會被立為太子，高興得不行，萬沒想到……」他一邊說，一邊注意著朱棣的動靜。

朱棣知道二哥言不由衷，急忙打斷：「二哥言過了！大哥殯天之後，依序，二哥就是長兄。論賢，二哥又是德才兼備！我曾經不避風險，給父皇上過摺子，極力舉薦二哥繼太子位。沒想到，父皇另有聖斷。」

秦王臉上笑意不明。他說：「四弟不必解釋。你我是同胞兄弟，同一個娘的奶餵大的，誰還不了解誰呀。在座的咱三人，最少有兩個共同之處。」

朱棣心口跳著，謹慎地說：「請二哥明示。」

秦王知道此次兄弟碰面，機會難得。有些話不說就會時過境遷。索性侃侃而談：「其一，自從先太子殯天之後，我確實想做太子，三弟、四弟——你們也想當太子！說穿了，各位皇子無不存有爭儲之心！四弟，愚兄說錯了麼？」

朱棣萬沒想到二哥如此直言不諱，頓時大窘。晉王笑道：「二哥說得對！我是有過此心。但我抬頭一看，二哥在前頭哩！我還敢有什麼妄想麼？我也說句實話吧，二哥繼位——我服。別人，哼！……」朱棣急不可待地插言：「三哥說出了我的心裡話！」秦王擺擺手，繼續說：「再一個共同處是——朱允炆繼位太子之後，咱們兄弟出於對父皇的忠誠，不得不遵行旨意。但咱們是口服心不服，替大明王朝擔心哪。這個乳臭未乾的扁頭郎君，能夠坐朝理政嗎？能夠像父皇那樣恩威浩蕩、君臨天下嗎？我們對此，憂心如焚哪！愚兄說錯了麼？」朱棣與晉王齊聲贊同：「二哥說得對，簡直太對太對了！」

這時，何三入內稟告，宴席妥當了。朱棣朝秦、晉兩王笑道：「難得今日。小弟的意思，今日咱仨來個盡歡盡醉，如何？」秦晉兩王笑著起身，連聲道：「好好！一醉方休。」跟著朱棣朝外走。

再說馬和一路心急火燎往燕王府趕，因為心事重，走起路來好似比往常吃力。他終於氣喘吁吁地走進了王府大門，進入正堂，四顧無人，只見茶几上茶具、果盤一片狼藉，知道來了人，就從另一扇門出去，穿過長長的庭廊，穿過月亮門，跨進最後面的內院。內院深處有一座玲瓏鮮豔的秀樓，此時掛了一圈燈籠，樓內傳出陣陣笑聲。侍立在門畔的何三歪著身子，正全神貫注地注視著裡面的動靜。馬和輕咳一聲，何三一驚，回頭看是馬和，迎上來揖禮打招呼。馬和問王爺在不在。何三朝秀樓努努嘴，說王爺正在裡面宴請秦王和晉王，王爺吩咐不許人打擾，他便親自在此守候照應著。

馬和點點頭，若有所思地說：「哦……老何啊。我剛才經過客廳時，看見王爺們用過的殘茶還在那擱著，竟然無人收拾，這可太不合規矩了！」

何三知道馬和是燕王心腹，慌亂地回道：「馬總管教訓得是，這些奴才個個懶散慣了。在下馬上令人收拾。」

馬和嚴正地說：「你最好親自去一下。夫人交代過，京城王府，要好好地整治一番。」

何三不敢怠慢，答應著匆匆離去。馬和目視他走遠，才走向宴席廳。正欲推門，猛聽裡面一

陣歡聲笑語，想這樣進去顯得唐突，不禁猶豫。這時，一個侍女端著菜盤過來。馬和令她停下，自己接了菜盤往裡走。

宴席上，晉王正在借酒狂言：「說實話，大哥在世時，我就瞧不上他那股子書卷氣。沒想到，大侄子竟比他爹還要懦弱！聽說前不久，父皇氣得用棘條子抽了他一頓！哈哈哈……」

朱棣與秦王聽得有趣，放聲大笑。馬和將菜肴放在席間，見朱棣沉溺談笑，並未在意，索性在邊上執壺，給幾隻酒盅都斟滿酒。朱棣這才發現斟酒之人竟是馬和，心中訝然，朝馬和看看，馬和也望了朱棣一眼，就無聲退出，並且拉上門。

從馬和眼中朱棣已經明白有異，舉盅再敬二哥三哥，三兄弟一飲而盡。朱棣抱歉道：「二哥三哥慢用，小弟方便一下就來。」說著步出宴席廳，看見馬和豎立暗處等候。他靠上去問：「有事？」馬和輕聲稟告：「王爺，奴才剛剛探知兩條絕密消息。奴才提心吊膽，生怕有誤……」

朱棣眉峰聳起，催他快講。馬和四處張望一遍，將聲音壓得極低：「王景弘透露，皇上已經身患絕症，只怕不久於人世。」朱棣大驚失態：「胡說！今兒上午我還見過父皇哪，神采奕奕，毫無病象！」

馬和急忙道：「王景弘說了，那是用藥撐出來的！皇上不想讓王爺們知道真情，尤其是不想讓秦晉兩王知道。」

朱棣一時不知身在何處，呆定半晌，才急急問道：「還有誰知道這事？朱允炆知道嗎？」

馬和小心地說：「王景弘說，此事只有太醫院御醫知道，其他人，包括太子也一概不知。王景弘因為侍候皇上用藥，才得知了真情。」

朱棣失神地喃喃著：「父皇如果殯天，天下就要大亂了！……」

馬和繼續說：「還有一事。錦衣衛已經在王府裡安插進臥底。具體是誰，還不清楚。但此人是個管事的，看來即使在自個府上，說話也隨意不得。」

朱棣愕然，他知道馬和是在提醒他，緩緩點頭：「我知道了。」

馬和又道：「奴才在宮裡的那些兄弟，都感激王爺多年恩賜。此外，奴才斗膽，答應把他們的父母親人安置到京郊農莊裡。奴才想，他們的爹娘被王爺養下來了，這可是天大的恩典！今後，他們必定死心塌地報答王爺。」

朱棣在黑暗裡讚許地瞟一眼馬和，笑道：「你是先斬後奏啊……」馬和以為主子責備自己越俎代庖，正要領罪，朱棣卻已經快意讚許：「不過辦得好！凡是太監的父母，有多少，你給我養多少，不要讓他們有後顧之憂！」

馬和欣喜地謝恩告退。朱棣卻沉吟著喚住他：「等等。馬和啊……王景弘所言，你覺得可信麼?他為何冒殺身之禍透露給你?」

馬和謹慎地說：「回王爺，當初奴才也有懷疑。可是王景弘道出苦衷之後，奴才認為可信！」

朱棣警覺地問：「他有何苦衷?」

「他說，宮廷裡勾心鬥角，當太監的，步步都像走在刀刃上。還有，皇上殯天，太子繼位之後，肯定要清理宮廷。他們這些侍候過先皇的人，不會有善終！他想求王爺把他從宮中要出來，到王爺身邊效力。」馬和用王景弘的原話，儘量簡明扼要地把王景弘的意思說了。

夜色中朱棣的眼睛閃著亮，天助我也！他心情複雜地在心中感嘆。口裡滿意地說：「這個人頗有見識，我用定了！告訴他，叫他安心在宮裡待幾日，我早晚要把他弄出來，給他一份富貴。」朱棣說完掉頭朝宴席廳走去，腦子裡再離不開剛才馬和說的事。驀然抬頭，看見何三又侍立在宴席廳門邊，他咳嗽了一聲。何三猛醒，慌忙正身。朱棣若無其事地問：「何三，你在這幹嘛哪？」

何三躬身回道：「王爺吩咐過，不要讓閒人靠近。奴才就在這守著。」

朱棣頷首：「嗯，有你守著，我放心。」

宴廳裡秦晉兩王都已半醉，朱棣也搖搖晃晃地入座。秦王道：「四弟呀，咱們三個王，所統率的兵馬超出大明全國的三分之二。其中，又以你的燕軍最為精良。你想想，朱允炆一個書生，眼瞅著刀槍都握在別人手裡，他能安心嗎？」

朱棣猛然醒悟似的「喲」了一聲，道：「這事我倒沒有想過！」

晉王奇怪朱棣這樣的人會不想如此緊要的事，嗔道：「老四，你連這事都不想，那你想什麼哪？」

朱棣更顯醉態，自斟白酒，一半都流到了案上。他用含糊的聲音說：「我想求父皇下一道恩典，讓我交除兵權，回到京城來休養療傷。唉，北平那個地方，天寒地凍，敵情不斷，我實在待夠了，身體抗不住，不想把命扔在那兒！王妃和孩子也整日吵鬧，要回京城來住。」

這一著出乎秦王意外，他問：「老四，你圖什麼？」

朱棣大咧咧道：「圖後半生太平富貴的日子唄！不瞞二位哥哥，今天上午見駕時，我已經跟父皇說了。」

秦王一雙醉眼直直盯著朱棣，問：「父皇有何旨意？」

朱棣羞愧地傻笑：「唉……痛罵我一頓！」

晉王聽了眉開眼笑：「當然得罵你！太原、蘭州比北平如何？更窮困！我和二哥不也鎮守多年了嗎？說實話，苦了誰也苦不到四弟你呀！」

朱棣似有難言之隱：「我……不是怕苦，是身體頂不住。硬撐下去，只怕、只怕耽誤軍機！」

秦王：「四弟呀，父皇既然駁回了，你打算怎麼辦？」

朱棣突然顯得固執，同以往通情達理的為人叛若兩人：「再奏！再駁再奏！直到准我回京為止。」

秦王勸道：「四弟萬萬不可！沒有了燕軍，你就不會有太平富貴。你怎麼連這個道理都不懂?!」

朱棣誠懇地說：「我懂，但我無奈啊！我想過，既然太子不信任咱，咱乖乖地做個王公總成吧？」

秦王冷笑喝叱：「那不叫王公，那叫酒囊飯袋，行屍走肉。只能任人宰割！你糊塗！」

朱棣委屈地反問：「那還能怎麼樣？二哥，您說呢？」

秦王看看晉王，遲疑不語。晉王催促：「二哥，咱們仨是同胞兄弟，生死與共！你快說吧！」

秦王立起，表情肅穆起來：「聽著，我是盼望父皇萬壽無疆的。但父皇畢竟已經年近七十，天命難違呀！最多五六年，父皇也會殯天而去。朱允炆即位之後，肯定裁撤各地藩鎮，置我們於死地。我們怎麼辦哪？」

晉王與朱棣也站了起來，同聲請二哥明示。秦王慷慨激昂，落地有聲：「朱允炆根本不配為君！愚兄的意思，到了國喪的那一天，我們齊聚京城，在父皇靈前痛斥朱允炆失政失德，勸他以天下子民為重，引咎退位。如果他不從，那就施行兵諫，逼他禪讓！」

晉王手舞足蹈地叫好。就這麼辦！到了那一天，二哥你即位為君，我和四弟為你護守天下。」

秦王微笑道：「祖宗江山，不能斷送在朱允炆手裡。那時候，以我們兄弟三人的兵馬韜略，誰敢說不？我們可以繼承父皇宏願，把關外三千里疆土全部收回，大明從此稱雄天下！」

晉王忘乎所以地說：「即使父皇在天之靈，也會讚我們做得對！四弟你說呢？」目光卻先看秦王，兩人的目光匯攏後又一起轉向朱棣，緊張而期待地望著他。

朱棣痛苦地一嘆，正色道：「二哥三哥的謀國之忠，小弟十分敬佩！但父皇親手制定了《皇明祖訓》，明確規定，所有皇子必須恪守君臣之道，篡逆者，全國共討之！朱允炆雖然懦弱些，畢竟是父皇所立的儲君，而且迄今為止，並無失德之處。小弟萬萬不敢反他。萬萬不敢有任何非分之舉。」

秦晉兩王萬想不到朱棣說出這種話來，不由地呆了，滿面怒容，許久不作聲。半晌，秦王哈哈大笑：「方才所言，都是醉話。今日大家都喝醉了！」

晉王也尷尬地訕笑道：「喝醉了就是圖個嘴上熱鬧，誰會真的篡逆呢。嘿嘿嘿……」

接著場面稍稍冷卻，等到告辭的時候，朱棣又把氣氛楦熱了。他給二哥三哥各送了十匹蒙古駿馬。秦王也回送了兩車漢中特產。晉王一時沒有準備，說：「本王是個俗人，不敢同你們比闊，回敬二哥四弟一人一百兩黃金吧。」

三個兄弟依依不捨告別，各祝對方太平，吉祥，保重，馬和含笑侍立於側，默視著三位王爺，心驚地想到，儘管他們是天子龍脈，貴不可言，儘管他們雄鎮一方傲視天下，但命運仍然同風中落葉那樣，飄渺難測。皇上病重首先要瞞的居然是他們三個親生兒子！這同普通的家庭是多麼不同啊！而馬和怎麼也想不到的是，這一次並不圓滿的會面，竟然是這三個王爺兄弟之間的最後一次相聚！

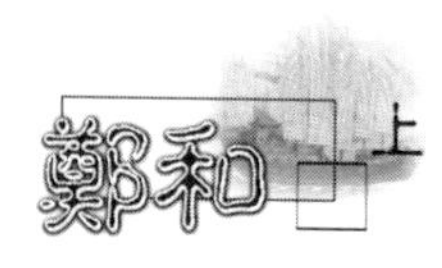

朱棣豎立著目送兩位王爺遠去後，悶著頭往回走，走了一段，突然回過頭對馬和說：「馬和啊，今兒你立了大功！」

馬和知道朱棣心中煩悶，只小聲應了一句：「奴才理當的。」他頓了頓，想起那件至關重要的事情：「請王爺示下，對府裡那個奸細，如何處置？」

朱棣借著燈籠和月光望著馬和，從他的表情上，似乎對那個臥底已經心中有數，不由在心底暗暗欣賞他的敏銳，他冷靜地說：「佯裝不知，由他去。」

馬和說：「奴才擔心，王爺酒宴上的話，被他偷聽到了。」

朱棣撇嘴冷笑：「他能聽到什麼？他聽到的，都是我故意讓他聽到的。」

馬和恍然：「奴才明白了。王爺想讓他把聽到的話，稟報給他的主子。」

朱棣一臉的冷峻：「正是。」過了一會兒，他讓馬和猜測，這個奸細的主子是誰。馬和猜到了。但他不敢說。便老老實實坦白：「奴才……不敢說。」

朱棣不耐煩地嗔道：「叫你說你就說。」

馬和望著朱棣：「這天底下，膽敢給王府安插臥底的，只有兩個人。一個是太子爺，再一個……」他低下頭，不敢再看朱棣，「奴才實在不敢說。」

朱棣深深嘆息：「再一個，只怕就是我父皇了！」

馬和也在心中嘆息著。但他只能深深垂首，知道此時自己不說話比說話好。朱棣道：「明日我還要進宮，再次奏請父皇，解除我的兵權，准我離職回京休養。你哪，替我四處打聽京城地產價錢，準備購買。讓人們都知道，燕王要在京城大興土木，興建府邸，安居樂業了！」馬和嘴上不得不說遵命，可是心裡卻擔心：「王爺，皇上要真的准您辭職嘍，那可怎麼辦？」朱棣微笑：「世上事就這樣怪！你越想辭，往往越辭不掉。你越想要，偏偏也就要不著。所以，你想得到什麼，最好的辦法就是一辭再辭。讓別人一勸再勸，硬塞到你懷裡來！」馬和口說奴才明白，心裡卻是半信半疑。

北平長史府的大堂裡，胡誠舒舒服服仰在躺椅裡，前搖後晃，如醉如癡。堂前，兩個精心挑選來的北平藝妓正執琴彈唱一首豔曲，聲音嫵媚婉轉：「開春來，慘綠愁紅，芳心可可如搗。日上花梢，鶯穿柳帶，猶壓香衾臥。哥哥喲！喲——哥哥……」

身穿鎧甲的張玉一路喊著奔到堂上：「胡大人！胡大人！邊關萬急！」驚得胡誠從躺椅上彈起來。張玉性急慌慌，顧不得施禮，向胡誠稟報：「東北頑凶阿爾巴胡，率賊軍數萬，星夜南下，已經迫近北平了。」

胡誠頓時驚慌得語無倫次：「他、他、他們來幹嘛呀？」

張玉不禁有些不屑：「賊兵們破關南下，勢如餓虎，您說他們來幹嘛呀！」

胡誠片刻醒過神來，趕緊揮退那些歌妓。正正衣冠吩咐張玉快領兵布陣，迎戰退敵！張玉便

問領多少兵？布什麼陣？在何時何地接戰？胡誠對此內心空虛無物，強作鎮定地說：「本堂是個文臣，如何作戰，張將軍可以妥善謀畫，應機而動。」張玉卻回道：「胡大人負有監軍之責。依大明律，主帥不在，監軍當負全責。末將如果沒有胡大人指揮，擅動一兵一卒，當軍法從事。胡大人，請您快下軍令吧。」

胡誠張口結舌。偏偏這時又衝進來一位大喊大叫的老將軍：「胡誠！胡誠！……你在哪兒?!」胡誠聽得不順耳，斥道：「本堂在此，休得無禮。」

老將軍鼻子裡哼一聲：「總算找著胡大人了！稟大人，前元餘孽完顏鐵山，領著萬餘鐵騎，已經踏破紫荊關，侵入內地，燒殺搶劫，還攻占了平北糧倉，焚我糧草三十萬擔！」

胡誠驚恐得大叫：「平北糧倉？……那可是朝廷的歲賦啊！失了歲賦，本堂罪無可赦！」

老將軍催促：「敵軍繼續東奔，距北平不足百里了，請胡大人令下！」胡誠急得說話打疙瘩：「我、我、我能下什麼令？」老將軍斜他一眼：「退敵之令唄！」

胡誠來不及多想：「好好。令你和張將軍各領五萬兵馬，分兩路迎敵，務必將其斬盡殺絕！」

老將軍和張玉並不動身。胡誠詫異：「你們還等什麼？」

張玉說：「胡大人並沒有下完命令啊。」老將軍緊跟著一疊聲問道：「五萬兵馬從何處調派？步戰還是馬戰？糧餉如何供給？後援由誰擔當？」不等老將軍說完，張玉又搶著道：「兵馬出戰後，城防如何布置？敵軍如果乘虛而入，兵臨城下，北平能否萬無一失？……這些，都必須請胡大人一一示下！」

胡誠團團亂轉了一陣，終於立定，說：「這麼著，本堂立刻飛報朝廷，請皇上旨意。在令旨下來之前，你等不許出戰，堅守北平。如此，方能保無一失。」

張玉與老將軍同聲應：「遵命！」

此時京城裡面也是波譎雲詭，潛潮暗湧。溶溶的月色之中，方孝孺與齊泰在宮中一條長長的過道中並肩散步，兩人都顯得憂心忡忡。齊泰說：「方先生，你我都看見了，幾位皇爺在太子面前是何等狂妄！在下的意思，不必等到登基之後再行削藩，應該現在就著手削減各位藩王的實力。」

方孝孺卻擔心太子目前只是輔政，無實權行削藩之舉。他輕輕搖頭。

「但太子可以把憂患稟報皇上。只要皇上生疑，必定下旨裁撤藩王，防患於未然。」齊泰顯然也經過深思熟慮。

方孝孺說：「這只是一種可能。不過，皇上也可能反過來懷疑太子！皇上會想，哦，秦晉燕都是朕的親骨肉，替朕鎮守著大明要塞，一旦裁撤，誰護邊關？你做太子的是何用心？齊大人呀，皇上年近七十，越老的皇上越多疑！」

齊泰著急了，這也不行，那也不行，如何是好？他問：「方先生的意思是……」

「一步步來，先設法裁撤秦王朱爽，他是眾皇子之首，也最為狂妄，不臣之心昭然若揭。之後再對付晉王和燕王。」

齊泰沉吟著：「在下以為，最可怕的恐怕還是燕王。他比秦王厲害。」

方孝孺有點不以為然：「他已經有所畏懼了。自解兵權，奏請回京休養，分明是想安身自保哇。」

齊泰感到燕王一直是個氣性很高的人，怎肯自行選擇過平庸生活？他將自己的懷疑講出來：「如果這一切都是他在演戲呢？」

方孝孺道：「那就等他卸裝後再看！因為，人家已經主動倒地上了，你還怎麼放倒他呢？皇上也不會答應啊。」

這時候，何三頭上冒著汗從拱門急匆匆鑽了進來。齊泰一見就嗔怪他：「我不是說過，不到萬不得已，不准入宮麼？」

何三朝太子府邸那邊望望：「小的有要事稟報太子爺。」

齊泰放粗了聲音：「太子已睡下了，你說事吧。」

「燕王在府上與秦晉兩王秘密相聚，在下不避生死，冒險打探，竟然打探到了一個驚天動地的大陰謀啊……」何三口氣裡的炫耀，像蒸籠裡的熱氣，想要不冒出來都做不到。

齊泰厲聲讓他快說。

何三將酒宴上秦王準備在皇上殯天之後，即行篡逆的事情繪聲繪色說了出來。齊泰、方孝孺驚愕之餘，立刻詢問晉燕兩王是何態度。何三告訴他們，晉王大為贊同，甚至說，事成之後，要推舉秦王繼位為君。

方孝孺勃然大怒：「悖逆無道！」他馬上想到了燕王，「燕王是什麼態度？」

「燕王反對。」何三極力回想，把燕王宴席上說的話，大致回憶了起來。

方孝孺鬆了口氣，但還有點不放心：「他真是這麼說得麼？」

何三肯定地點頭：「就是這樣說的。」

方孝孺面露得意之色：「正如我所料。朱棣與秦晉兩王有所不同。」

齊泰稱讚了何三，說就稟奏太子給他記大功。何三走後，齊泰怒道：「看吧，我不謀人，人反謀我。」他與方孝孺商量後，立刻將此事稟報了太子，並且催請太子連夜稟報了皇上。

這一切其實均在朱棣的預料之中，甚至可以說是他一手造就了這一連串的事情。在他回北平的前一天，他讓馬和攙扶著又去東宮看望了太子。這一次太子朱允炆從正殿快步迎了出來，他看著馬和攙扶著朱棣一步一歇艱難地走上臺階，就走上去在另一邊挽住朱棣，笑容像春天裡的太陽那樣明朗：「四叔啊，您都疼成這樣了，還來瞧我！」

朱棣忍著痛說：「臣明日就要回北平了，臨行前，必得來向太子辭行，恭請太子示下啊。」

朱允炆扶朱棣入座，笑道說：「四叔如此忠義，侄兒極為感動。」朱棣則告訴他，胡誠星夜來報，說北平萬急。東北頑凶阿爾巴胡和前元餘孽完顏鐵山，分率兵馬犯關，故父皇命令火速歸

防。朱允炆得意地說，「侄兒早就說過吧，北平非四叔坐鎮不可！」朱棣長嘆道：「這種時候，臣如果再鬧著解職歸京，那就有貪生怕死之嫌了。二哥三哥也得罵我不忠不孝了！臣唯有秉承父皇旨意，帶傷上陣。唉，臣何時才有清閒日子！」

朱允炆狡黠一笑：「四叔心思，侄兒略知一二。」

朱棣愕然，以為自己心思有所洩漏，一剎間暗暗驚出一身汗：「哦？」

朱允炆點破：「四叔之所以渴望解除兵權，歸京休養，其實並非貪圖安逸，而是為避禍。」

朱棣道：「太子這話，臣聽不明白。」

朱允炆笑道：「四叔太明白了！秦王晉王歷來對侄兒不服，攛掇著四叔一塊與侄兒作對。四叔既要恪守君臣之道，又不願得罪二叔三叔，於是，四叔只好忍痛棄職棄權，抽身跳出是非圈，退求與世無爭。如此，既堅守了君臣之道，又保住了清白之身。」

朱棣暗暗鬆了一口氣，卻讓臉上的驚訝狀態持續了一會，須臾，彎腰欲跪：「太子聖見，所言真是一劍穿心哪。臣叩請太子賜罪！」

朱允炆趕緊扶住朱棣，更得意了：「四叔，侄兒猜著您的心思之後，反而更加敬重四叔了！這說明，四叔氣量深似海，忠義之心可昭日月！四叔啊，您不愧為賢王！侄兒有您做繼父，便有了主心骨兒！侄兒深感榮幸。繼父在上，受孩兒一拜！」

面對年輕的朱允炆的幼稚，朱棣心中時冷時熱，百感交集。他這個當叔叔的，並非對朱允炆生來鐵石心腸。如果父皇立的太子儲君是他朱棣，他會護佑他，垂顧他，可如今，父皇一念之差，他朱棣帝位旁落，前途如臨深淵。他不得不與不可知的未來命運抗爭，與朱允炆各自為陣，勢不兩立。此刻，他急於離開東宮，一把扶住朱允炆，用激情敷衍道：「太子之言，把臣的心都說化嘍！……唉，臣真是慚愧萬分，無地自容啊！臣這輩子，唯有忠心耿耿地效命，以報太子厚恩！」

表過衷心，朱棣以皇命在身為由，匆匆告辭。第二天就馬不停蹄地往北平趕。不日到了北平，當驛車馳至金水橋畔，朱棣不等車停穩，就從車內跳了下來，他精神抖擻，炯炯的目光從迎候的人群中掃過，一眼望見了早已等候在此的徐妃。徐妃匆匆迎上前，喜叫：「王爺，您可回來了！」就目不交睫地上下打量朱棣，柔和的目光如溫泉水般慰悅身心，口說：「王爺瘦了。」朱棣哈哈笑著抵擋嬌妻的溫柔：「我早說過，長則一月，短則十天。我必歸來。如何？」

徐妃眼睛濕潤著道：「我可是數著時辰過日子哪，王爺去了整整三十三天！我深怕您……」張玉在一邊笑著道：「夫人在此等候王爺已經有許多日子了。」

朱棣也很動情，但他只笑著說了一句：「多謝夫人。我也是歸心似箭哪！」就把目光移向張玉，詢問邊關敵情。張玉笑著稟報：「東北頑凶阿爾巴胡，和前元餘孽完顏鐵山，聽說王爺歸來了，正在落荒而逃。」

朱棣滿意地說：「幹得好！」突然想起什麼，臉上變了色：「不過，平北糧倉怎麼回事？三

十萬擔糧草怎麼被焚的？本王的計劃中並沒有這一齣呀！」

張玉謹聲回答：「這是道衍大師的主意，末將不知其詳。」

朱棣不悅地哼了一聲，吩咐張玉另外備馬，他要先去大覺寺一趟。朱棣帶上馬和去了大覺寺，姚廣孝已經迎候在外，兩人互致問候，朱棣隱忍未提糧草之事。姚廣孝引入內室，讓座之後，自己就盤腿端坐，拈珠微笑。侍立在朱棣身後的馬和心裡為師傅捏了一把汗。忽聽師傅朝朱棣道：「我知道王爺是來問罪的。平北糧草這一齣戲，是貧僧另外加上的。還望燕王恕罪。」

天哪，三十萬糧草，畢竟心疼啊。朱棣忍不住嗔怨道：「三十萬擔糧草是朝廷歲賦，父皇聽說歲賦被焚，大怒。險些讓我難堪。」

姚廣孝垂首合目：「燕王，三十萬擔糧草顆粒不少，全部轉移到燕軍大營中了。如果不焚的話，它確實是朝廷的歲賦。可如果稟報朝廷，說是被敵軍『焚燒』掉了，它才能成為燕軍的糧草。燕王以為如何？」

朱棣此刻才明白過來：「大師真是詭計多端！這著，弄得我也嚇一大跳。」

姚廣孝微笑著說：「只有讓燕王也嚇一跳，朝廷才能深信不疑。」

朱棣內心感佩姚廣孝的深謀遠慮、未雨綢繆，道：「大師真有先見之明。現在，燕軍確實需要貯備糧草軍械，以防不測了。」

姚廣孝半閉眼：「讓貧僧猜猜……是不是秦、晉兩王要起事了？」

朱棣道：「比這更嚴重，父皇已患絕症，快要殯天了！」

姚廣孝猛地睜大眼：「阿彌陀佛，天崩地裂，已迫在眉睫。」

朱棣就將此次在京城遭遇告訴姚廣孝：「秦、晉兩王約我結盟，想在父皇殯天之後逼朱允炆退位，讓秦王登基。被我拒絕了。更糟糕的是，太子耳目已經打探到了兩王的禍亂之心，十有八九會稟報父皇。唉，看來我這兩位哥哥，只怕要倒楣了。」

姚廣孝略一沉思，說：「秦、晉兩王一向稟性凶暴，多行不法，皇上早就不喜歡。現在，他們又過早地暴露自己的野心，自然難免惡報。但是，秦、晉兩王之禍，未必就是燕王之喜！」

朱棣本心以為那是順理成章的事情，經姚廣孝這樣一說，不禁「哦」了一聲，緊張地盯著姚廣孝肅穆的容顏。姚廣孝說：「秦晉在，燕王可以隱蔽在秦晉陰影裡，含蓄鋒芒。秦晉不在了，燕王便處在光天化日之下，成為眾矢之的。燕王啊，如果皇上真的身患了絕症，您想皇上會如何行事呢？」

朱棣費力思索片刻，想起父親這些年種種「清君側」之舉，最後想到了徐達之死，是父親讓他娶的徐達之女呀！他下手之前，難道沒想過徐達是他的岳父?!他不由地聲音發顫：「父皇……會搶在死之前，把該做的事全部做完！」

姚廣孝補上朱棣不願說的話：「也會把該殺的人統統殺完！所以——燕王啊，趕緊應變吧！」

站在朱棣身後的馬和，正面對著師傅。聽到這裡，情不自禁地渾身一顫，恰巧被師傅一眼瞧見。師傅道：「馬和你害怕了？」

馬和腦中正在信馬由韁，被師傅一點，慌促回答「沒有」，就低了頭不再吭聲。其實近來他想得很多。師傅一席話，在他心裡是山雨欲來風滿樓的效果。生死關頭就要到了，已經聽得到它越來越清晰的腳步聲。就像戰場上敵人方陣的士兵們踏著齊刷刷的腳步聲向我方逼進，而我方卻無法破解對方八卦陣的奧秘。這是一個隨時會流血會死亡的時刻。在這樣的時刻，馬和心裡反而充斥著不可思議的激情和五彩繽紛的欲望。眼下他就格外地想念一個人。為了這個人，他願意熱火朝天地活著，也可以心平氣和地死去。

第二天，馬和拿著一隻包裹，一個人去了家廟。他輕輕推開廟門，看見妙雲青衣素裙，正為堂上的徐達靈位上香。望著那個熟悉的親切的背影，馬和渾身發熱，一顆心卻惶恐不安地蹦個不停。他走進去，悄聲站在妙雲身後。妙雲回頭，一怔，趕緊退至屋角，垂首無言。

馬和再看妙雲一眼，就逕自上前，先朝徐公靈位拜叩一番，接著走到妙雲面前，將一隻包裹放到案上，笨手笨腳打開，裡面是美麗的蘇杭絲綢。他溫和地看著妙雲，見妙雲還是垂首不動，馬和沒有說話，轉身默然離去。他的遲緩的腳步被妙雲不帶情感色彩的聲音截住了：「把東西拿走。」

馬和轉過身，訥訥低語：「妙雲姐，這、這只是我的一點心意。」他的聲音裡帶著懇求。

妙雲知道馬和在王府裡是個精明能幹的副總管，見他對自己如此低聲下氣，心裡一顫，但她克制著自己，看也不看馬和一眼：「多謝。但我不能收！」

馬和含笑道：「妙雲姐是蘇州人，你看，這些絲綢是蘇州特織的貢物。此行京城，我為燕王立了功勞。夫人高興，賞我的。」

妙雲聽說馬和又立功勞，心中暖流湧動，聲音稍稍溫和了些：「賞你的你就留下。」

馬和小心翼翼地說：「可我留它沒用，心想妙雲姐可能用得著……」

妙雲打斷他：「我用不著！」決絕得誇張，其實她是狠心不讓自己藕斷絲連。

馬和很失落，妙雲的拒絕簡直使他痛不欲生。他負氣地說：「妙雲姐用不著的話，可以燒了它！」

妙雲見馬和如此，不由心疼，只得拿劉業之死來提醒他。她對馬和說話向來直爽，說：「我聽說，還是你親自把他活埋掉的。」

往事不堪回首，馬和痛苦地說：「王爺的命令，我不能不執行。」

妙雲顫聲道：「你想過嗎?如果重蹈覆轍的話，你可能比劉業死得更慘!」

「我想過，但我不怕。」馬和想過後果，但沒有人愛著，活與死都空虛。他更怕的是這個。

妙雲的聲音發著抖：「我怕!你這、這是……犯罪啊!」

馬和冷著臉：「什麼罪?」

「男女私情，天地不容!」妙雲像身處冰窖中，說話的聲音 㖸 㖸的，很艱難。

馬和沉聲道：「男女私情，為何就天地不容？」

妙雲想想，居然無言可答。只得喃喃地說：「我已經是出家人了……」

馬和像一個溺水者，越掙扎越往深處沉下去，終於絕望得幾乎失去理智，他蠻橫地說：「出家人就不是人嗎？是人為何不准相愛？」

妙雲聽來，這話是對她的欺辱。她怒不可遏，立刻變得冷若冰霜：「馬和，你別忘了，你可是個太監哪！」

馬和渾身一震，這才是妙雲不理他的真正原因！他頓時悲痛得失去了思維能力。等到他恢復理智重新開口的時候，他的聲音已經變成了一塊岩石：「哦……我明白了……」他的臉色十分可怖，想暴發卻又顯得極度虛弱，千言萬語更像深藏若虛的火山岩漿，一旦噴射出來恐怕就是一片災難。他朝妙雲深深一揖，迅速掉頭奔出廟門，他不知道自己再待下去會說出什麼來，幹出什麼來。

妙雲被馬和的臉色嚇呆了，清醒後，含淚在後面急叫，恨不得自己扇自己耳光！自己明明心裡有他，他的才華其實早已征服了自己，為什麼還要彼此傷害呢？但馬和早已走遠。他在風雨雷電之中孤獨躑躅，渾身淌水。漸漸地，他走到了當年救過王子的地方，面對著無邊的湖面發呆。急風斜雨擊打著他，他全然不顧，甚至沒有用手撩開遮面的濕髮，他步上了高高的石端，像風中樹葉那樣顫抖。

這時，風雨中忽然馳出一葉小舟，桅帆閃閃發亮，彷彿黑夜裡的一束閃電。近了，那只帆竟然是大片美麗的絲綢！此刻它正被暴風吹得鼓漲不已，牽動小舟，彷彿從天際飄來。馬和驚訝萬分，幾乎以為自己神經錯亂，是在夢中。卻見小舟咣地撞在岸邊，身著蓑衣的船夫揭下了斗笠，露出妙雲白嫩的臉龐。她輕聲喚：「上船吧。」

地獄之門或許同天堂之門只有一步之遙？馬和不管是真景還是幻境，不管下面是萬丈懸崖還是溫柔故鄉，他縱身「嗵」的一聲跳進小舟。舟身一歪，差點傾覆，馬和坐到妙雲身邊，接過她手中的長槳，說聲「我來！」就奮力划起來。可是，不識水性的他把小舟划得歪歪斜斜、原地打轉。妙雲笑著奪過船槳：「算了吧，我來吧。」她只輕輕一擺，小舟就順風而馳了。馬和望著煙雨渺茫的大湖，對妙雲顫聲道：「我們這是——風雨同舟！」

洪武二十八年，秦王朱爽暴病而亡，不久，晉王朱棡無疾而終。時過境遷，連燕王的地位，也不如原先顯赫了。這一天，朱棣端坐燕王府的正堂上，胡誠得意洋洋地步進大堂，竟然不拜。他逕直走到朱棣面前，從袖管抽出一隻紙卷，笑道：「太子詔書，請燕王奉詔。」

朱棣動也不動，冷冷地問：「又有哪位皇子死了嗎？」

胡誠笑道：「燕王多慮了，沒有。」

「那麼，你見本王為何不拜？」

胡誠矜持地說：「下官想拜來著。叩拜燕王也是下官的榮幸嘛！但是，此詔讀後，燕王就知道於禮不合了。下官不敢違禮呀……」

朱棣心中一凜，又有新花樣了！他打斷他：「念！」

胡誠展開詔書，昂首念道：「太子諭，奉旨，即日起，各地王公不再節制王府長史。各藩鎮所屬兵馬，及本城所有軍政刑民，均由藩王與長史同領。此諭。」念罷，他將詔書輕放到燕王身邊案上。一抹腰兒，竟然不請自便地順勢落座了。他笑瞇瞇解釋著：「燕王呀，朝廷的意思很明白，從今以後，下官的責任更重了。唉……」

朱棣含怒道：「從今以後，你就要與本王平起平坐了。」

胡誠側身朝朱棣做揖，嘿嘿一笑：「燕王明見！燕王寬容。」

朱棣揮揮手，說自己累了，要進去休息，就把情緒亢奮的胡誠打發走了。胡誠走後，他讓馬和請來了道衍大師，兩人在後院的涼亭裡擺一個對弈的架式，其實這些日子誰也沒有心思再下棋，朱棣將剛才的太子詔書告訴了姚廣孝。兩人都聽到了死亡逼近的腳步聲。姚廣孝望著那片湖水沉思，朱棣在旁焦慮不安地踱步，憤憤不平地說：「我得到可靠消息，二哥秦王根本不是暴病而亡，他是被人毒死的！但是，王府中人誰也不敢聲張，連夫人都不敢說出真相，只能稟報朝廷說是『病亡』。他們擔心，一旦說是被人毒死的，那麼朝廷馬上就會嚴查，其結果，不但要死更多的人，而且連秦王的封號和產業都保不住！」

姚廣孝一嘆：「死者無言，生者有意。家眷們不聲張就對了，說出真情更危險。」

朱棣痛楚地說：「三哥晉王聞訊後，整日的劍拔弩張、處處小心謹慎。哪想到，仍然沒有逃過噩運。中秋晚上還好端端的，天亮卻停止了呼吸！」

姚廣孝淡淡地說：「天意滅曹，在劫難逃。貧僧以為，不管他們是病死還是毒死的，也不管他們是被皇上除掉的還是被太子除掉的，都不重要了。重要的是，秦晉皆亡，下一個……恐怕要輪到燕王了！」

朱棣恨恨地說：「我絕不會落到他們的下場。非但不會，早晚，我還要為他們正名，伸冤！」他的聲音不由自主地發顫。

姚廣孝為調和氣氛，勉強笑了一笑：「秦、晉兩王並無冤屈。燕王難道忘了？他們本想等皇上殯天之後，在皇靈前，逼太子退位的，結果卻是自己先殯天了。而身患絕症的皇上，仍然要堅持到最後一息。了不起啊，洪武皇帝！」

朱棣長久長久沒有說話，最後，他長舒一口氣，說：「還是看看書吧。」

姚廣孝走後，朱棣回書房看書。他抽出一本《史記》翻到上次看的地方，本來常常看得如醉如癡的，如今卻是心神不定，腦子裡被許許多多的念頭堵塞著。他無奈地站到窗前，凝望窗外，發現天已發黑，夜色攏了細雨一道在天地間漫漫游蕩。他雙眉緊鎖，右手按著腰間佩劍。近來，這已經成了他的習慣動作。

管家老韓親自端酒菜上來，放到案上，一一布好。謹聲道：「王爺，酒菜都布置好了，請王爺趁熱用吧。」

朱棣立於窗前一動不動。

老韓央求道：「王爺，您一天沒吃沒喝了。這樣下去，身子可頂不住啊……」

朱棣一驚，猛然回頭看老韓，再看看案上的酒菜，勃然大怒，大吼：「誰讓你送來的?!」

管家懼怕地說：「在下……奴才聽下人說，王爺不肯吃飯。下人們個個害怕。奴才就、就斗膽給王爺端上來了。」

朱棣走到案前，仔細注視飯菜，再盯著管家問：「這菜是誰做的？」

管家顫聲回答：「膳房。」

朱棣喝令：「你給我吃吃看！」

管家驚訝地望著朱棣：「王爺?……」

朱棣怒叫：「吃！」

管家顫抖地拿起筷子，搛起一小塊肉片放進嘴，慢慢嚼著，朱棣目不轉睛地看著管家。管家低聲道：「稟王爺，這菜鮮美無比。」說著放下了筷子。不料朱棣大吼：「接著吃！」管家嚇了一跳，只得再拿起筷子，伸向另一盤菜，搛起一點擱進口中，嚼著嚼著，眼淚止不住地往下流，他用袖口擦去。

朱棣視而不見。

等到全部菜肴嘗遍，朱棣才在案前坐下。對管家說：「你下去吧。」管家拎著托盤走出來，在廊下遇到馬和陪著王妃迎面走來。兩人瞧見管家正在揩淚，

徐妃驚訝地問：「老韓，出什麼事了？」

管家隱忍著不肯說，徐妃反而更急：「你只管說，有我給你做主！」

管家悲傷地說：「夫人，奴才侍候王爺已經二十多年了，可今兒……王爺卻擔心我送上的飯菜有毒！」

徐妃一怔，頓時明白了，不由一聲長嘆：「委屈你了。辦你的事去吧。」

管家走了。馬和見徐妃鬱鬱不樂，低聲道：「夫人。王爺這些日子心事重重，坐立不安。奴才也深為主子不安。」

徐妃說：「王爺的心事，有時候我也沒有你清楚。說說，他都有些什麼心事？」

馬和道：「王爺擔心北平兵馬被朝廷收回，擔心京城發生劇變，擔心身邊暗藏朝廷耳目，擔心王府內有刺客，擔心飯菜被人下毒。總之，身邊的一切，王爺都懷疑。」

徐妃敏感地看看馬和：「這麼說來，好像連你也受過王爺的委屈？」

馬和垂首沉默。徐妃明白了，朱棣現在是草木皆兵，沒有人敢相信了。她先軟語安慰了馬和，又沉思了片刻，說：「這麼著吧。從今日起，我親自下廚給王爺做飯，由你親自給王爺送

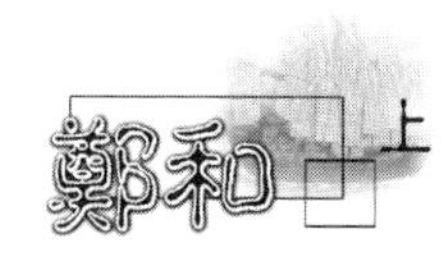

飯。其他人員，一律不得進入內府。更不准驚擾王爺。」

第二天就改由馬和送飯了。朱棣這些天很少離開書房。馬和進去的時候，他還是豎立在窗前，大手緊緊按住佩劍的劍柄，身體一動不動。忽聽門兒一響，朱棣握劍的手不由得顫動了一下。但他沒有回頭。

馬和用托盤托著熱氣騰騰的酒菜入內。他輕輕走到案前，一樣樣擺布好，扭頭看一眼朱棣，見朱棣仍然一動不動。馬和張口欲言，話到嘴邊卻換成了動作。他不待吩咐，就把每樣菜肴都撿了一點放進一隻小碗，三口兩口吃下去。之後，放下碗，垂手謹聲稟道：「王爺，請用膳。都是夫人親自下廚做的，味道美得很。」

朱棣這才轉回身來，看看馬和與案上的酒菜。一言不發，走到案前，沉重入座，拿起筷子吃起飯菜來。即使在用膳，朱棣一舉一動比平時也更顯威嚴，腰間的佩劍橫放在腿上。馬和退至一邊，默默垂手侍立，注視著朱棣用膳。他知道，主子現在度日如年，他表面威嚴，內心卻充滿恐懼。為了掩飾內心的恐懼，他不得不在表面上更顯得威嚴！儘管主子是雄鎮一方的皇子，但天威之下，所有人都是奴才；在命運面前，任何人也無法抗拒。唉……這時候的主子，就像宮廷裡那些太監兄弟——步步走在刀刃上，一不當心就會粉身碎骨！

對主子的同情，沖淡了自己的委屈。

第九章

一匹披著白孝的快馬閃電般沖過金水橋，沖進北平城內，行人紛紛閃避。快馬奔到王府門前，跳下披麻戴孝的欽差。他舉著一方長長的白幛撲進王府大門，跪地，朝朱棣悲慘地大呼：「奉太子口諭稟告燕王，皇上龍馭歸天了！」

剎那，朱棣臉上血色一掃而光，失去知覺似的呆立半天，突然爆炸般狂叫一聲：「父皇啊！……」痛呼聲中，朱棣搖晃倒地。他爬在地上，面朝北且哭且叩，痛苦不支，終於昏迷過去。

此時，南京京城的皇宮內外早已布滿白幛孝幡。眾臣各著重孝，魚貫而入，氣氛肅穆。正殿中銀裝素裡，四處雪白。當中停放著一尊巨大的棺槨。朱允炆哀哀哭泣著，率領眾臣向棺槨叩拜……

洪武三十一年五月十日，大明開國皇帝朱元璋病逝，享年七十一歲。葬於南京孝陵，廟號太祖。洪武三十一年五月十六日，皇太孫朱允炆在朱元璋靈前即位，翌年改元「建文」。

這一日，年僅十七歲的朱允炆走進勤政殿，見上朝眾臣早已到齊，恭立一片敬候著，滿意地步上丹陛。眾臣跪地齊聲叩首：「臣等拜見皇上！」

失去洪武皇帝支撐之後剛剛從悲痛之中走出來的朱允炆望著前方一大片密密麻麻伏地的身影，清晰地感受到了會當凌絕頂、一覽眾山小的心情。他已經登上了朝廷的群峰之巔，這裡的風景氤氳他的孤傲也培植他的自信。他威嚴地坐入龍座，藏起內心的得意，矜持地說：「平身。」

眾臣齊聲道謝之後站起，像一棵棵大樹森然有序地排列著。朱允炆想到以往，面對著這些大樹的是他的皇爺爺，而他，只是這些大樹之中尚未長成的一棵小樹。為了他今天能夠順利地坐在這兒，皇爺爺曾力排眾議、殫精竭慮地為他清掃障礙，鳴鑼開道。「皇爺爺啊！」他在心底深情地呼喚著。此時底下一片肅靜，眾臣正在體驗新皇上的威嚴，不料朱允炆開口就帶悲聲：「列位愛卿，大行皇帝馭天而去，朕不勝哀痛！……」

齊泰趕緊道：「臣叩請皇上以江山為念，節哀自重。」眾臣齊聲附應：「皇上保重。」朱允炆頓了一頓，說：「朕年輕即位，心裡不免誠惶誠恐。列位愛卿都是朕的前輩，先皇爺勛舊之臣，堪為朝廷棟梁。朕盼望你們稟承先皇遺旨，忠誠護國，輔佐朕躬，承前啟後，繼往開來。」

方孝孺高聲回應：「臣等受先皇厚恩，忠於今上，萬死不辭。」眾臣齊聲附和：「臣等忠於今上，萬死不辭！」

朱允炆滿意地點頭，道：「今日朝會，朕想請列位愛卿各抒高見。當前，朝廷萬般要事中，何者當興，何者當除?何者當改，何者當裁?請愛卿們直言。」

朱允炆往下望去，卻見眾臣不安互視，俱不敢言。他微笑道：「愛卿們看來看去，滿眼都是話，為何口中無言?!」

方孝孺上前奏道：「稟皇上，老臣知道各位為何無言。」

朱允炆見師傅打開冷場，急忙說：「請講。」

方孝孺道出大臣們的苦衷：「先皇主政時，先後有五位內閣大臣因為直言進諫，惹怒了天

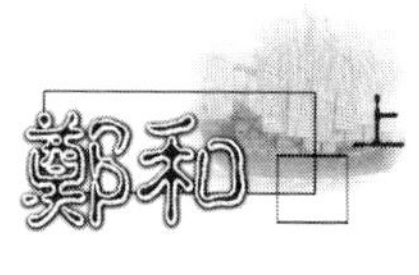

顏，就在這座大殿內慘遭廷杖，傷筋斷骨地抬了出去。如今，地上鮮血雖然揩淨了，可是先皇天威猶在，臣工恐懼未消。大夥心裡仍然害怕。」

朱允炆安慰眾臣：「愛卿們放心，這種事，在朕面前永遠不會發生了！」

方孝孺側目環視眾大臣，見他們仍然沉默，便高聲道：「當初，先皇也說同樣的話，但廷杖之刑仍然不絕。」

朱允炆慢慢從袖管裡掏出一根棘條，放到龍案上：「愛卿們遭遇過的事，朕也曾經遭遇過。請看，朕做太子的時候，先皇就用這根棘條抽打過朕，只因朕說了不同意見的話……」

眾大臣望著那根棘條，驚訝地猜測，議論紛紛。朱允炆抓過棘條，嘎地將它撅斷，猛然擲在堂下，厲聲道：「朕當堂立誓，先皇時期的所有酷政，一律革除！朕以仁為本，以德治國，與愛卿們榮辱與共。從現在起，愛卿們無論所進何言、所奏何策，也無論朕是從是拒，一律無罪！非但如此，凡有遠見卓識者，朕還要重重獎拔！」

這番話與折棘之舉，均為朱允炆的老師方孝孺密授，效果也在方孝孺的預料之中：眾臣一片歡聲。紛紛道：

「新皇新政，萬象更新！我皇真乃天賜聖君。」

「蒼天在上，玉宇澄清哪！」

「皇上一言既下，可謂大明之幸，臣子之幸，天下蒼生之幸呀！」

朱允炆心花怒放，得意地微笑：「時代不同了，皇爺爺在天之靈有知，定然感到欣慰。」

大臣們聽了歡欣鼓舞，在大家欣幸的議論聲中，朱允炆用宏亮的聲音蓋過眾聲：「現在，愛卿們可以直言議政了吧？」一位老臣再也按耐不住，撲到丹陛前，激動地嚷著：「皇上令臣等直言，臣若再遮遮掩掩，便是不忠！臣冒死上奏。皇上雖然停了廷杖、折了棘條，但有一樁禍患，卻比廷杖更痛、比棘條更狠哪！」

朱允炆驚問：「哪一樁禍患？」

老臣直言：「藩鎮！皇上啊，秦漢以來，藩鎮之患，史不絕書啊，如今更是有過之而無不及！朝廷東南西北，環繞著燕王、吳王、楚王、齊王、湘王、代王。他們貴為皇叔，兵多權重，雄鎮一方。表面上，是朝廷號令天下，節制藩王，而實際上，朝廷是在藩王的夾縫中生存。臣每念及此，便心驚膽戰……」

這時，又一大臣出班奏道：「洪大人所言，可謂入骨三分。臣叩請皇上以霹靂手段，速速裁撤藩鎮，將天下所有兵馬收歸朝廷。以防患於未然。」

再一臣出班：「臣附議。」接著，幾乎所有的臣工都嚷道：「臣等附議！」

朱允炆激情澎湃：「朕萬沒想到，愛卿們竟然同心共見。說實話，朕等待這天，已經等了多年了！」的確，這塊難以啟齒的心病困擾得他心神不寧，寢食難安。沒想到這也是在朝大臣們的心病！既然大家都想除卻心病，接下來的事情就好辦了。退朝後的朱允炆搖著摺扇，滿面得意，

腳步輕鬆地走回上書房。齊泰、方孝孺跟隨在後。齊泰恭維道：「皇上今日大展恩威，盡獲眾臣之心。臣敬佩不已。」

「朕以前最擔心的就是臣工意見不一，撤藩難以著手。現在看來，君臣一心，上下一致。朕可以放手做事了。」朱允炆有一種旗開得勝的感覺。

方孝孺卻對年輕皇上的沾沾自喜深感不安。他穩重地提醒：「今兒議政，滿朝文武一邊倒，所有人都眾口一辭，這現象反而令臣生疑！臣猜想，大部分臣工是揣摸了聖意，順勢奉承罷了。他們其實和先皇主政時一樣，仍然在趨時、邀寵，舊習未改，只不過換了一副腔調而已！」

這話像迎頭潑來一盆冷水，澆得朱允炆清醒了一些。他愣怔半晌，才不情願地說：「唉，做皇上的，一不留神，就被臣子們哄迷糊了。」

同方孝孺不同，齊泰卻是趁熱打鐵：「但撤藩乃當務之急。這一點，朝議並沒有錯。臣建議，趁著諸王來京奔喪時，即行裁撤！」

方孝孺立刻阻止：「臣恰恰相反，朝廷萬萬不可讓諸王來京奔喪！因為，各王來京時都會率領數千乃至上萬護軍。十幾個藩王加在一起，那就是八九萬精兵。而京城衛戍只有三萬人。一旦有事，藩王的護軍足以使京城陷落！」

齊泰不以為然地笑道：「方先生多慮了。君臣之位已定，現在心存畏懼的不是朝廷，而是各位藩王！」

方孝孺想得更深更遠：「正由於藩王們心存畏懼，所以才會帶兵來啊！再者，先皇屍骨未寒，朝廷立刻裁撤各位皇子，也不合聖君之道。」

朱允炆急了：「你們兩個一人一句，朕聽誰的呢？」

方孝孺肅然道：「臣以為，裁撤之前，應先行安撫。臣建議皇上立刻下旨，就說是先皇遺詔，令各藩鎮親王各守原地，不得赴京奔喪，以免激起不測。國喪之後，再一一裁撤。」

朱允炆沉思片刻，朝齊泰道：「擬旨！」

再說北平的燕王，接到太子父皇病逝的口諭後就準備赴京城奔喪了。翌日，他穿著一身孝衣走過金水橋，身後跟隨著已經長大成人的世子朱高熾。橋對面，數千精壯軍士列陣待命，每人頭上束一道孝帶。陣前挺立著兩位披甲壯漢，一位是次子朱高煦。一位是家將張玉。

朱高煦上前朝朱棣揖禮：「稟父王，兒臣所部集結完畢，請父王示下。」

張玉上前揖道：「稟燕王，末將所部也已集結待命，請王爺示下。」

朱棣稍一沉思：「父皇大殯定在本月初九。我們要在初七之前趕到江畔浦口，初八過江，萬不可耽誤。著高煦率馬軍先行三十里，張玉率步軍隨本王同行。每日紮營時，合軍一處。」

高煦與張玉齊應「遵命」，朱高煦先奔至軍前，上馬大吼：「奉王命，馬軍隨我來！」令罷，朱高煦一馬當先，率領鐵流般的騎兵奔馳而去。

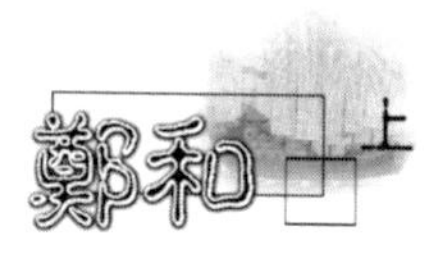

朱棣步向坐騎，早已侍立於此的馬和將馬韁遞上。這時，朱高熾望著遠去的騎兵，提醒朱棣：「父王，二弟性情勇猛，又是第一次統兵。如果沿途有什麼意外的話，二弟能否持重處理？」

高熾的成熟令朱棣深感欣慰：「高熾說得有理。咱們赴京是去奔喪的，凡事要更加謹慎。這麼著吧，馬和，令你與高煦同行，替本王監軍。第一，沿途不可擾民；再者，遇有朝廷關卡，先退避三舍再說。」

馬和領命而去，快馬加鞭，追上朱高煦，兩人帶著騎兵，沿著驛道，馬不停蹄，不日眼看就到南京城外江邊的浦口鎮了。馬和同朱高煦商量，是否暫停前進，在此等候王爺到來。朱高煦認為進鎮等候為好。馬和有些猶豫，告訴高煦，浦口鎮屬於京畿防地，按照常規，會有朝廷駐軍。他認為或許在鎮外等候更妥當些。朱高煦便問馬和駐守浦口的是什麼官員？馬和根據常識，說通常是一位六品標統。朱高煦頓時有些不屑：「那就是這小子的失禮了，他應該早早跑出鎮來迎接本將啊！走。」說著朱高煦一馬當先，朝鎮關馳去。馬和只得策馬跟隨。轉過一個彎，就是浦口城關。只見無數披甲執銳的軍士早已嚴陣以待，一位老將軍勒馬傲然立於軍前。馬和乍看，覺得此人面熟，再仔細看，終於認出來了，老將軍竟然是鎮南侯鐵平！這時年輕的朱高煦威風凜凜地大喝：「快讓開！本將要入關。」

鐵平淡淡地問：「請問你入關幹什麼？」

朱高煦雙眉一挑：「過江。」

鐵平又問：「過江幹什麼？」

朱高煦道：「進京為先皇送葬。」

鐵平這才稍稍打量對方：「這麼說你是燕王的部將了？」

朱高煦為對方不動聲色的傲氣氣惱，昂著頭道：「二王子朱高煦，奉王命先行！聽著，你快快讓路，然後開關，備船，送我父王過江。聽見了嗎？」

鐵平沉聲道：「公子說的我都聽見了。現在請燕公子聽著，你到此為止，燕軍即刻返回北平。」

這番話把朱高煦激怒了，他拔劍喝道：「你一個小小的標統，竟敢攔道？快讓開，否則本將就要破關了！」

馬和急忙上前：「公子，此人不是標統，他、他是……鎮南侯鐵平！」

氣急敗壞的朱高煦驚訝得打量鐵平，鐵平呵呵笑道：「奇怪，燕公子不認識本將，燕公子的奴才倒認識我！呵呵呵……」朱高煦也覺奇怪，不知馬和何時認識的鐵平，他疑惑地朝馬和望，馬和已經上前，朝鐵平深深一拜：「鐵大將軍吉祥！」

鐵平退後一步，仔細辨認著眼前這個看上去顯得少年老成的英俊後生，往事朦朦朧朧浮了出來，他不太有把握地問：「哦……你是不是那個、那個小淨生呀？」

馬和道：「在下馬和，承大將軍所賜，成為太監。現為燕王侍從。」

鐵平暗暗嘆著：當初真沒看錯，眼前的馬和，儼然是個人物了，可現在這個場合，他不能問其他，只說：「恭喜！那你就去稟報燕王吧，讓燕軍立刻返回北平。」

「在下有所不解，敢請鐵大將軍詳示緣故。燕王赴京為先皇奔喪，即使您鐵大將軍也無權阻攔呀。」馬和態度不卑不亢，說話有禮有節，更令鐵平刮目相看，「喲，口舌利害了嘛。聽著，皇上有旨，令各地藩王原地盡孝，不准進京奔喪。」鐵平口氣似有揶揄，其實透著親切。

馬和對此很是吃驚。各地藩王，都是皇上的親生兒子啊，就不讓他們跟父皇見上最後一面？瞻仰一下父親遺容也不行？這究竟是何道理？這樣的問題當然不能由他說出口，他只能迂迴了解：「在下還有所不解。浦口鎮原本是水軍標統駐防，大將軍為何光臨？」

鐵平正色反詰：「一個六品標統攔得住燕公子嗎？所以，朝廷才令本將駐防浦口。」

馬和不敢再問下去，心裡左右為難。他回到朱高煦馬前，低語：「公子，他們早有準備了，咱們暫時退下吧。待稟報王爺後再說。」

血氣方剛的朱高煦低聲怒斥：「我要是連一個浦口城都進不去，豈不令人恥笑？豈不給父王丟臉?!」

眼看就要兵戎相見，馬和急了：「朝廷已經降旨，鐵平也有備而來，公子不要衝動。」

朱高煦策馬撞開馬和，馳前朝鐵平喝道：「鐵平，父王即刻就到，令你馬上開城相迎。其他事，待我父王進城後再說。」

鐵平緊繃著臉：「本將說過，不准進城！」

朱高煦怒吼：「這還是大明國不是啦？豈有把燕王攔在城外的道理？」

鐵平冷若冰霜地說：「足下並非燕王！就算燕王在此，也必須奉行大明律令。」

朱高煦舉劍，劍鋒遙指鐵平：「聽著，我今天非進城不可。你如果不從，拔劍來擋！」

鐵平唰地抽出長劍，冷笑：「小子，你鐵爺爺隨先皇征戰的時候，你還沒出娘胎呢。懂事的，你就退。不懂事的，休怪鐵爺爺無情！」

朱高煦揮劍策馬上前。馬和急叫著：「公子冷靜！」同時緊緊扯住朱高煦韁繩。但是高煦已經撞翻了他，直衝到鐵平面前。一老一少，雙劍鏗鏘相擊，竟然殊死格殺起來。燕軍部從見公子已經開戰，頓時就要衝殺上前。馬和用身體拼命攔阻他們，同時喝令：「退下！退下！」鐵平部從見主將已經開戰，頓時也衝殺上前，亦被鐵平怒喝：「退下。」雙方部從只得含恨退下，但兵士們仍然一個個刀槍在手，眼睜睜看著朱高煦與鐵平對殺，隨時準備撲上去相助。一時間，刀光劍影、塵囂土揚，情況萬急。正在千鈞一髮之際，朱棣領著大軍，縱馬從遠處衝來，他一聲暴喝：「住手！」

鐵平與朱高煦各自退開，仍然引劍相持。朱棣板臉問：「為什麼動手？」

馬和趕緊來到朱棣馬前：「稟王爺，鐵平將軍不准燕軍入關，公子因此與他相爭……」

朱棣橫眉訓斥：「你是如何監軍的？」

馬和只能垂首領罪：「奴才無能，請王爺賜罪。」

朱棣氣道：「退下，以後再和你算賬！」說罷下馬，含笑對鐵平道：「鐵老將軍，久違了。」

鐵平急忙滾鞍下馬，深深一揖：「末將拜見燕王！」

朱棣轉臉訓斥朱高煦：「高煦，向鐵老將軍賠罪！」

朱高煦驚詫，父親怎麼不問個是非曲直就令他賠罪？「父王……」他正要申辯，朱棣卻威嚴地「嗯?!」了一聲，阻止他說下去。朱高煦無法，心中雖是十分不願，究竟不敢違抗父命，呆了片刻，只能擲劍在地，下馬上前，單足跪下：「後輩無知……請鐵老將軍恕罪！」

鐵平面露笑容：「不敢不敢，公子請起。」

朱棣這才懇切地說正事：「鐵平啊。先皇馭天而去，朝廷後天就要舉行大殯。我身為皇子，特地趕來奔喪，並沒有其他意思。」

鐵平告訴燕王，皇上有旨，所有藩王原地盡孝，不准進京奔喪。

朱棣怔住，許久，怒道：「先皇大殯，皇子竟然不能到靈前一拜。天下有這種道理嗎?!」

鐵平深深揖首：「末將接到嚴旨……末將也是無奈。」

朱棣怒不可遏：「這叫什麼旨?我看是奸臣矯詔，做亂朝廷，離間我皇家骨肉之情！」

此言令鐵平驚懼，他不由得屈身跪下，沙啞道：「末將這輩子只知奉命征戰，從不干政。燕王可否容末將說句心裡話?」

朱棣氣沖沖道：「說！」

鐵平抬頭正視朱棣：「燕王如果當了皇上，末將絕對忠於燕王。但如今是皇太孫為帝，末將就只能忠於今上！」

朱棣素知鐵平為人，不僅不怪，還頷首稱道：「說得好，好，好啊！我並不是怪你……但你聽著，今天，本王非進浦口不可！」

鐵平搖頭：「不行。」

朱棣卻斬釘截鐵地說：「不但要進浦口，本王還要從浦口過江，赴京奔喪！」

鐵平並不示弱：「除非……從末將的屍體上踏過去！」

兩人凜然相視，各不相讓，場面僵住了，氣氛一觸即發。馬和明白，眼下是自己挺身而出的時候了。他是一個下人，只能嘗試以柔克剛，興許有望化險為夷。馬和上前深深揖道：「鐵老將軍，燕王從數千里外趕來為先帝奔喪，此心如日月經天，江河行地般天經地義，光明可鑒！眼下燕王人已經到了江邊，鐵老將軍應該先把燕王迎入浦口鎮，以茶酒相待。同時遣人飛報朝廷，再行定奪。如此，您既沒有悖旨，也對燕王盡了臣屬之禮。」

馬和顯得心平氣和，鐵平呆呆望著他，這個小太監居然說得滴水不漏！朱棣則緊張地盯著鐵平。片刻，鐵平醒悟，似乎也只能這樣。他跳起身道：「說得對！」轉身喝令軍士們開關，城下軍士們紛紛讓道，打開城門。鐵平折腰揖請燕王入關。朱棣側身，溫和地招呼馬和上馬。馬和跳

上他的棗紅龍駒，跟在朱棣身後踏入城關。

鐵平擺酒設宴，招待燕王，一面派人急馳給朝廷送信。朱允炆身著孝衣，正在上書房覽奏，齊泰匆匆入內稟報：「鐵平將軍急報。燕王朱棣抗旨奔喪，現已經到了浦口鎮。要求過江祭靈。」

朱允炆一怔：「果然不出所料，他還真的來了，帶軍隊了嗎？」

「據鐵平奏報，朱棣親率馬步軍五千。俱屬燕軍精銳。」

朱允炆望著齊泰問：「你估計，朱棣是來祭靈的，還是來逼宮的？」

齊泰道：「臣以為，朱棣抗旨奔喪，已屬於不臣之舉。他是口稱祭靈，意在逼宮。否則，為何要帶兵來！」

朱允炆說：「國喪期間，朕不願意激起變亂。務必妥處才好。」

齊泰思索片刻，道：「皇上可再擲嚴旨，令朱棣即刻引兵北返，不准一人一卒過江。」

朱允炆猶豫不絕：「朱棣畢竟是先皇之子，朕之叔父。何況他千里而來，已經到了京城邊上了。朕怎好全然不顧親情，將他攆回去呢？」

齊泰詭譎地微笑：「皇上聖見。臣再三思索，覺得有一策可定大局。只是需要皇上當機立斷……」

朱允炆道：「無論何策，但說無妨。」

齊泰道：「朱棣不是堅持要奔喪嗎？皇上可降一道恩旨，准他過江祭奠。但是，只許他隻身前來，不准帶一兵一卒。等他進京之後，趁機解除他的兵權，將他永遠恩養起來，徹底掃除後患！」

朱允炆頓時呆定，沉吟良久，不說一句話。朱棣雖是心腹之患，但恩養之舉是否過分了？他一時難下決心。而此時朱棣正在浦口鎮渡口的一座涼棚裡，雖然面前案上擺滿果、酒，但朱棣卻目中無物，他坐於案前，憂慮地注視著長江對岸。朱高熾、朱高煦立於側，兩人同樣義憤填膺，憂心忡忡。朱高熾忍不住問：「父王，如果朝廷不准我們過江的話，那怎麼辦？」

朱棣憤然道：「那就意味著，朝廷已經視我為患，畏之如虎，這才把我拒於京門之外！」

朱高煦恨道：「父王，朝廷如果禁止我們過江的話，兒臣可以奪下浦口鎮的水師戰船，盡舉哀兵，強行過江。看朝廷敢把我們怎麼樣！」

朱棣側身問高熾，高煦的主意如何？朱高熾沉穩得多，邊想邊說：「兒臣以為不妥。首先，鐵平已矢志忠於今上，要從他手裡奪船，必動刀兵。再者，強行過江，等於授人以柄，朝中奸臣會以此污蔑父王志在篡逆。」

朱棣雖然為奔喪受阻心中鬱悶，但高熾的熟慮還是令他寬慰。「聽到了吧高煦？實際上，情況比高熾說得更糟。我們如果強行過江，朝廷大軍就會以剿賊為名，將我們剿殺得一乾二淨！要知道，這兒不是北平，是天子腳下，浩蕩長江啊。」他不失時機地訓導高煦。

朱高煦憤怒道：「父親是堂堂燕王，千里奔喪，已經到了京城邊上，卻不能赴皇爺爺靈前一拜。這、這、這豈不讓天下人恥笑嗎？」

朱高熾急止：「二弟！」

朱棣悲傷地說：「高煦話雖刻薄，意思並不錯。我身為皇子，堂堂燕王，如果連我朱家的京城都進不去，那就是奇恥大辱，雖生猶死啊……」

這裡父子三人說著話，距涼棚不遠的江堤上，馬和陪著鐵平巡望，借此敘舊。鐵平感嘆道：「小兄弟，一晃十幾年過去了，你竟然成了王府幹吏，可喜可賀啊，老夫佩服。」

馬和謙卑地說：「奴才這一點兒因緣，也是當年大將軍種下的。」

鐵平瞟一眼馬和：「哦，你還在恨我當初強行把你閹割了……」

馬和苦笑笑，謙和地說：「奴才早就沒有氣恨之心了。因為大將軍奉旨行事，才使得奴才被閹。這事兒，在奴才是痛，在大將軍則是忠！如同今日大將軍奉旨巡江，把燕王阻擋在浦口，可見大將軍忠心如舊。」

鐵平呵呵笑道：「真沒想到，你小子有這樣的好口才！小子啊……哦不，小兄弟呀，老夫勸你離開燕王。」

馬和平靜地問為什麼。鐵平說燕王對朝廷不忠，早晚要倒楣。馬和無聲地笑笑：「敢問大將軍會背叛今上嗎？」

鐵平驚愣，不明白馬和何出此言。沉聲道：「絕不！」

馬和也認真地說：「奴才和大將軍一樣，誓死忠於主子。」

鐵平明白了，呵呵笑著：「小兄弟膽氣如虹呀，老夫喜歡你。」

馬和真誠地說：「奴才也敬佩大將軍。」

鐵平感嘆自己老了，他抹一抹頭髮，說眼瞅著一代代孫子輩層出不窮，感到自己的日子不多了。馬和調侃：「大將軍鎮守浦口，何謂無用？」

鐵平不悅地發牢騷：「屁大點的地方！哼，朝廷只是拿我當門板兒，擋著燕王罷了。」正說著話，馬和眼尖，看見江面上一艘華麗的龍舟迎風馳來，船頭雕龍刻鳳，船上旗幡招展。他立刻指給鐵平看。鐵平一望，吃驚不小，這是朝廷的御用龍舟哇。他趕緊迎了上去。不一會兒，鐵平來到涼棚告訴朱棣，朝廷已派龍舟前來接他過江。朱棣一掃臉上陰霾，喜悅地起身：「哦，多謝皇上。」吩咐高熾高煦率護軍登船。鐵平聞聲急忙制止：「燕王，皇上有旨。只許燕王獨自過江，不得率一兵一卒。」

朱棣一驚，強忍怒氣，只得叫龍舟稍候。鐵平退下後，朱高熾急忙道：「父王，這必定是奸臣的毒計，父王萬不可以獨自過江。」

朱高煦說：「哥哥說得對。父王如果要去，兒臣一定要率軍護駕！」

朱棣憤恨地說：「如果本王不去。朝廷又有話說了，『哦，燕王不是千里奔喪嗎，為何恩旨降下，龍舟來迎，反倒不敢過江了？』這就又成了抗旨。加上先前的『抗旨奔喪』，就是兩次了！」

朱棣父子三人一時無計可施，都憤懣地沉默著。馬和知道此事拖延不得，鼓足勇氣上前說：「主子，奴才有一個兩全的辦法。」朱棣讓講。馬和說，「可以讓兩位王子替王爺赴京，代表王爺參加先皇大殯。王爺則聲稱北平告緊，需要急返邊關。這樣一來，王爺既避免了抗旨之罪，也避免隻身赴險。兩位皇子入京後，由於王爺駐軍在外，朝廷斷不敢為難王子的。」

朱高熾、朱高煦同聲道：「兒臣願意替父親進京祭靈。」馬和跟著說：「奴才願意陪同世子、二公子進京。」

朱棣猶豫片刻，實在想不出更妥貼的辦法，終於決然道：「就這麼定了。馬和啊，高熾和高煦的安危，你務必在意。大殯之後，你三人立刻離京回北平！」

馬和道：「奴才以性命擔保，一定護送兩位少主子安全回到北平。」

馬和陪著兩位王子進了京城，翌日就是殯殮大典。南京明孝陵雄偉壯麗，氣象萬千。朱元璋的陵墓位於青山峻嶺之中，那裡祭台高聳，香燭如林，靈幡孝幃密密麻麻，錦衣衛執刀槍護立在青黛色的樹木草莽之中。朱允炆率領百官在陵墓前拜祭。他渾身重孝，跪地三叩，悲痛泣道：「臣孫朱允炆，率眾臣拜祭至尊至聖先祖皇爺。先帝稟天行道，挽危世，除凶暴，披肝瀝膽，再造乾坤，手創大明萬世基業，恩義布於四海，道德澤及天下。詎料馭天而去，臣孫及眾臣痛斷肝腸……」朱高熾、朱高煦夾雜在眾王公大臣中，跟著一起含淚叩拜。朱允炆繼續祭道：「臣孫遵奉先皇爺遺旨，承繼大寶，稟政以來，日夜戰戰兢兢，追效先帝之輝煌，乞求社稷之昌盛，鞠躬盡瘁，以慰先帝皇爺爺在天之靈。臣孫朱允炆再拜！……」眾臣在建文帝身後重重叩拜，一片泣聲。禮畢，朱允炆拭淚在紅氈上走下來。半道上，他看見朱高熾、朱高煦仍跪地不起，親切地說：「二位堂兄，快請起來。」

朱高熾起身道：「稟皇上，先皇大殯已罷。臣與高煦請求返回北平，將皇上稟承先帝的忠義之情轉告父王，請皇上恩准。」

朱允炆笑道：「朕已經吩咐過了，待會內大臣齊泰，會親自禮送兩位堂弟出京，請放心吧。」

朱高熾、朱高煦一齊鞠躬謝恩。朱允炆領著眾臣離去，陵墓前的人漸漸稀少，四周安靜下來，聽得見風的腳步聲和樹葉的婆娑聲。朱高熾兄弟和馬和他們三人靜靜等待著齊泰。突如其來的安靜使內心一直嚴陣以待的馬和感到某種不祥，他警惕地朝四周望去，驚惶地看見，皇陵四周的錦衣衛手執兵器向他們圍逼而來，越來越近，終於將他們三人圍在核心。高煦大聲叫嚷，這時候，齊泰出現了。他穿過錦衣衛，來到他們面前，高聲道：「奉旨，燕世子朱高熾，次子朱高煦，留京為先皇爺護靈守喪，以盡臣子孝道。」

朱高熾一驚，怒道：「齊泰，你想把我們拘在京城做人質，以此威脅父王。是不是？」

齊泰微笑道：「世子言重了，二位身為皇孫，能夠為先皇爺守靈，這是何等榮幸的事啊！燕王肯定為此感激聖恩。你說是不是？」

朱高煦怒叫：「你這個奸臣，禍亂朝廷，離間皇家骨肉，我父王饒不了你！」

齊泰仍然平靜：「兩位王子，請吧。」

眾衛士一擁而上，簇擁著高熾、高煦離去。大驚失色的馬和跟隨著高熾高煦一塊走，被齊泰喝退：「站著！沒你這奴才事了。現在你趕緊回北平去，告訴朱棣，讓他恪守君臣之道，聽從朝廷旨意。」

馬和呆若木雞地立在原地，直到高熾、高煦走得看不見了，他才艱難地移動腳步。

馬和失魂落魄地回到北平燕王府，朱棣與姚廣孝正對座弈棋，兩人執子一起一落，神情極為投入。正當朱棣高舉一子，要敲上棋盤時，馬和「王爺王爺」急叫著撲入，一頭跪倒在朱棣腳邊，抽泣不止。朱棣朝外看一眼，不見兒子。他抑制著內心不安，極緩極慢地將那顆子兒放回棋盒——手卻有些顫抖。他不看馬和，眼照舊盯著棋盤，問道：「他倆被扣下了?!」

馬和泣道：「大殯當天，兩位王子就在先帝靈前被齊泰押走了！他說，朝廷令兩位王子留在京城，為先帝爺護靈守喪……」馬和悲傷地說不下去。

姚廣孝接口：「從此淪為人質，以迫使燕王恪守君臣之道。」

朱棣勃然大怒，一腳踹翻地上的馬和，咬牙切齒地說：「你、你還有臉回來見我！」

馬和不敢申辯，重新趴地連連叩首：「奴才有罪……但奴才不能不回來報信。奴才沒能保護好少主子，萬死無赦！奴才請主子治罪。」

朱棣痛苦地閉了一會兒眼睛，拍拍地上馬和的後腦：「起來吧，我不怨你。」

馬和泣道：「王爺，奴才發誓，一定要救回兩位少主子。」

朱棣聲音沉重地對姚廣孝說：「大師，朝廷和我翻臉了……」

姚廣孝很鎮定，說：「正是。不過，貧僧先要祝賀燕王。」朱棣驚訝地望著姚廣孝，緊張地盯著他的嘴，期待他繼續說出出人意料的話來。姚廣孝果然說：「請燕王想一想，假如那天是您過江赴喪的話，那您還能回得來嗎？如果您回不來了，不要說兩個兒子，整個王府都將有盈門之禍！因此，只要燕王您健在，王子並無性命之憂。」

姚廣孝的話並沒有減輕朱棣的痛苦。他甚至暗想正是因為姚廣孝沒當過父親，才沒有切膚之痛。他嘆道：「說得是。但朱允炆此舉實在太可恨了！弄得我、我心亂如麻……可恨，可恨！」

姚廣孝知道朱棣一時沒辦法冷靜，便認真告誡：「請王爺不要恨自己的對手！因為，過度的憤恨會讓王爺心亂。」

朱棣也意識到必須冷靜，他點頭，然後問：「大師啊，我應該如何應對？」

姚廣孝肅然道：「貧僧建議，燕王即刻上表稱臣，真誠地向朱允炆表示忠義之心！王爺就說，『朝廷留下兩位王子為先皇守靈，此舉完全應當，這是朝廷對臣朱棣的恩寵。臣朱棣——望南而叩，謝主隆恩！』

聽著師傅那冷酷的建議，馬和傻眼了。等他似懂非懂地弄清了師傅的大概意圖，他深感震撼。人的一生之中，得有多少違背情懷的不可思議的行為啊！他望著朱棣，朱棣則是眼中含淚，恨恨盯著遠天，咬牙切齒地重覆道：「臣朱棣，望南而叩，謝主隆恩！」

建文帝朱允炆此時正坐在東暖閣的君位上，恭敬地傾聽他的老師方孝孺講課。方孝孺峨冠博帶，正在進行「日講」：「皇上年方十七，正如日初升，前程無量！先帝開國三十年，已為大明打下堅實基礎。皇上青春茂盛，日月綿長，正可承繼先帝偉業，以求超越秦皇、功蓋漢武，開創大明盛世，成為一代聖君！」

朱允炆聽得很興奮，鮮見血色的面容綻出了紅暈：「朕如何才能達此目標呢？」

「皇上先用三至五年時間，徹底裁撤各地藩王，將全國軍、政、民、刑之權統一於朝廷。之後，再用五至八年時間，開疆拓土，滌舊布新，強國富民。再之後，可借鏡古聖之道，大辦義學，教化人心，以求澤及四海，德被天下。那時，我皇便成為千古聖君了！」

朱允炆沉吟：「先生所言極是，但萬事開頭難。這第一步就是削藩。藩王不除，皇權不穩，朕的種種大政都施展不開。可削藩的第一步，應該削誰呢？」

方孝孺是當代大儒，齊泰也在一邊聽著，此時插言道：「臣之見，擒賊先擒王，首先裁撤燕王朱棣，他是各藩王最強大的，也是最危險的。」

方孝孺更加深謀遠慮：「燕王勢大，猝難圖之。朱棣好比是參天巨木。伐巨木，應當先去其支助，斬斷旁根錯節，使其搖搖欲墜，最後再給它攔腰一刀，讓它轟然倒塌。臣以為，朝廷可以先從周王朱橚下手，此王是朱棣的同母胞弟，久亡不法，朝廷正可治其悖逆之罪，將他逮捕入京，罷官奪爵。之後，再撤齊王朱榑，代王朱桂，湘王朱柏。眾王皆廢之後，朱棣孤立，彈指可除！」

齊泰搖頭：「先生之見，臣不敢苟同。臣擔心，朱棣不會坐等裁撤，他逼急了，怕會起兵抗爭。」

方孝孺微笑：「朱棣的兩個兒子已成為朝廷囊中物，他絕不敢妄動。」

朱允炆沉思道：「在裁撤其他藩王的時候，朕同時削減朱棣軍力，再令胡誠嚴密監視朱棣一舉一動。」

方孝孺讚許：「皇上聖斷。」

洪武三十一年七月，建文帝登基僅數十天，周王朱橚就被冠以橫行不法、圖謀篡逆罪，披枷帶鎖解赴京城，交刑部嚴辦，不久被廢。繼之，齊王朱榑、代王朱桂、岷王朱便等，又相繼削官奪職，降為庶人。湘王朱柏，向來知禮好學，謹守法度，是諸王中最規矩的皇子。錦衣衛撞開湘王府要拘捕他的時候，駭然發現湘王全家十餘口相擁相抱，全部自焚而死。消息傳到燕王府，鐵骨錚錚的燕王病倒了。

馬和派人將消息告訴姚廣孝，姚廣孝即刻拄杖來到王府，只見王府中氣氛與往常迥然不同，彷彿四面楚歌，顯得壓抑而淒涼。馬和匆匆迎進師傅，心情沉重地告訴他：「周王、齊王、代王、岷王、湘王，都被朝廷逮捕了，押往京城，或死或廢！而且，每逮捕一個王子，朝廷都下旨給王爺，讓王爺揭發諸王的罪狀，表態支持……」

姚廣孝咬咬牙：「這一著真狠哪！抓了燕王兄弟，還要燕王讚頌朝廷抓得對、殺得好！」

馬和黯然：「王爺既不能反對，又不肯贊同，他、他日日夜夜都痛不欲生哪。」

姚廣孝緩緩點頭：「朝廷是在慢性鉸殺，一步步地憋死燕王。」

馬和心急如焚地說：「昨日得報，朝廷開始對北平下網了。都督徐凱駐軍臨清；上將軍耿瓛屯兵山海關；永清左衛調入彰德；永清右衛調入德州。四面八方的軍隊加起來，約有二十八萬，他們對北平展開了戰略性包圍。」

「這麼說，只剩下北平這一座孤城，還是燕王的天下。」

「是。不知道這一座孤城，還能維持多久。」

師徒兩人說著話，已經步至王府內室。張玉按劍親自守在門畔，看見是姚廣孝，眼中的希冀跳動了一下，輕輕拉開了房門。姚廣孝急急進去，見朱棣躺在榻上，滿面病容，幾日不見，又見蒼老憔悴許多，心裡隱隱難受，走上前合掌：「阿彌陀佛，貧僧給燕王請安。」

朱棣有氣無力地說：「大師啊，我現在是坐以待斃。」

正為朱棣拭汗的徐妃愁容滿面：「太醫說，王爺內寒外躁，脈弱氣虛，要好生調養，再不能生氣了。」

朱棣推開徐妃的手：「不妨事，一時還死不了。」他拍拍床榻，對姚廣孝說：「大師，就坐榻上吧。」

姚廣孝側身靠燕王坐在榻上，輕輕搖著羽扇，似乎想把屋子裡的鬱悶之氣扇走，扇了一會兒，對朱棣說，朝廷這樣做，是要逼燕王上奏，引罪自裁。朱棣說他早就明白，一旦上奏，朱允炆肯定准奏，可以趁勢廢了他。姚廣孝便問燕王有何打算。

「我想起兵！」朱棣怒目圓睜，一字一頓地切齒說出。這些日子，他的腦中始終徘徊著這件事。

徐妃驚叫起來：「王爺！高熾、高煦還在朝廷手裡哪……」

「愛妃啊，我們就當他倆死了吧。日後，我們可以再生，再養！」因為在病中，朱棣的聲音有些顫悠，他的眼睛躲避著徐妃。

「不！絕不！……你不把兒子弄回來，我絕不讓你起兵！不！不！……」徐妃驚懼地叫著，她怕姚廣孝看見她失態的模樣，掩面奔至屏風後面去了。

姚廣孝低聲對朱棣道：「王爺，現在起兵的話，條件不成熟。一來，燕軍還沒有做好對抗朝廷的準備。二來，兩位王子還在朱允炆掌握之中。眼下之計，只有忍耐，一忍再忍！忍者為堅，

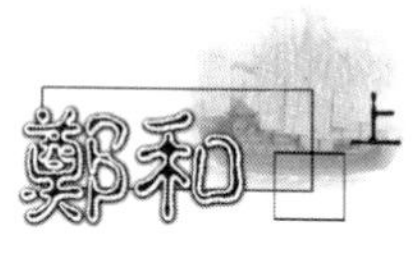

勇者如脆。王爺應當堅忍不拔。」

朱棣明白，成大事者，沒有不能忍的，「可這樣忍下去，何時是頭呢？」朱棣憤激地問。

姚廣孝凜然道：「忍到兵、馬、錢、糧，四者到位之後，那就是出頭之日！」

朱棣默然點頭，無語淒涼。這時張玉推門稟報，鎮南侯鐵平奉旨前來探望。

朱棣又是一驚，姚廣孝迴避至屏風後面。走前，對朱棣囑咐，無論鐵平說什麼，都不要動怒，儘量答應他。

鐵平由馬和陪著進了內室，至榻前半跪道：「末將鐵平，拜見燕王。」

朱棣氣息奄奄地說：「起來吧。鐵平啊，你不是在浦口鎮駐防嗎，怎麼到北平來了？」

鐵平道：「奉旨前來探望燕王。皇上口諭，『朕的繼父病了，朕極為不安……』朱棣驚訝地打斷鐵平：「什麼？什麼？皇上叫我什麼？」

「繼父！」

朱棣打了一個寒顫：「皇上在做太子的時候，確實拜我為繼父。不過，彼一時此一時也。現在，臣萬萬當不起『繼父』二字了！」

鐵平見朱棣神情淒愴，馬上告訴他，皇上還賜下許多宮中藥品，讓他呈交燕王。朱棣道了謝，問鐵平，你來北平，不會只是送藥的吧？鐵平十分為難地說：「末將奉到朝廷嚴旨，要把燕王屬下的燕軍三衛，全部調離北平……」

朱棣聞此言大驚，忽地坐直身，聲音更加嘶啞顫忽：「你、你……這三衛兵馬，是先皇賜於我的，是北平最精良的護軍。」

鐵平也坐直身子：「燕軍精良，天下皆知。但他們不是燕王的軍隊，而是朝廷的軍隊。」

朱棣怒由心起，說：「這三衛兵馬跟我十多年了，你要是強行調走，只怕會激起變亂，到那時連我也壓制不了！」

鐵平誠篤地說：「稟燕王，末將為了接收燕軍三衛，帶來六萬大軍，現已兵駐城郊大興。因此，末將覺得不會激起變亂。燕王啊，末將並不同意朝廷這樣做，但末將也是無奈，敢請燕王原諒！」鐵平本來只有半個身子坐在椅子裡，此時順勢跪下，深深一拜。

朱棣盡力克制著渾身的顫慄，許久說不出話。最終深深一嘆，喚來張玉，讓他傳命各衛總兵、標統、千戶，全部大堂聽令。然後，他讓馬和給他更衣。

不一會兒，馬和扶著身著帥服的朱棣一步一顫地步入大堂，在帥位落座。早已排列在大堂兩旁的眾將領此時出列齊齊拜揖：「參見燕王！」朱棣看看大家，忽然淚流滿面：「平身吧……各位兄弟，朝廷有旨，要把你們調歸鎮南侯鐵平屬下，本王雖然心如刀鉸，但決定奉旨！」在眾將領的一片驚議聲中，朱棣強迫自己肅容說違心話：「不但我要奉旨，各位兄弟也必須奉旨，從此敬遵鐵大將軍號令！」此時站在朱棣身邊的鐵平威嚴地朝朱棣一揖，「末將領命了。」

朱棣溫和而悲傷地望著大家：「事起突然，本王也沒什麼準備。這樣，本王把多年攢下一些

私銀奉送給各位兄弟。千戶每人五千兩，標統每人八千兩，總兵每人一萬兩。還有，你們的家眷，如果願意留在北平，本王必定善為關照，每月定時送上糧油俸祿，所有待遇都和你們在本王屬下時一樣。」

眾將紛紛跪下，哭泣著：「王爺，末將捨不得離開您！……」

朱棣的聲音前所未有地傷感：「人生在世，總是有分有合。弟兄們，本王患病，不能相送了。你我日後再見，大家好自為之！」朱棣欲起身，馬和趕緊上前扶起，攙著他緩步離去。他們的身後，頓時響起一片慘切的嚎哭聲。鐵平垂著頭，作為大將軍，他能夠理解將領們對主帥的這份情義，卻沒想到有如此濃厚。他欽慕，又深深地不安。突然，外面傳來馬和的呼叫聲：「王爺！王爺！」原來下臺階的時候，朱棣身體一歪，捂著胸口，口噴鮮血，暈倒在地上。張玉等將領立刻衝上前，七手八腳地將昏迷的朱棣抬進內室。

朱棣自此得了怪病，這一日，酷暑炙人，烈日當頭，四周蟬鳴不已，僕人們個個都汗如雨下，馬和擦盡了臉上的汗，用托盤端著一碗藥，輕輕推開書房的門。書房當中竟然燃著一個大火盆，朱棣身著皮襖，坐在火盆前烤火，身體還微微打著寒顫，口中喃喃不已地說：「冷死了！冷死了！……」馬和見朱棣病成這樣，心亂如麻地服侍他用藥。朱棣卻喝叱他：「去去！本王沒有病，滾下去！」馬和心痛地說：「王爺，現在是三伏天，您這樣烤火……會烤出病來的。」朱棣再訓：「胡說，明明是三九寒天，天寒地凍，你膽敢欺騙本王?!」

馬和含淚諾諾：「奴才不敢。」一面輕輕地替朱棣揩去額上的汗水。朱棣卻往皮襖裡縮得更緊了，口裡還在說：「冷死了！冷死了……」

就在這一日的下午，朱棣穿著身上的大皮襖衝上了街頭。當時大街上人流熙熙攘攘，賣各種食物的叫賣聲此起彼伏，突然一個粗澀的聲音像一條狼狗一樣竄進人群：「朕來了！……朕要吃肉！朕要把你們都吃嘍！……」

馬和聞訊，領著十幾個侍衛匆匆奔來。幾個人圍成一個圈，將朱棣遮掩在當中，剩下的侍衛拔出刀來，凶狠地驅趕四周行人：「去去，快退後！快退！」

行人們驚恐逃避。人圈裡，馬和含淚勸說朱棣：「王爺，別鬧了，咱們趕緊回府吧……」朱棣大吼一聲：「朕要上天！朕要見父王告狀……」話音未落，朱棣瘋狂地衝出人圈，又朝遠處野地狂奔而去。馬和立刻招手，領上眾侍衛，再次追趕朱棣。早有人將此事傳進胡誠耳裡，胡誠叫上鐵平，匆匆趕來。鐵平聽胡誠說朱棣瘋了，忙問是什麼時候瘋的。

胡誠顯得很興奮，告訴他，聽人說前天就瘋了，大熱天竟然披著皮襖烤火！今兒下午，居然跟狗似地竄出來，滿大街吆喝……鐵平聽著瞪胡誠一眼，打斷他：「胡大人留點口德。朱棣畢竟是燕王。」

胡誠故作深沉地說：「在下是替燕王可惜呵。好端端一個王爺，在泥裡打滾，豈不給皇家丟人麼！」

鐵平煩躁地說：「夠了！燕王在哪兒？我們還是先找到人吧。」說著腳下健步如飛地跑起來，胡誠只得緊跑慢跑地跟上。鐵平先奔出巷口，一眼看見了在野地裡的朱棣，驚駭得呆定，半天說不出一個字。朱棣竟像畜生那樣爬在泥濘裡，拔地裡的蘿蔔，連泥帶皮地啃吃著。一邊吃一邊津津有味地說：「好吃，好吃！這肉真好吃！……」

鐵平快步奔到朱棣面前，痛楚地說：「燕王！您這是怎麼啦?!……」

朱棣卻把半截蘿蔔遞給鐵平，傻笑著：「愛妃，你來啦？快，你嘗嘗這肉，可好吃哪……」鐵平趔趄著後退兩步，跺足長嘆：「天哪，燕王真是瘋了！」胡誠一直緊張地注視著朱棣，此時踱到他身邊，說：「王爺，別裝相了。大夥都是明白人，您何必自作下賤……」

不等胡誠說完，朱棣已將半截蘿蔔戳進胡誠口裡：「侄兒，您快嘗嘗這肉。快吃快吃，別叫人看見。朕就這點肉了……」

胡誠滿嘴塞滿泥沙，他疾速後退，呸呸地唾著口中泥沙：「混賬！混賬！」

鐵平頓起怒容：「胡大人，口舌當心啊！」

胡誠哪肯就此罷休？氣咻咻叫：「馬和，你給我過來。我問你，朱棣真瘋了嗎？」

馬和上前泣道：「胡大人，奴才萬萬不願這麼說，可主子他……怕是真瘋了。」

胡誠看看四周，從地上拾起一根竹竿兒，遞給馬和：「拿著，你給我抽他幾下。」

馬和大驚失色，驚恐地望著胡誠手裡的竹竿，好像那是一條咬人的毒蛇。他連連後退：「胡大人?!」

胡誠一臉的冰霜：「他現在不是已成為豬狗了嗎？正好使一使鞭子。」

馬和惱怒地說：「胡大人，就算燕王瘋了，他也是奴才的主子。奴才膽敢鞭打主子的話，那就犯了綱常大忌！要抽，您自個抽去。」

胡誠發怒了：「本大人令你抽！本大人要看看朱棣如何反映！如果你不抽，就說明你們主僕串通一氣，佯瘋詐世，對朝廷不滿，這可得罪加一等。抽！」

馬和聽了這話，心裡一緊，眼淚也嚇乾了。朝廷現在正在想方設法尋找燕王府的罪證呢，如果不抽打燕王，胡誠真像他說的那樣稟奏朝廷，豈不是害了主子？可是，朱棣是他的主子，他怎麼下得了手，就是下得了手，又怎麼能下手呢？他求援地看著鐵平。鐵平聽了胡誠的話，也受到震動。為對朝廷負責，他也想證明一下朱棣是否真瘋。他轉過臉去，背對著馬和。用不說話表示了自己的態度。

馬和內心抽泣著，萬般無奈地拿著那支竹竿，戰戰兢兢走到朱棣身邊，欲抽又止，淚又湧了出來。為朱棣，也為自己。

胡誠狂怒地催促：「抽哇！」

就在這時，泥濘中背對著胡誠鐵平的朱棣微微抬起了頭，終日迷迷濛濛的目光如閃電般，瞬間掃過馬和，繼之又垂下頭，有意無意地轉身，將背部亮給了馬和。馬和見了那目光，不，那閃電，灰暗的心裡迅疾有了光。他一下子清醒過來，內心裡猛烈地唾棄著痛罵著自己，養兵千日，用兵一時。在這樣的關鍵時刻，他和一般的奴才居然沒有什麼兩樣！主子讓道衍師傅訓蒙自己多年，他學的東西都還給師傅了？他用袖口徹底擦拭乾淨淚痕，心裡已經與自己近日來的軟弱決絕。然後扭頭閉眼，揚手重重一鞭擊下！朱棣頓時發出豬狗般嚎叫：「噢……朕舒服死了！」馬和再一鞭下去！朱棣又叫：「噢……朕要吃肉！」馬和第三鞭抽下，朱棣狂叫不止……馬和是真的用力了，這並不僅僅因為要在胡誠面前做得真，同時也因為，他內心裡的震撼無法掩飾。只有用這樣劇烈的舉動，才能抑制自己的顫慄與失態！在此前，他萬萬沒想到的是，一個帝王為了生存，為了君臨天下，什麼人間恥辱都能忍受，甚至可以忍受被人當豬當狗這樣的恥辱！

「住手！」鐵平的怒喝制止了他。鐵平聽不下去，也看不下去了。

馬和扔了竹竿，撲通一聲跪在朱棣面前，把頭深深埋進泥濘裡，哇哇地大哭。直哭得滿面是泥！是淚！鐵平掉頭走了。胡誠最後看了朱棣馬和一眼，也跟著走了。鐵平的眼眶也是濕的，他拭拭眼角，聲音低沉地感嘆：「真想不到，堂堂燕王竟變成這樣。」胡誠卻冷笑著哼了一聲，表示自己仍然不敢輕信。朱棣或許是真瘋，不過還有一個或許，這一切全是假裝的呢?!鐵平冷冷地說：「胡大人哪。本將雖然殺人無數，但今天看來，您可比本將心狠哪！」胡誠聽了覺得刺耳，但只得賠笑著說：「嘿嘿……大將軍言重了。下官的意思，還是趕緊稟報朝廷，朱棣真瘋假瘋，要請皇上聖斷。鐵大將軍，您說是不是？」

【第十章】

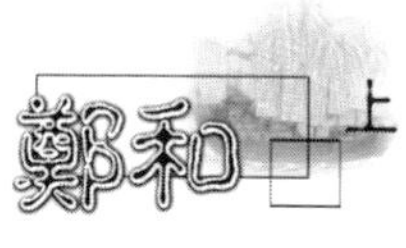

胡誠和鐵平走後，馬和朝朱棣望去。朱棣半身跪在泥地裡，還在哇哇地亂叫，馬和斗膽將目光看進主子的眼中，想同他達成默契，以證實剛才主子眼睛裡的閃電是理智之光。可是朱棣對他看著卻像沒在看，沒有看又像是在看著，目光空洞無物，瞳孔裡是虛散的光。他的手裡還抓著半截泥蘿蔔，拔腿又要跑。馬和心裡剛燃起的希望之光熄滅了，他魂不守舍，不由懷疑剛才是自己神經錯亂引起的幻覺。他指揮侍衛把朱棣強行抬回府裡去，一邊派人騎馬去請姚廣孝。姚廣孝大驚失色地從遠處趕來，見王府大門外已布置著重重警衛，正在驅趕駐足觀望的閒人。警衛見了姚廣孝，吆喝著圍觀者讓道，馬和迎出來，見了師傅，像見了救星，像在綿綿陰雨的黃梅天裡看見了太陽，流著淚說：「師傅，您可來了。燕王他，他瘋了！」

姚廣孝嗔怪道：「胡說！哪怕是天下人都瘋了，燕王也不會瘋。他是老衲所見過的意志最堅定的人！」

馬和拉師傅看剛抬進來的朱棣，他還躺在侍衛手中的擔架上，此時已平息下來。姚廣孝俯首一看，朱棣裹著大皮襖，滿面泥濘，竟如可憐的叫花子，同平日裡威武的王爺判若兩人。心裡深深疑惑著，一時也有點不知所措。突聽一聲驚叫：「王爺！」徐妃瘋狂地從後面奔出來，身邊跟著妙雲。她直撲到擔架上，慘泣著：「王爺！……你怎麼弄成這個樣子！嗚嗚……大師，王爺這是怎麼了，求你救救他吧！」

姚廣孝知道此時王府裡上上下下的人都在望著自己，他先把自己鎮靜下來，安慰徐妃莫急，告訴她自己略通醫術。待會，他為王爺請個脈。徐妃扶著擔架抽泣入內為朱棣洗滌整理，眾人紛紛跟著她往裡走。馬和慢走兩步與妙雲並行，問她怎麼來了。妙雲低聲回答：「聽說王府出了禍事，我就匆匆趕來了。」馬和囑咐妙雲，暫時留在這裡照料夫人。他擔心夫人受不了這事兒。兩人來到正堂上等了一刻，朱棣被抬了出來，放到臨時搬來的榻上，閉目不醒。馬和見徐妃神情恍惚，向妙雲示意，妙雲忙上去扶住徐妃。姚廣孝閉目端坐，神態莊嚴，左手托著右腕，伸出三指，開始為朱棣把脈。所有家丁、僕人、屬吏惶惶不安地跪了滿滿一院，馬和走過去跪在前頭，同大家一起等待姚廣孝的診脈結果，整個王府靜得如同死去一般。

許久之後，姚廣孝睜開眼，半晌不言，搖了搖頭，眼中竟然落下兩顆老淚。徐妃見狀，唇齒顫動著就是不敢問，妙雲在一邊輕聲代王妃問道：「大師，王爺怎麼樣？」

姚廣孝悲痛地說：「阿彌陀佛。燕王乾、坤兩脈俱亂，血氣奄無……確屬神志喪亂哪。」

徐妃慘叫一聲「天哪！」昏倒在地，妙雲急忙扶住徐妃。堂下，所有人如喪考妣，驚慌失色，一疊聲泣叫著：「王爺！王爺！」馬和起身，讓大家各就各位做自己的事去，由他和張玉在王爺身邊侍候。兩人將朱棣抬入內室之中，朱棣躺在榻上昏迷不醒。馬和與張玉立於榻邊哀哀垂泣。突然，張玉恨恨地擦了下眼淚，瞪著悲傷的馬和，聲音沙啞地質問馬和：「馬和，你用竹鞭抽過主子？」

馬和顫聲回答：「是。」

張玉唰地抽出劍，劍鋒按在馬和脖子後。馬和驚訝：「張玉，你也瘋了嗎？」

張玉恨道：「狗奴才，老子先殺了你，再去砍了胡誠！」

「我無罪！」

「身為奴僕竟敢鞭擊主子，你喪盡天良呵你！」

馬和支吾：「我是被迫。」

「還敢狡辯，你跪下受死吧。」張玉怒斥，劍鋒越按越深，竟然按得馬和不得不跪下來，脖子上也出現血痕。萬急中，馬和淒聲大叫：「主子，您醒醒吧！」話音剛落，朱棣真的睜開了眼睛，神志清晰地輕喝：「放下劍！」

張玉大驚，鐵劍「噹啷」一聲落地，他狂喜地撲到榻邊：「王爺，您醒啦？」

朱棣平靜地說：「我本來就沒有病，更沒有瘋。」

張玉結結巴巴：「那、那……那是怎麼回事？」

朱棣說：「聽著。這王府上下，我只能信任你們兩人了。張玉，令你把北平各處的親信弟兄全部召入王府，配備兵器，秘密安置，聽候我的命令。不得有誤！」朱棣又把目光轉向馬和：「令你秘密調集糧草、戰馬，隱蔽集中到郊區三里河倉庫。不得有誤！」說完朱棣長嘆，眼中湧滿淚花：「在起事以前，我還得繼續佯瘋，病得像一條豬狗，以迷惑朝廷耳目。這事兒，只准你們知道，絕不准把真情洩露給任何人。」

張玉馬和同聲應是。但馬和猶豫地問：「請王爺示下，佯瘋這事，要不要告訴道衍師傅？」

朱棣看看馬和，看來馬和給道衍大師當徒弟這麼多年，對自己的師傅還是不夠瞭解。他目光稍帶不滿地說：「不必，他已經把一切都看明白了。替我把脈的時候，他還狠狠地掐過我一下！媽的，他那雙眼可真厲害！」

細心的馬和又問：「那麼，奴才是否稟告夫人一聲，讓她放心？」

朱棣瞪眼，厲聲道：「不准告訴她！」

馬和訥訥地說：「王爺，您的病……讓夫人傷心極了。」

朱棣沉痛地閉上眼，好一會才說：「我知道她會心碎。但目前，還是讓她以為我真瘋了吧。夫人越是傷心，胡誠才越會相信我是真的瘋了……唉，委屈夫人了。」

這一天的晚上，徐妃在妙雲的攙扶下來到大堂。堂下到處點燃燈籠，院內滿滿當當地排立著僕人，一個個都神情哀然。徐妃落座後，聲音低沉地說：「王爺的事，你們都瞧見了，我也不瞞你們了。王爺他……神志是有些不清楚。但方才，我又請了兩位名滿天下的神醫替王爺把過脈。神醫說了，王爺絕無大礙，長則一個月，短則三五天，王爺就會恢復正常。我聽了十分歡喜，你們都聽清楚了嗎？」

僕人們的臉色漸漸亮敞起來：「聽清了。奴才也為主子歡喜。」

徐妃又道：「從現在起，王府上下一切事務，都由我接管，直到王爺康復為止。王府內外各

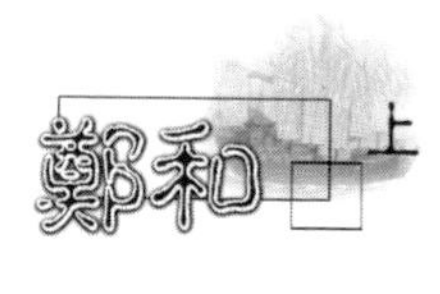

門，統統閉門謝客。外面人不准入內，裡面人也不准外出。你們大夥，都各安其職，該做什麼，還做什麼！外人要是問起王爺病狀，就說好多了，今早還看見王爺起來散步哪！明白了嗎？啊？」

眾僕齊聲說：「明白了！」

徐妃勉強做笑：「這就是了。待王爺病癒之後，我還要論功行賞，虧待不了你們。當然嘍，在王爺患病期間，凡有怠職誤事、亂傳謠言的，我也重懲不貸。都清楚了嗎？」

眾僕凜然齊聲：「清楚了！」

徐妃讓大家退了，人走堂空，徐妃臉上的笑容頓時僵滯，頃刻就變成抽泣。妙雲扶起失魂落魄的徐妃，輕輕道：「夫人，回屋休息吧。」

馬和進來稟報：「夫人，奴才得知，過幾天，胡誠要親自赴京，向朝廷彙報王爺的病狀。奴才想，夫人可否委託胡大人向朝廷請旨，就說王爺病危，請皇上賜恩，放回兩位王子。」

徐妃猛醒：「對了！虧你提醒。王爺病成這樣，朝廷沒道理還扣著我兒子了！我明日就去見胡誠，請他轉稟皇上，放高熾他們回來探望父親。」

馬和道：「奴才願陪同夫人前去長史府。」

徐妃搖搖頭，抓著身側妙雲的手臂道：「不必，妙雲陪著我就行了。我一個女人，丈夫病危，兒子被扣，孤苦零丁的，豈不是更好求人麼？」

在徐妃面前，馬和不敢抬頭看妙雲，他提醒道：「胡誠是個貪婪之徒，夫人恐怕要準備些厚禮。」因為同情夫人，也因為妙雲在邊上，他的聲音格外柔韌。

徐妃氣沖沖地說：「哼！他要什麼我都給他。只要能把我兒子要回來，我什麼都捨得！」

翌日早餐後，一乘宮轎抬至北平衙門前，妙雲掀開轎簾，一身素服的徐妃顫顫下轎。胡誠快步從府內奔出，滿面堆笑：「哎喲，夫人親自光臨寒府，下官萬分榮幸！」

徐妃笑笑：「胡大人，我無事不登三寶殿，今兒斗膽打攪了。」

「夫人有事，吩咐一聲，下官立馬就趕到府上去。何勞夫人大駕？請請！」胡誠態度恭敬謙遜，聲音卻顯出不同往常的自矜。他殷勤地陪著徐妃進入府門，他的背部一直有塊地方灼熱著，那是因為後面有妙雲跟著。剛才乍見妙雲，他就頓時為其美貌所動。此時，他說說話就回回頭，不時偷看她，一廂情願地以為自己的一舉一動都被妙雲欣賞著。

三人來到正堂上，胡誠請徐妃上座，自己下座。妙雲立於徐妃身後。坐定，徐妃開門見山就說：「胡大人，我這輩子沒求過人，現在，不得不求你個事。」

胡誠顯得很爽快：「燕王妃叫下官辦事，那是下官的榮幸！」

徐妃道：「聽說，你要進京向朝廷稟報燕王病狀？」

胡誠點點頭，說：「是。」

徐妃道：「我也正要向皇上請旨，燕王病危了，請皇上恩准高熾、高煦回家探望，以全骨肉之情，盡人子孝道。同時，也要請胡大人在皇上面前美言幾句。」

胡誠瞟一眼妙雲，表示為難：「哎呀！夫人哪，您知道的。朝廷之所以留下兩位公子，名為在京為先皇守喪，實際上是……」

見胡誠欲言又止的樣子，徐妃說出他下面的話：「實際上是扣下做人質了！」

胡誠擊腿一嘆：「夫人說話一針見血！既然如此，夫人您想，朝廷肯輕易放歸兩位公子嗎？」

徐妃壓抑地說：「我想朝廷應該放人。因為，我夫君神志混亂，近乎廢王，他永遠不能威脅朝廷了。再者，燕軍兵馬也全部被調走，我夫君已是孤家寡人。胡大人，我們已經自身難保，朝廷還要人質幹嘛呢？」

胡誠顯得極為誠懇：「夫人所言極是。但下官擔心，朝中大臣可不這麼看。他們會多心，會再三盤問下官：『燕王是真病還是佯瘋？……』下官就是渾身是嘴，也說不清啊！」

徐妃知道此時自己是在求人，不得不放下平日架子，強作笑容，溫婉地說：「只要胡大人願意幫忙，就能夠說清！我夫君的病狀，半個北平城都知道。連賣紅薯的都看見燕王在野地裡爬！」說到這裡，她實在撐不住那一陣一陣襲來的悲痛，哽噎起來。妙雲在她背上撫摩，口裡輕喚「夫人」。

胡誠看著妙雲，突然說：「下官承命就是。」

在妙雲的安撫下，徐妃漸漸安靜下來。雖然她對胡誠的許諾將信將疑，但她清楚，眼下自己其實已是人在屋簷下，豈能不低頭？她換上感激的目光，望著胡誠：「胡大人喜歡什麼？」

胡誠心一跳：「夫人說什麼？」

徐妃溫和地重覆：「我問你喜歡什麼？」略作頓歇，她又說：「只要王府裡有，我都願意奉送！」

胡誠有些尷尬：「夫人您……」此時，他的心裡其實已經有了一個打算。

徐妃不動聲色地暗暗觀察著胡誠，她知道眼前的長史平日裡是個十分貪婪的小人，可眼下不是平常。這種關鍵時刻，再不清醒的人都會清醒。不過，他的態度並不決絕，看來此事還有餘地。她誠摯地說：「你如果不要，我反而不放心。所以，現在不是你要東西，而是我求你向我要東西！」

胡誠嘿嘿傻笑起來：「夫人……當真？」

徐妃見有苗頭，急忙道：「你何時看我出爾反爾過？」

胡誠斜眼看一下妙雲，訥訥道：「如此，下官有一個小小的心願。但……下官羞於啟齒，嘿嘿。」

徐妃愣了一下，立即微笑：「何事至於如此？……這樣吧，胡大人可以寫下來。」

胡誠激動得瞪大眼：「那……下官就遵命嘍？」

徐妃用鼓勵的目光微笑地望著他，卻對妙雲說：「妙雲啊，問一問胡大人紙筆在哪兒，你去

為他拿了來。」

妙雲正待開口，胡誠口裡說「我自己來，我自己來」，已經轉了身，去書案上取筆，匆匆書寫。寫罷，他將紙片對摺，雙手奉給徐妃，笑道：「請夫人帶回府中再看。嘿嘿嘿，下官如能完此心願，死而無憾！」

徐妃接過紙片往袖中一藏，說：「知道了。天黑之前，我會讓你如願。」

胡誠大喜，起身深深一揖：「如此，下官發誓，進京後必定竭盡所能，請朝廷放歸兩位公子！」

徐妃帶著妙雲匆匆趕回王府。兩人進了內室，妙雲為徐妃倒茶，徐妃從袖中取出紙片，默默地觀看，妙雲端茶過來，好奇地問道：「夫人，胡大人要什麼？」

徐妃悶悶不樂地嘆一聲：「要你。」

「什麼?!」妙雲渾身一震，手裡的茶水打翻在地。她跪了下來，口說「奴婢失手了」，一面機械地將地上破碎瓷片撿起來放入托盤中。徐妃並不責怪，叫了一聲香草，香草進來，徐妃讓她收拾地上殘茶碎片，她走了以後，徐妃對妙雲說：「妙雲，你聽。這廝寫了兩行詩，『凝神驚覺玄音妙，俯首惟盼挽彩雲』。這兩行詩的最後一字，就是『妙』和『雲』！」

妙雲咬牙切齒道：「無恥！」

徐妃聲音有點發顫：「是無恥。可是……只有這個無恥之徒，才能說動朝廷，把高熾、高煦放回來……他是朝廷派來監視王爺的。我奏報王爺病危，朝廷不會相信。只有他奏報王爺病危，朝廷才會相信。」

妙雲重新跪倒在徐妃腳邊，撲在她膝蓋上哀求：「夫人，奴婢絕不跟那個禽獸！先前你們說我與馬和有苟且之事，如今又要我把身子交給那個畜生！你們……」

徐妃也是眼淚汪汪，反過來懇求妙雲：「妙雲哪，我也不願意把你送給他。可是眼下，高熾高煦他們的安危、甚至是死活，就擱你身上了。我、我求求你了！」她說著竟然在妙雲對面跪下，失聲痛哭起來。妙雲大驚，急忙扶住徐妃：「夫人！夫人！您千萬不要這樣……」徐妃卻不肯起來，泣道：「你如答應了，今後就是王府的恩人！燕王和我，還有高熾高煦，生生世世感你的大恩！」

妙雲靠在徐妃身上，大聲痛哭：「夫人！……」她已經意識到自己其實沒有退路了。

徐妃摟著妙雲一起痛哭：「我對不起你……求你了。我也替王爺求你了！……妙雲啊，求你救救我兒子吧。」徐妃說著，竟然不支昏倒。

妙雲大驚，急喚香草幫忙，兩人趕緊扶起徐妃，放入竹榻……

這天晚上，香草等丫頭為妙雲細心打扮，盛妝後的妙雲高貴典雅，宛若天仙。但她臉上卻是愁雲密布，像個冰肌玉骨的冷豔公主。為沖緩悲抑氣氛，香草拿過銅鏡讓妙雲自己照：「你看看自己有多耀眼，我的眼睛都快睜不開了！別說男人會對你怎樣了……」正說著，房門吱地一響被推開，門口站著馬和。他站在門檻外，呆呆地看著妙雲。香草對眾丫頭說：「我們走吧。」就同丫頭們悄悄離去。

馬和慢慢走進來，無聲地望著妙雲，臉上是拼命克制著的悲痛欲絕的表情。妙雲一隻手還拿著銅鏡，她沒有回頭，對著鏡子裡的馬和顫聲問：「你，你知道了?」

馬和不回答，用決絕的口氣道：「不要去！」

妙雲大悲，難道還能有其他選擇?她噙下眼淚，說：「我已經答應夫人了……她待我有恩。」

馬和雙手掩面，顫聲道：「這、這是什麼世道！」

妙雲冷冷地說：「這就是我的命！為了救公子，主子可以把我送給一個畜生，好像我是一個物件，一份禮品。馬和，早晚你也會有這種命運的。誰叫我們是奴才呢?!」

馬和如遭電殛。當年，就是因為被當成畜生、物品，他才遭受了閹割之罪，他的一生，也因此要在自卑變態的煉獄中煎熬。今天，他終於成為一個有頭腦有本事的人了，他自覺自己已經從煉獄中走出來，卻知道自己是一輩子要生活在煉丹爐旁的，他必須修煉，在修煉中完善自我，得到快樂。只要他修煉得道，他會成為一個真正的人，一個比沒有被閹割過的正常人更是人的人。他會忽視自己的生理缺憾，體驗作為人的生命的甜蜜和意義。但，這樣的修煉不能沒有妙雲，不能沒有妙雲啊！可是現在，妙雲的命運如此悲慘，被主子送給了自己的對手，太子黨的人……而他，又怎能保證自己不被妙雲說中，出現類似的命運?他的理想，他的成就事業的願望，他曾經為此付出的艱辛努力和心血，也許都會付之東流……他慢慢走到妙雲身後，伸出一隻發抖的手，撫摸著她的肩頭。妙雲的肩頭也在發抖……突然，她按住馬和那隻手，說：「你如果是個男人多好啊，我現在就把身體給你！」

馬和聞言大慟，他的靈魂在大慟中震顫，他潸然淚下，久久無語。好久，他終於穩定了自己，穩實地說：「如果你是我的，我會用我的方式愛你！」

妙雲再一次感受到馬和的不同尋常，她不甚明白馬和的話，卻又彷彿對他的心思明察秋毫，他是準備用他的生命來承當她的。她心疼起馬和來，轉身站起，悲傷地撲到馬和身上。馬和也摟著她，兩人忍不住抱頭痛哭……許久，馬和驀然回首，看見徐妃一動不動地立在門外。

馬和放開妙雲，立著叫了一聲「夫人」，臉上毫無驚慌之色。

徐妃慢慢走進屋，悲哀中帶著歉意，說：「你倆的話，我都聽見了。如果，我以前把你們當物件的話，那是我錯了。」徐妃說著，從脖子上摘下一串項鏈，掛到妙雲脖子上。顫聲說：「這是先帝馬皇后送我的珠子，你戴上吧。」

妙雲哭著叫：「夫人……」再說不出話來。

徐妃親自拿過銅鏡，給妙雲照著。她注視著鏡中的妙雲道：「瞧，多好看！掛在你身上比掛在我身上更漂亮！妙雲哪，我沒有女兒，今天我只當是嫁女兒吧。」

妙雲摟住徐妃，抽泣著：「夫人，您別說了。」

徐妃兩眼閃現了一道光，柔韌而堅定，這樣的亮光已經久違，是她曾經的生命中的鋒芒，連朱棣對此也隱含著敬畏。畢竟，她是徐達的女兒，徐達最喜歡的女兒，她說：「我還要說，你去了之後，總有一天我要把你弄回來！我還會……把你倆耽誤掉的幸福，還給你倆！」說完她推開門走了出去。

馬和與妙雲隔著打開的房門望著徐妃強作鎮定的筆直的背影，直到她拐彎消失。妙雲滿腹狐疑，馬和則兀自發呆。這時候，有人在外面喊：「轎子準備好囉——」香草的頭伸了進來，告訴妙雲，和長史府說好過去的時間到了，妙雲看見兩排燈籠照著一頂宮轎，已經不遠不近地候在門外，知道上路的時間到了，一顆心頓時像落進了井裡，失魂落魄地望著馬和，不知所措。馬和強忍撕心裂肺之痛，為妙雲正了正頭飾，輕聲說：「去吧。保重。」

妙雲被接走了。馬和出了門，在路上蹣跚地走。天熱得像有火燒雲在空氣裡燃燒，月亮卻並沒有被燒紅，還是發出慘淡的白光，為他照路。他覺得自己像是秋寒天走在冷水裡，一路抖著進了大覺寺的院子。四周寂靜，佛院高牆彷彿迴盪著他心跳的聲音！廊下懸掛著一隻巨大木魚。馬和繼續往裡走，一頭撞到那只木魚上——嗵！他抬頭看一眼，竟然抱著那只木魚，一下接一下地狠命用頭撞擊，木魚發出沈悶的「嗵嗵」之聲！

姚廣孝聽見聲音步出禪房，看著馬和頭撞木魚，笑讚：「好好好！佛祖有知，當會眉開眼笑。如今，像你這麼虔誠禮佛的人，實在是不多了。呵呵呵。」

馬和聽見師傅的聲音，頹然倒地，淒然道：「師傅啊，人活著有什麼意思，我真不想活了！」

姚廣孝點頭：「喲……能這麼說話，可見你已經參透了人生妙味。不活太可惜了。」

馬和絕望地說：「師傅，您還是把我收進寺廟當和尚吧，誦經禮佛，清淨一生，忘卻了多少煩惱！」

姚廣孝微笑道：「你以為進了廟門就是一片淨土嗎？不，寺廟也是人間哪。從如來菩薩到十八羅漢，也是高低有序，尊卑分明的！就連老衲念了幾十年佛，也不過是個瘋僧。手拈佛珠，心繫天下。用燕王的話來說——叫做『身披袈裟的野心家！』哈哈哈，至於你馬和，別看你現在身陷苦海，痛不可當，其實你的凡心比老衲更重，日後的功名也只怕比老衲更大！你真要進了廟，就形同這個木魚，徒具其形，不明其意，任人敲打——真正成了個物件。呵呵呵……」

馬和心灰意冷地問師傅：「燕王快完了，妙雲也給人奪走了。朝廷大軍壓境，殺機四伏，我們能有什麼辦法？」

姚廣孝坐到石階上，抬頭望著天上的星星，星星稀稀朗朗，時隱時現，像藍天裡弱不禁風的過客。他的目光又凝固在月亮上，月亮雖大，卻是又瘦又尖，此時正是月的陰缺，難免使人產生惆悵：月亮何時才能圓？姚廣孝緩緩說：「聽著，人有悲歡離合，月有陰晴圓缺，眼下最要緊的，是燕王心志。心志要是垮了，那一切就都垮了。而燕王的心志，目前又被兩個公子生命所困。所以，當務之急，是救回兩個公子，這才能使燕王擺脫牽制，放膽一搏！」

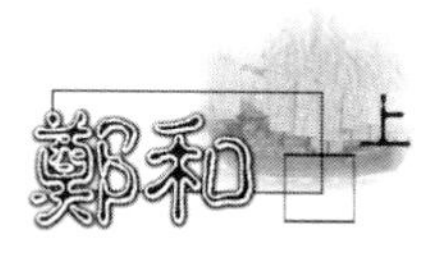

馬和走到師傅邊上，靠師傅坐著，問：「如果朝廷不放公子歸來，那怎麼辦？」

姚廣孝道：「那就要看燕王肯不肯犧牲兒子性命，斷然起兵！」

馬和告訴師傅，明天胡誠就要赴京，向朝廷稟報燕王情況。兩位公子能不能歸來，就看這奸賊肯不肯幫忙了！

姚廣孝「哦」了一聲，沉吟道：「馬和，老衲建議你以燕府侍從之名，陪胡誠同去京城。」

馬和一聽來了點精神，坐直身子道：「請師傅詳示。」

姚廣孝告訴馬和：「十八年前，老衲曾經和當朝太師方孝孺同窗共學。後來，老衲耐不得書本寂寞，棄學跑了。而方孝孺卻飽學成名，成為一代大儒，當今帝師。他呀，雖然身在朝廷，效忠朱允炆，但內心仍是個潔淨書生，崇尚先賢道德，最恨禽獸之徒。他要是知道了胡誠趁人之危，強逼妙雲為妾，肯定大怒。你呀，在京期間，可以尋機求見方孝孺，將燕王瘋顛、胡誠不法的真情稟報與他，或許能得到他的同情。」

馬和的心裡又燃起了新的希望，他的表情肅恭起來：「徒弟在宮廷也有些朋友，他們或許能幫上忙。」

宮廷的上書房裡，朱允炆正在聚精會神地伏案覽奏。太監王景弘入報：「啟稟皇上，齊大人引領著北平長史胡誠求見。」朱允炆未抬頭就叫進來。王景弘應聲出去帶了齊泰與胡誠來，兩人向皇上行了叩拜禮，朱允炆微笑著讓兩人平身坐了，接著就讚胡誠，「胡誠啊，你在北平恪盡職守，監軍有功，朕甚為滿意。」

胡誠受寵若驚，歡喜地說：「謝皇上。奴才唯有鞠躬盡瘁，以報主上隆恩。」

朱允炆問：「朱棣近況如何？」

胡誠忍不住笑了：「啟稟皇上，朱棣自作自受，竟獲天遣。他呀——瘋顛了！」

朱允炆驚訝極了：「瘋了？」

胡誠興奮地說：「三伏天披著個大皮襖，還冷得渾身打顫。更有甚者，初五那天，他竟然形同豬狗，竄至野地裡，爬來爬去，拔泥地裡的蘿蔔吃！」

朱允炆驚喝：「當真？」

「奴下在場，親眼所見。」

朱允炆瞠目結舌，繼之大為感慨：「不可思議呀，堂堂燕王，竟然賤如豬狗，這、這……唉！朕也有罪啊，是朕把他逼成這樣的。」

胡誠又道：「據奴才打探，朱棣已病危，王府正準備後事。燕王妃徐氏懇求皇上，恩准高熾、高煦兩子回北平探望父疾，以盡人子孝道。」

朱允炆連聲說：「准，准！快讓他們回去，見父親一面吧。唉……」

在一旁一直若有所思的齊泰此時皺眉道：「皇上，臣以為，放人之事仍得慎重才好。」

朱允炆轉臉問齊泰：「為何？」

齊泰鄭重地說：「兩位王子留京為質，朱棣才不敢為患。一旦放歸，就收不回來了。」

朱允炆不以為然：「朱棣已經瘋顛了。無需朕廢他，他自個就成廢王了，朕再拘留人質何用？」

齊泰說出疑慮：「朱棣是個久經沙場的悍王，有鋼鐵之志，怎會突然瘋顛了呢？臣懷疑，這一切全是假象。」

朱允炆略怔，臉色一變，厲聲問：「胡誠，你看呢？」

胡誠因為被徐妃的託付牽絆著，口中「奴才，奴才……」，一時竟難自圓其說。

齊泰喝道：「胡誠，此中干係，非同小可！你敢用性命保證朱棣是真瘋了麼？」

胡誠膽怯了，模棱兩可地說：「奴才看見的，都稟報給皇上了。至於有無奴才沒看見的隱情……奴才也不敢保證。奴才曾懷疑過朱棣裝瘋賣傻，但奴才沒有實據。奴才想，既然好端端的會瘋，那麼會不會瘋著瘋著，又好起來哪？」

齊泰氣沖沖道：「胡誠，你支吾其辭，膽敢欺君嗎？」

胡誠更怕了：「奴才萬萬不敢。」

齊泰緊咬住不放：「那你到底是什麼意思？」

雖說吃人家嘴軟，拿人家手軟，更何況徐妃給的是一個活生生的大美人哪，但畢竟，皇權掌握在誰手裡才是性命攸關的大事，悠悠大事，唯此為大。他胡誠是皇上的人，他的地位、權力，都是皇上給的，萬一朱棣是假瘋……胡誠心裡鬥爭著，終於道：「奴才覺得……只要朱棣還活著，就不能相信他！」

齊泰這才鬆了口氣，朝朱允炆揖道：「臣建議，無論朱棣瘋還是不瘋，都不要放走兩個王子。待日後再看虛實。」

朱允炆心裡左右為難著：「朕實在不忍……」但最後還是說，「就照愛卿的意思辦吧。」說著揮手讓兩人退下，一直垂手恭立於門側的王景弘無聲無息地拉開上書房的大門，引兩人出去。

一個時辰之後，王景弘來到城西一家熱熱鬧鬧的酒館。他警惕地上樓，來到一扇緊閉的門前，剛站定，門就開了，馬和在門裡迎著他笑揖：「王兄，快請進。」

王景弘入內，屋裡沒有人，卻見一席盛宴已安置妥當。他笑道：「馬和，你這是要害我啊！」

馬和從王景弘身後兩手挾著他的肩臂，將他推入首座，笑道：「王兄還是把我當外人啊，馬和何時害過人，王兄你還信不過我？」

「相信人是要付出代價的。我時間不多，你直說吧，想知道什麼？」王景弘半開玩笑半認真地微笑著說。他難得一笑，所以這一笑幾乎像是對馬和的鼓勵。

馬和立刻問：「胡誠代王妃請旨，要求釋放兩位公子。我想知道皇上是否恩准了？」

王景弘搖頭：「皇上原本要准了，但胡誠在齊大人威逼之下，又改了口。說『只要燕王還活著，就不能相信他！』」

馬和勃然大怒：「這個畜生！吃裡扒外，兩頭邀寵。畜生！」

王景弘等馬和發過火，對他說：「馬兄，朝廷不會放人的，你還是快回北平吧。」

馬和冷靜下來，又向王景弘打聽兩位公子關在哪裡。王景弘說在內廷的廢宮裡。馬和提出請求：「我想探望一下……」話未說完就被王景弘嚴正打斷：「劫獄是不可能的！我不能帶你去。」

馬和跪了下去：「在下隻身來京，根本不可能劫獄，只想探一下兩位公子，回去也好向夫人交代。斗膽請王兄相助！大恩必有厚報。」

王景弘別過臉去長嘆：「唉，馬和呀。燕王已經不行了，你還何必為他送命呢？」

馬和道：「無論生死，我都會從一而終。王兄，在下求您了！……」馬和含淚叩地。王景弘終于拗不過兩人自小至今的友情，答應想想辦法。

第二天，王景弘就約了馬和，他帶著馬和往宮廷的西北角走。正午時分，宮廷裡很安靜，鮮有人走動，越往後走，越顯冷清，然而冷清的地方，綠樹清溪依然，蟬鳴鳥語，此起彼伏，蟲鳥們正熱鬧著。兩人沿著曲徑匆匆趕路，王景弘還不時低催：「快，快！」到了一座廢舊的大宅前，王景弘說就是這裡，拿出鑰匙開了大門上的銅鎖，馬和拎著包裹，四周張望一遍，王景弘將他推入，低聲說：「只有一刻鐘，越快越好！」就關了門，又在外面把鎖鎖上了。

廢宮很大，大約是當初的冷宮，房梁上赫然掛著幾張蜘蛛織的網，很大，想來蜘蛛們織得從容不迫。馬和往後走，終於找到了兩位公子。朱高熾歪躺在破榻上，正執卷讀書。朱高煦則著短衣，對著院子憤憤擊拳。口中不時低吼，將滿腔仇恨都貫注到拳頭上：「奸賊！……小人！……畜生！」

馬和口叫「公子」，上前拜倒。兩位公子又驚又喜。朱高熾急問馬和，怎麼會進來的？父王和母妃情況如何？馬和說託朋友引路，冒險前來探望兩位公子。他隱瞞了燕王府的真實處境，報喜不報憂，只說一切如舊，王爺夫人都好……朱高煦早盯上那只包裹，眉開眼笑地問：「嘿嘿，包裡有吃的麼？」

馬和一拍腦袋，「該死，奴才光顧著說話了！」一面急忙打開包裹，拿出帶來的燒雞、肉乾，和幾件換洗衣裳。高煦搶著撕下半邊燒雞，大嚼著：「哎呀呀……久違久違！見著雞腿格外親哪。」朱高熾則說：「馬和，你稟告父王，就說兒子們在此太平無事，請父王不要以我們為意，該做什麼還做什麼。千萬不要因為我們而被朝廷制住了！」朱高煦嚼得津津有味，口齒不清地說：「馬和兄弟，下回你來，記著給我帶把刀。我得空砍了外頭那些侍衛，和我哥衝出宮去。」馬和急忙說：「公子萬不可輕舉妄動，奴才正在設法救你們出去。」朱高熾道：「你也不必冒險。只要父王太平，朝廷就不敢把我們怎麼樣。」

這時門板輕輕響了，門打開，王景弘進來，焦急道：「馬和，來人了，快走！快呀！」朱高熾忙推馬和：「你快走吧，快！」馬和心裡不捨，但也只能即刻就走，道：「奴才下回再來……」

門外，王景弘滿面焦急，厲聲催促：「快！快！」

馬和出了門，王景弘趕緊把門鎖上，兩人貼著牆角，急步離開，悄悄上宮廷小道，一路儘量往僻靜處靠。悄沒聲息地走了一程，忽聽前面嬌聲驟起：「奴婢拜見方先生，方先生萬福！」王景弘一把將馬和扯進花叢，埋頭躲避。馬和透過灌木叢枝兒望去，只見一個羽扇綸巾的老人正從宮道上踱來，幾個宮女退至路邊，給那人讓道。馬和悄聲問王景弘那人是誰？王景弘用尊敬的口氣道：「當朝帝師，大學士方孝孺。」馬和眼睛一亮，慢慢地站起身。王景弘嚇得使勁拉他：「趴下！快趴下！你不要命哪?!」馬和低聲道：「王兄，你藏這別動，我絕不會給你惹禍。告辭了，多謝王兄相助！」竟然直身步出花叢，迎著遠遠而來的方孝孺走去。走了一段，他直直跪在小路一邊，靜靜等候著越走越近的方孝孺。

面目清癯的方孝孺搖著羽扇，邁著方步，款款而來。忽見馬和跪在道邊，不禁駐足，詫異地問：「這人是誰啊？」

馬和長叩，額首及地：「奴才馬和。」

方孝孺問：「哪個宮裡的太監？為何從沒見過你？」

馬和哽咽著說：「奴才本是北平燕府的太監。只因王妃終日思念公子，以淚洗面，而王爺又因病瘋顛了，家奴們四散。奴才無處可去，這才冒死進宮，求見太師一面，替主子鳴冤……」

方孝孺驚訝地打斷他：「慢慢慢！你剛才說，朱棣瘋顛了？」

馬和流著淚說：「是。已經瘋了半個多月了！初五那天，王爺更是瘋病大作，形同豬狗。」言至此，馬和重重打自己嘴巴一下，「奴才罪過！王爺竟然手足並用，爬在野地裡，爬呀爬，啃食草根、蟋蟀、蘿蔔。北平的百姓都看見了！嗚嗚……」

方孝孺大驚：「胡誠知道麼？」

馬和說：「奴才領著胡大人當場查看！胡大人還懷疑王爺佯瘋，令奴才鞭打王爺。奴才無奈，只好使竹鞭抽打王爺。每打一下，王爺都發出豬狗一樣的嚎叫……」

方孝孺氣得臉色大變，執扇狠狠一擊，直擊到馬和頭上，怒叫：「畜生！朱棣乃先皇親子，可殺不可辱！你身為奴才，怎敢擊打主子?!」

馬和抱頭慘泣：「奴才是畜生！是畜生！……奴才作惡之後，本想吊死。又一想，奴才受過主子大恩，就是死也得為主子鳴聲冤、找點公道啊！奴才就拼著這口氣，進宮來了。」

方孝孺厲聲道：「畜生！隨我來！」

馬和趕緊爬起身，跟在方孝孺身後往前走。朱允炆此時正在御花園裡踱步賞花，猛見方孝孺氣沖沖而來，身後還跟著一人，笑著招呼：「方先生。」方孝孺讓馬和對著朱允炆跪下，把剛才說的話，如實再說一遍。馬和應著「是是」，撲通跪在朱允炆的面前。將剛才對方孝孺說的話，一字不漏地重覆了一遍。

朱允炆又驚又氣：「什麼，連百姓都看見啦！真真是折辱先帝！」

方孝孺斥馬和道：「接著說。把話全部說出來，不准一字更改！」

馬和泣道：「奴才領著胡誠大人前去查看！胡大人懷疑王爺佯瘋，令奴才鞭打王爺。奴才無奈，只好使竹鞭抽打王爺。每打一下，王爺都發出豬狗一樣的嚎叫……」

朱允炆發怒跺足：「蒼天哪！朱棣是先皇骨肉，可殺不可辱！你身為奴才，怎敢污辱主子?!」

馬和抽泣：「奴才有罪，萬死無赦。但那是胡大人強令奴才幹的。」

朱允炆氣憤地說：「胡誠悖逆無道！……對了，這事他竟然瞞下了，沒有稟報！」

馬和繼續說：「王爺抬回王府後，已經奄奄一息，口裡直念叨兩個兒子名字。王妃再也忍不住，就令義女妙雲陪著，親自到胡大人府上哭訴，求胡大人將王爺瘋顛的真情稟報給皇上，恩釋兩位兒子，回家見父親一面。但胡大人他、他……奴才不敢說。」

朱允炆怒吼：「說！」

馬和說：「胡大人趁王府之危，竟然提出要王妃把義女妙雲送給他做小妾，而且當天晚上就要送到府上！王妃無奈，只好答應了。」

朱允炆怒極：「駭人聽聞，朕萬不敢相信胡誠會幹出這種事！」

馬和道：「此事千真萬確！胡大人要人的時候，沒真接說，而是寫了兩行詩，交給王妃。上句是『凝神驚覺玄音妙』，下句是『俯首惟盼挽彩雲』上下兩行的最後一字，便是『妙雲』。這詩，奴才帶來了，請恩公看看……」馬和從懷裡摸出小紙片，雙手奉上。

方孝孺接過一看，咬牙切齒地說：「表面斯文，貪如禽獸——這詩文確實是胡誠手筆！」

馬和接著道：「那夜，王妃和義女妙雲抱頭痛哭啊！……最後，義女妙雲主動提出來，願把自個交給胡大人享用，只要胡大人肯把王爺的真情稟報給皇上就行。」

朱允炆呆了片刻，訥訥地說：「駭人聽聞，駭人聽聞！」

方孝孺叫馬和退下，兩個小太監趕緊把馬和帶開。方孝孺氣得直喘：「請問皇上，朱棣瘋顛之事，您知道麼？」

朱允炆嘆道：「胡誠是向朕稟報過，但沒有剛才聽到的那麼可怕。特別是——強令奴才鞭打燕王，還乘人之危，逼淫人女。唉，朕真是瞎了眼，怎麼信了胡誠這種貪婪偽善之徒！」

方孝孺嘆息道：「皇上啊，燕王有過，孺子無辜。臣建議皇上行古賢大義，釋放兩個公子，讓他們回家侍候朱棣吧，以盡人子之孝。」

朱允炆為難地說：「朕早有此意了，只是齊泰不肯。」

方孝孺生氣地說：「究竟您是皇上，還是他齊泰是皇上?須知，如果此事傳揚開，受損的是皇上的聖恩聖德呀！」

朱允炆猛醒：「是啊!仁義為本，教化天下，本是天子之責呀。這樣，有勞先生傳旨，令刑部馬上釋放朱高熾等，准其暫歸京城燕府居住。著禮部明天賜宴慰勞。宴罷，他兄弟倆即可離京北上，探父盡孝。」

方孝孺領旨後出來帶著馬和去廢宮。馬和小心翼翼地問方孝孺方才那位恩公是誰?方孝孺得意地讓他猜。馬和說:「奴才可不敢亂猜。」方孝孺捋鬚深情地說:「那就是當今皇上!」口氣像是在說自己一個為父爭光的兒子。馬和大驚:「皇上?哎喲……奴才瞎了眼,不識龍威,冒犯了皇上,請太師恕罪。」方孝孺看了一眼馬和,說:「並沒有冒犯。相反,你在聖駕前見駕不慌,直言仗義,為主鳴冤,倒頗有些義士之風。」

馬和受到稱讚,不好意思地笑了笑:「王爺是奴才的主子,奴才當然得忠於主子。可皇上是王爺的主子,王爺當然得忠於皇上!但無論王爺還是奴才,都得感激太師您的大恩大德!」

方孝孺笑瞇瞇道:「你這奴才,倒挺會說話。」

兩人說著話到了廢宮前,方孝孺示意衛士開鎖。朱高熾、朱高煦聽見聲音走了出來,看見馬和再次返回,且是跟隨在方孝孺身後,不由滿腹狐疑。方孝孺高聲道:「皇上恩旨。即刻開釋朱高熾等,准其暫歸京城燕府居住。著禮部明天賜宴慰勞。宴罷,兄弟倆即可離京北上,探父盡孝。欽此。」朱高熾、朱高煦撲地而跪,齊聲道:「臣子謝主隆恩!」朱高熾疑惑地側臉看一眼馬和。只見馬和正在得意地微笑著。三人謝辭太師,出宮來到南京城裡的燕王府,朱高煦搶先一步衝進京城燕王府,歡叫:「爺回來啦!咦,人哪?都在哪?」一個老僕從內室匆匆步出,見了三人,如見親人,歡喜道:「世子爺,二公子,你們回來啦?」朱高熾打量著王府,人去樓空,一副頹敗氣象,原先養鸚鵡黃鶯的竹籠還有兩隻在廊下鐵架上空晃著,卻是幾隻麻雀在周圍跳來跳去。朱高熾問：「李老頭，家僕們都哪去了？」老僕悲傷地說：「世子爺，朝廷查抄了王府，奴才們無處容身，都散了。只剩老奴在此看門兒……」朱高熾怒罵了一聲：「這幫混賬！」朱高煦卻催促李老頭拿酒。李老頭連聲說地窖裡有，就去拿來為公子洗塵。

馬和心神不定地走動著，此時說：「公子，奴才建議立刻離京，不要等禮部的宴送了。」朱高熾奇怪：「為什麼？」馬和說，擔心時久生變。朱高煦哪裡肯依，叫起來：「總得吃點喝點洗個熱水澡啊！爺渾身臭得跟豬似的……」朱高熾聽了馬和的話倒警覺起來，叫二弟高煦快點，收拾好了，立刻就走。馬和讓兩位公子抓緊，自己到外頭去守望。

此時情況正在悄悄變化。朱允炆從御花園出來，和兩個宮女嬉戲調笑著走向內宮，齊泰正在階下焦急地踱步等候，看見朱允炆，立刻上前折腰問安。朱允炆趕緊推開宮女，解釋著：「愛卿啊……朕在花園散了會心。愛卿有事麼？」齊泰看看宮女，朱允炆讓宮女退下，齊泰道：「朱棣之事，臣再三思索，現已有善後之策。」

朱允炆讓他快說。齊泰顯得深思熟慮：「朱棣既然瘋顛了，朝廷正可用『瘋疾』為由，賜下恩旨，將朱棣接到京城來調養。一者，太醫院名醫名藥無缺，便於療治；再者，就近監看，洞若觀火，也不至於鞭長莫及；三者，又可使他們父子相會，骨肉團聚，以盡人子之孝，以塞眾臣之口。」

朱允炆為難地說：「愛卿所言極善，只是晚了。」

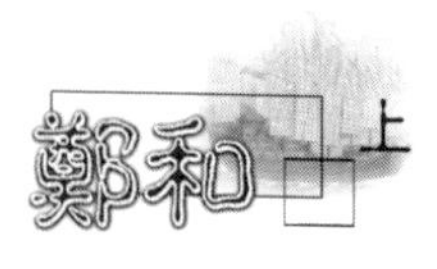

齊泰不由詫異：「為何？」

朱允炆道：「朕已經下旨放歸朱高熾兄弟，讓他們回北平省親盡孝。」

齊泰心裡頓時像烈日下的沙漠，焦灼得像要燒起來，但他又不能責怪皇上，只能說：「看來，臣離京的這幾天裡，方先生又大肆引用古聖之言了……」言未竟，方孝孺已經趕來，高聲道：「齊大人如有不滿，可直接面斥老夫，不必譏諷古聖之言嘛。」

說到曹操曹操到。齊泰怒氣沖沖地說：「敢問方先生，為何誘惑皇上，釋放人質？」

方孝孺道：「齊大人有所不知，你所信用的胡誠，竟然是個貪婪悖逆之徒！朱棣瘋顛後，他竟然視如豬狗，強令下人鞭擊！這還不算，他竟然乘危索賄、逼淫人女，把王妃的義女妙雲，強行收做小妾……」

齊泰打斷他：「且慢，方先生有證據嗎？」

方孝孺掏出紙片：「我且念兩句歪詩你聽聽，『凝神驚覺玄音妙，俯首惟盼挽彩雲』。兩句的最後一字，便是『妙雲』。齊大人哪，你自己瞧瞧，是不是胡誠的文筆？」方孝孺把紙片遞給齊泰。

齊泰接過紙端詳一番，反而更添疑雲，他沈思著說：「皇上，胡誠的惡劣，臣暫且不論，將來再做懲處。問題是，燕王妃為何要忍辱負重，把義女拿去行賄？她如此不計代價地收買胡誠，豈不恰恰說明其中有詐嗎?!」

朱允炆不由得一驚。連方孝孺也呆了，半天動彈不得，強言道：「她盼望闔家團圓，這可是人之常情。」

朱允炆說：「愛卿們不要吵了，咱們可從長計議。」

齊泰強硬地說：「臣以為，只要兩個王子拘在京城，朱棣即使有不臣之心，也不敢妄動。但是人質一旦放歸，後果難測！」

方孝孺還是說：「朱棣窮途末路，已墜入瘋顛！他已經無害於朝廷了。」

齊泰「哼」了一聲，冷冷地說：「也許無害。也許，看見兒子們歸來後，那瘋病竟然不藥而癒！」齊泰與方孝孺，雖然一個是重權在握、幫著皇帝運籌帷幄的內閣大臣，一個是德高望重的當今帝師，此時在年輕的皇帝面前卻像孩子一樣唇槍舌劍，鬥嘴鬥得難解難分。朱允炆只得為他倆排解：「好好，不要吵了，不要吵了！高熾、高煦兩人，朕留下一個。這總行了吧？」

齊泰馬上想到高煦心粗氣浮，難有大成，說：「那就留下世子朱高熾。」

朱允炆即令傳旨：「世子朱高熾，繼續留京侍駕。」

齊泰得勝，歡喜道：「我皇聖斷！臣領旨。」而方孝孺卻賭氣甩袖而去。

京城的燕王府裡，馬和在門外等待兩位公子還不來，心急火燎地再次跑進去，急催兩位公子趕緊快走。朱高煦已經喝得微醉，他哐地砸摔酒碗，怒視著馬和。在旁侍候的李老頭嚇得匆匆退下。馬和驚訝地問：「公子怎麼了？」

朱高煦站了起來，氣洶洶地對著馬和：「我問你，父皇是不是瘋了？」

馬和明白李老頭已經把知道的說了，只能說：「公子不要聽老李頭胡說……咱們還是快走吧！」

朱高煦卻步步逼近馬和，紅著眼睛喝問：「你、你鞭擊過父王？」

馬和大驚，步步後退，不知如何回答，口裡訥訥叫：「公子，公子……」再說不出下文。朱高煦猛然一拳擊向馬和，把他打翻在地，接著拳打腳踢，口中發狂地叫著：「狗奴才，爺要把你碎屍萬段！……」馬和被打得抱頭亂滾，痛苦地叫：「公子，公子！奴才無罪！……」朱高煦從地上筐裡抓起一把菜刀，當空劈下。馬和閃過。高煦追劈，口中怒吼：「狗奴才！悖主之徒！爺非劈了你不可！……」

朱高熾追上來大叫：「住手！二弟，你瘋啦?!」

朱高煦執刀的手顫抖著指著馬和，醉醺醺地說：「父王瘋了……叫這小子逼瘋的！」

馬和忍辱含垢已到極限，他一把抹去臉上的血，紅紅的面孔顯出怒容，道：「兩位公子，我沒時間解釋，等回到北平，請王爺公斷吧！現在我只說一句，馬已備好，你們走不走？」他的神情嚴肅果決，兩道眉峰挑了起來。

朱高熾知道馬和一向穩重，如此發急，必有他的道理，下令道：「二弟，聽馬和的，立刻走！」三人急急策馬，一路狂奔，到了京城的金川門下，只見城門大開，但門下卻是護衛林立。

情況已經有變！朱高熾道：「現在怎麼辦？過不過？」

馬和心急如火，他知道兩位公子這次回不去，以後就難有脫身的機會了，他緊張地四面觀察著……這時，城上有軍士奔跑，大叫道：「提督有令，速速關閉城門！快快關閉城門！」馬和大喝道：「衝啊——」三人不約而同，兩腿用力一夾，俯身策馬，拼命衝過城門。眾門衛上前阻攔，被他們不顧一切地撞開。三人一路馬不停蹄，不日回到北平的燕王府。當馬和與朱高熾、朱高煦大步走入王府時，頓時，整個王府歡聲雷動：「公子回來了！公子回來了！……」聲音驚動徐妃，她推開了一扇門，詫異地朝外看，突見高熾、高煦奔來，撲地跪下，滿面是淚：「母妃，兒子回來了！」

徐妃懷疑自己是在夢境中，以為是近來想兒子出現的幻聽幻覺，她差點跌倒，大喜而泣：「天哪！真是你們！……好好，蒼天開眼，咱燕府有望了！」

高熾和高煦急問父親的情況，徐妃一怔，在兩個兒子的攙扶下往裡走，強忍著悲哀道：「父王有點小病，仍在調養……待會，你們見了不要驚訝。」

朱高熾、朱高煦相互看了一眼，不安地扶著徐妃走進內室。室內光線不足，只見朱棣躺在榻上，面如土色，氣息奄奄。門「吱呀」一聲開了，徐妃走到榻前，低聲呼喚：「王爺，王爺……睜眼瞧瞧，是誰來了。」朱棣睜開眼，看見兩個兒子，彷彿迴光返照，眼裡突然射出兩道亮光。「高熾、高煦！」

高熾、高煦撲到榻前，跪地大哭：「父王！兒子回來了！……父王啊，您怎麼病成這樣?!」

朱棣「呼啦」從榻上坐起來，其動作之快，令徐妃一驚。朱棣開心地笑道：「你們回來就好！……我呀，根本沒有瘋，也沒有病！」

徐妃詫異得目瞪口呆：「你、你、你不是?……」

朱棣樂顛顛地說：「我是偽裝給朝廷看的，嘿嘿嘿！」

徐妃又驚又喜又氣，突然撲到朱棣懷裡，狠狠捶打著，哭叫：「你、你瞞得我好苦！我成天擔驚受怕的。你、你真狠心哪！嗚嗚……」她樂極生悲，委屈得不能自已。朱棣將她一把摟了過來，緊緊貼在自己心口，歉疚道：「夫人，我對不起你。為了瞞住朝廷耳目，我不得不委屈你呀。……現在好了，全家團圓了，我什麼都不怕了！……哦，對了！誰把你們救回來的?」

朱高熾說是馬和。朱棣瞪大眼睛驚叫：「馬和?他有這麼大本事?!」

從高熾高煦回來的時刻起，燕王府就恢復了以往的生氣。第二天，鑼鼓聲又響了起來，響得似乎不同尋常。「哐——哐——」的鑼聲中，管家高聲喝道：「奉王命，全府上下人等，齊到大堂聽宣！……」

人員很快到齊。朱高熾、朱高煦、馬和、張玉以及全府上下人等，陸續登堂排立。朱棣著親王服，徐妃著王妃服，神色燦爛地端坐在大堂正中。稍側，空著另一把鋪了軟墊的紅木靠背椅，氣氛肅穆莊嚴。所有的眼睛都望著朱棣，只聽朱棣沉聲點了馬和的名。

馬和上前揖首：「奴才在。」

朱棣卻示意旁邊椅子，對馬和說：「坐下。」

馬和大驚，怕是自己聽錯了，小心道：「王爺?……」

朱棣再道：「坐下。」

馬和戰兢地上前，坐到朱棣旁邊的椅子上。

朱棣肅容道：「本王宣布：馬和忠義救主，大功卓著！今起，著將馬和的俸祿錢糧等一應待遇，升與王子同例，以示封賞！今後，凡忠心耿耿為主立功，本王都會重重賞拔。」

在所有僕人都驚訝不已的目光中，朱棣令高熾和高煦上前拜謝馬和的救命之恩。朱高熾、朱高煦應聲走到馬和面前，高熾單足跪地，高煦卻略顯尷尬，微微屈膝折腰。只聽朱棣威嚴地「嗯」了一聲，高煦無奈，只得屈足跪地。兩兄弟齊聲道：「謝馬和救命之恩！」

千思萬想在馬和有節制的表面下洶湧奔突，在這個難得的榮耀時刻，他不可抑制地想念著妙雲。她要是就在眼前多好啊，他們之間會有一種默契的甜蜜。她會為他感到驕傲，對他新增愛意。她會明白，即使是太監，也能建功立業，高居人上！福兮禍之所依，禍兮福之所伏，有什麼東西是一定的呢?據說毒死過無數人的砒霜，對於有些人還是補藥呢。沒有男根的人，可以活得比一般人更專心，也因此成就的事業更輝煌！他馬和就是一個正在把砒霜變化成補藥的人！就是一個一心追求更輝煌事業的人！

第十一章

胡誠回到北平後的當天就來到燕王府拜訪。迎接他的是馬和。胡誠乘坐的轎子剛停在燕王府門前，等候在門側的馬和就快步迎了上去，伸手殷勤地扶他邁過轎杠，嘴裡道著：「胡大人吉祥！」

胡誠轉臉看馬和一眼，說：「馬和啊，聽說你為燕王立下了汗馬功勞，賞領王子俸祿了？」馬和謹慎地回答：「稟胡大人，王爺雖然賜下大恩，但奴才並不敢領受。王爺的一番心意，已經讓奴才知足了。」胡誠讚嘆：「好好。功不驕、敗不餒，俊才也！」馬和謙和地笑著：「謝胡大人抬愛。在下由奴才升為俊才了。」胡誠請馬和通報燕王，說他給王爺賀喜來了。馬和告訴他，王爺料到大人會來，已經在正堂恭候了。胡誠心裡一緊，他臨去南京前，朱棣完全是一副病入膏肓的樣子，如今已經有精神在大堂裡等候他了？莫非真讓齊泰說中，裝瘋？他快步來到大堂，一眼望去，朱棣紅光滿面、精神飽滿地坐在正中王椅上，與他臨去京城前判若兩人。胡誠上前施禮問安，在客座坐了。說起此次京城之行，胡誠道：「下官惦記著夫人的吩咐，進京後一時一刻也不敢怠慢，連續拜見內閣大臣、方太師、直到皇上！下官以自個身家性命向朝廷擔保，王爺真是病了，朝廷應當賜恩，准兩位公子歸家探望父疾，以盡人子之孝！下官此番苦心，馬和也可以為證呀。」胡誠說著朝馬和望著，要他作證。

馬和進來後就立在朱棣的身後，此時恭敬地說：「胡大人一片赤誠，奴才是親眼所見，親耳所聞。」

朱棣微笑：「多謝胡大人相助——尤其拿自個的身家性命替本王做保哇。」

這句話，終於讓胡誠找到罅隙，他急於探知真相，道：「可誰也沒想到，王爺天命吉祥啊，兩位公子一回到府上，王爺的病竟然就好了！好得跟從來沒病過似的！」

朱棣並不正面回答，卻以揶揄反擊：「於是，胡大人就猜疑開了。燕王我是不是佯做瘋顛，欺騙了朝廷。」

胡誠連忙矢口否認：「下官萬萬不敢。如果王爺裝病，下官豈不也配合著王爺、犯了欺君之罪嗎？所以，下官只能認為，王爺的病是叫喜事一沖，給沖沒了！嘿嘿嘿……」

朱棣也跟著笑起來，說：「胡大人真是善解人意。與胡大人共事，本王甚感愉快。」

胡誠言不由衷地說：「王爺愉快了，下官才愉快！王爺要是不愉快，下官麻煩就大了……」

朱棣大笑：「胡大人越說越貼心了。我也越聽越愉快了！哈哈哈……」

胡誠機密地湊上去：「稟王爺。王爺病雖然好了，可是，好事者又有奏本上去了。他們說王爺正在招兵買馬，籌集軍械錢糧，整座王府都成了一個大兵營。」

朱棣拍案大怒：「欲加之罪，何患無辭？燕軍早就被朝廷調空了，本王朝不保夕，王府何來的兵馬錢糧？」

胡誠跟著憤恨道：「下官也認為他們是血口噴人！王府如果暗藏著兵馬錢糧，下官豈不也成了同謀嗎?!所以，就算王爺不屑與那幫小人計較，下官也得為自個討個公道呀！」

朱棣顯得十分感慨：「幸好有清廉公正的胡大人在此，本王才有太平日子過。胡大人哪，你不是要公道麼，那就勞你把王府裡外上下詳查一遍，以正視聽！」

此話正中下懷，但胡誠只能故作驚訝狀：「王爺豈不是令下官搜查王府麼？下官萬萬不敢！」

朱棣冷笑一聲：「胡大人，難道你不是奉命前來的嗎？不四處看一看，何以交差？」

胡誠被朱棣一語道破，心中頓時驚惶，可轉念一想，眼前的朱棣已經今非昔比，不過一個失勢的藩王罷了，而自己卻是當今皇上的人，膽子不由得大了起來，厚顏地笑著，索性就迎著鋒芒上了：「哎喲！王爺才真是善解人意哪。下官的苦衷，叫王爺一眼就看穿了！嘿嘿嘿……不瞞王爺說，下官確實是奉命前來——朝廷密令下官探查王府，這可把下官愁死了。」

朱棣淡然一笑，綿裡藏針：「愁的應該是我，胡大人愁什麼？」

胡誠的眼睛裡演繹著許多小把戲：「您是王爺，這是王府啊！下官豈敢隨便褻瀆？可下官要是不探查一下呢，又違背朝廷意旨了，謠言也將更加鋪天蓋地，這對王爺也不好啊。下官愁來愁去，決定把苦衷直接稟報給王爺，由王爺來決定。王爺說『查』，下官就順便探查一下。王爺說『不查』，下官立馬告退。」

朱棣呵呵大笑：「精采！胡大人這張嘴，不愧為燕京一絕！」胡誠口說「慚愧，慚愧！」話音未落，朱棣已經交代馬和陪胡大人查看王府上下。他戲謔道：「就是個老鼠洞，也要請胡大人過目！」

馬和領命陪著胡誠在王府內查看。胡誠搖著扇子，步子十分優閒，其實他的兩隻眼睛像老鼠那樣忙碌地朝四處躥來躥去。馬和走過一扇一扇的房門，都把它們推開，讓胡誠進去查看。胡誠尋寶一樣，揭罩、掀蓋，或扯去布幔，東捏捏，西敲敲，越是隱蔽處，越不肯放過。不知不覺，兩人來到了下院，胡誠四處張望，卻仍然一無所獲。他無可奈何地說：「好好。王府跟我預料的一樣，毫無異常。」

馬和吊著的一顆心頓時落了下來，他知道胡誠心有不甘，便照著他的心思順水推舟，以期達到欲擒故縱的效果，他恭敬地說：「請胡大人詳查。」

胡誠的聲音帶著遺憾：「不必了。該我看的，我都看了。不該我看的，我想看也看不到……」他的聲音居然酸溜溜的。

馬和含笑道：「稟大人，王府絕對沒有您想看而看不到的東西……」沒想話音未落，隔壁院內就響起了鵝鴨嘎嘎嘎的鳴叫聲，似乎其中還隱隱約約夾雜著叮叮噹當的錘擊聲。胡誠一愣，立了下來，側耳細聽了一會，錘擊聲彷彿又沒有了，只剩下鵝鴨的鳴叫——嘎嘎嘎。馬和心裡緊張起來，等著胡誠質問。胡誠果然問他這是什麼聲音？馬和回答是雞、鵝、鴨。見胡誠露出懷疑的神色，馬和解釋道：「王爺病後，開支浩大。夫人吩咐內府撙節開支，下人們就在廢院裡飼養了一些家禽。」

胡誠將信將疑地望著院牆，看見一扇小角門，眼睛就盯著它不動了。馬和知道此時越迴避越

會引起他的疑心，就主動問：「胡大人是否親眼看看？」

胡誠立即點頭：「燕王吩咐過，就是老鼠洞也要我過目，那我只好從命嘍——開門！」

馬和慢慢地打開小門，胡誠靠近，雙眼圓睜，心裡七上八下的，像一個身體不夠強壯的人正在追捕窮凶極惡的逃犯，既怕迎面撞上，又擔心他逃之夭夭。突然鵝鴨聲大作，小門中衝出一大群嘎嘎亂叫的鵝鴨，幾乎埋沒胡誠雙腳，面前充滿禽屎的味道。胡誠連連後退，扇子按在口鼻上，連叫：「關上，關上。」馬和忍住笑，恭敬地折腰：「請胡大人示下，是否再到鴨圈裡看看？」

胡誠氣沖沖地掉頭而去，馬和面含微笑，目視胡誠遠去，直到胡誠在視野裡消失，他才收起笑容，心想這個見風使舵的卑鄙小人，不知哪一天是他的死期？妙雲什麼時候能回來？她在那裡怎麼樣了？如果哪一天妙雲回來，她還是原來的妙雲嗎？一想到妙雲，馬和就難過得不能自持。但他只能拼命抑制著自己的情緒，來到廢院中，不通人性的鵝鴨還在嘎嘎嘎，叫得人心煩，馬和穿過它們往裡走，幾個鐵匠正在鍛爐前錘打燒紅的矛尖、大刀等兵器。但是沉悶的錘擊聲與鵝鴨的鳴叫聲攪混在一起，幾乎辨別不出。另有許多工匠正在配製弓箭、長矛……再往內，馬和看見張玉指揮著眾多壯漢正在相互拼鬥，他們手中的刀、矛都已裹上厚布，相擊時不發出鏗鏘之聲……整個廢院都是厲兵秣馬、準備殊死決戰的氣氛。馬和上前同張玉耳語。

再說胡誠一無所獲地回到長史府，步入內室，就見妙雲身著月白羽緞對襟素褂，下穿青蔥色長裙，長長的黑髮隨意挽著髻兒，在孤燈下坐著，臉上是鬱鬱展不開的愁容。即使這樣，胡誠還是感到眼前一亮。他目不錯珠地望著端莊的妙雲，嘴裡嗔怨：「心肝，老爺進來了，你也該問候一聲！」

妙雲的眼睛動了一動，毫無生氣地說：「老爺，您回來啦。」

胡誠急忙笑著應道：「回來啦，心肝，聽說你晚上又沒吃飯？」

妙雲輕輕地說：「我不餓。」

胡誠走過去，兩隻手搭在妙雲肩膀上，摩撫著，突然把臉沉下來，說：「看來，你還惦記著舊主子。」

妙雲承載著胡誠的手，很不舒服，她扭扭身子，漠然地說：「回老爺的話，我誰也不惦記！」

胡誠的手在妙雲肩上又放了一會，才拿開，他坐下來，親切地說：「妙雲哪，我給你說白了吧，燕王如果仁義的話，會把你送給我嗎？他們哪，為讓我替他們哄騙朝廷，才不惜把你送給我做小妾的！」

妙雲悶悶不樂地說：「他們把我當做一件禮品，送來賄賂老爺。」

胡誠見妙雲自己這樣想，倒高興起來，說：「看來你還是聰明的。這種主子，無情無義，根本不值得惦記。你離開他們到我這來，是你的幸運。」

妙雲淡淡揶揄：「我是脫離虎口，投拜新貴。」

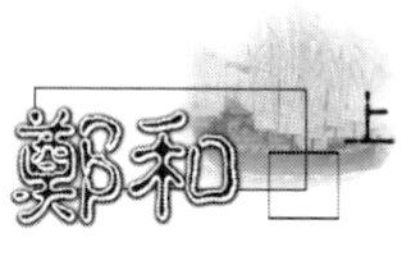

此話從妙雲這個冷美人口中說出，胡誠像大熱天裡吃了塊冰鎮西瓜，他甜蜜蜜地說：「說得是！但我並沒有把你看做什麼禮品，而是當做心肝一般地供著。為啥呢，他們不喜歡你，我喜歡你。他們利用你，而老爺我愛你！你我雖然不是明媒正娶，但情投意合啊！老爺我願意與你禍福與共，白頭到老。」

妙雲心裡嘆口氣，想，這莫非就是自己的命？說出來的聲音竟有些顫抖：「謝老爺。」

胡誠聽妙雲這樣的聲音，也是心裡一顫，貼心地說：「嗳——自家夫妻，還言什麼謝啊！妙雲哪，不瞞你說，朝廷十分看重我，不出今年，恩旨就會下來，升我做戶部尚書。那時候你就是誥命夫人了！咱倆還要生個娃兒，嘿嘿嘿……」

妙雲低下頭去，說：「貧妾命賤，只怕當不起誥命。」

胡誠嗔愛地說：「你不賤！做奴才的未必就賤，做主子的也未必就高貴。古往今來，好些奴才就比主子更知恩義哪。」

妙雲想起了馬和和她，他們都是知恩知義的人。人非草木，孰能無情？她雖然心裡想的是馬和，但胡誠的話也令她動心，她說：「老爺說得是。」

胡誠趁機道：「比如說，燕王雖然是皇子，是主子。但他卻不明恩義，悖君逆道。妙雲哪，我問你，燕王是不是暗中圖謀割地自立，背叛朝廷？」

妙雲一驚，心裡想，還說燕王利用我，你這不也是在利用我嗎？想從我嘴裡打聽情況，然後再去奏報朝廷領賞？她頓時心生厭惡，回答說自己不知道。

胡誠又問：「王府裡有沒有囤積兵器糧械？」

妙雲搖頭，還是說不知道。

胡誠非要刨根問底：「燕王平時的言談中，總有些辱罵聖上、欺君悖主的話吧？」

妙雲更加反感，頭腦也迅速清醒了，道：「老爺，主子閒談時說什麼，貧妾從來就不在意……」

胡誠急了，要她再好好想想。妙雲沉思地看了片刻胡誠，心生一計，忽然道：「想起來了，王爺是罵過朝廷命官。」

胡誠連聲問：「哦，罵的誰？怎麼罵的？」

妙雲欲說還休，故意聲音怯怯地說：「老爺真想知道？」妙雲這樣吊足了胡誠味口，他一個勁地催促妙雲快說。妙雲突然表情生動起來：「燕王罵得最多的人，就是老爺您啦，話可難聽了！說什麼，『胡誠貪贓枉法，罪該萬死！』他還說，『胡誠這個亂臣賊子，是朝廷派來監視我的……』」胡誠怒喝：「住口。」妙雲則委屈地辯解：「貧妾並不願意說，是老爺您逼我說的。」

胡誠見問不出名堂，立刻顯出主子狀，懶洋洋地朝榻上一靠，翹起腳來：「替老爺寬衣，去靴！」

妙雲恨恨地盯他一眼，只能埋下頭去，替胡誠去靴。胡誠邪氣地盯著妙雲漂亮的臉蛋，冷冷地說：「聽著，當初你怎麼侍候燕王的，今日就怎樣侍候老爺。要說有什麼不同的話，那就是——

侍候老爺要比侍候燕王更精心！」

妙雲低著頭為胡誠脫靴，此時心裡既沒有燕王也沒有胡誠，卻在想，自己倒是從來沒有為馬和脫過靴子，便恨恨的，機械地回答胡誠：「貧妾知道。」

胡誠探究地望著妙雲，說：「你滿面冰霜，好像不高興？」

妙雲沒好氣地說：「貧妾沒有冰霜，也沒有不高興。」

胡誠狡譎地笑著：「那麼，甜甜地笑一個。」

妙雲惱道：「貧妾笑不出來！」

胡誠發怒了：「笑不出來也得笑！笑啊……笑給爺看，你笑啊！爺他媽的命令你笑！」

妙雲忍無可忍，終於板起面孔：「稟老爺，您要打可以打，要罵可以罵，要殺我也隨您便！但就是不能逼我笑！」

胡誠大怒，正欲發作，這時傳來急急的叩門聲。胡誠問是誰，門外響起幕僚叫開門的聲音，胡誠一腳踹開妙雲，令她去開門。妙雲爬起來，起身開門讓幕僚入內，幕僚看見妙雲，欲言又止。胡誠就叫妙雲下去。妙雲走後，幕僚機密地報告胡誠，剛得到燕府傭工的密報，說府內已經聚集許多來歷不明的壯漢，庫房裡堆積大量糧草。還有，廢院裡有多個工匠整天打造兵器。看來朱棣正在籌集軍械，圖謀不軌！胡誠驚疑地說：「可我今天剛剛查看過，並無異常啊。」

幕僚微笑著問：「大人可聽見大群的鵝鴨鳴叫？」

「聽見了，嘎嘎嘎的……」話未說完，幕僚激動地說：「朱棣就是用鵝鴨的鳴叫聲，掩蓋住其他動靜的！」胡誠赤著腳兒跳起來：「本官就是不明白堂堂王府何至於飼養鵝鴨，險些上當！……快快，你趕緊召集親信，備駿馬三匹。我這就寫摺子。之後，令親信星夜馳報朝廷。咱們不能再有片刻耽誤。」

摺子很快就到了齊泰手裡。他看過後，心裡暗暗叫苦，立刻去上書房向皇上轉呈摺子。匆匆步上上書房玉階的時候，正好聽見房內方孝孺抑揚頓挫的談吐聲：「吾意，善治天下者不然。民有常性，織而農，耕而食，是謂同德……」齊泰臉露鄙棄不屑之色，心中暗斥：「書生意氣，誤君誤國！」他先將密摺藏進袖中，才坦然入內。房內，方孝孺手執一卷書，仍在昂首踱步高談闊論著：「故白玉不毀，孰為圭璋？道德不廢，安取仁義？性情不離，何用禮樂？五色不亂，孰為文采？五聲不亂，孰應六律？……」朱允炆則正襟危坐，聽得直點頭。方孝孺踱到柱子跟前，猛然看見齊泰，驚道：「齊大人何時來的？」

齊泰話露譏鋒：「在下入內多時了，只因先生高論未了，在下不敢打斷。」

朱允炆笑道：「齊愛卿，朕正在聽方先生談古聖治國之道。」

齊泰向朱允炆揖首，也笑著：「皇上啊，如果書本可以治國的話，那麼讀書最多的人便可以做天子了。」

方孝孺聽了，不悅地說：「齊大人，古聖之言，千古不易！」

齊泰微笑道：「古聖之言，當然千古不易。但是襲古人之言，用以治當今之國，在下擔心非但不治，反而誤國誤君！」

朱允炆見兩人又是針尖對麥芒，趕緊勸道：「兩位愛卿是朕的左膀右臂，千萬不要動意氣了。」即使是在皇上面前，齊泰也抑制不住自己的氣憤：「在下想請教方先生，依古聖之言的話，朱棣瘋顛是真是假?朝廷該不該放歸兩位王子?」

方孝孺「哦」了一聲，「齊大人還惦著這事!老夫倒想反問一下齊大人，難道有人為了矇騙朝廷，甘願瘋顛得像禽生那樣嗎?何況這人還是天皇貴胄、燕王朱棣?真真不可思議!」

齊泰譏嘲：「如此說來，朱棣瘋顛是真了?」

方孝孺正色：「當然!」

齊泰也沉了臉：「哼，朱棣之事，不可思議也得思議!」齊泰唰地從袖中抽出密奏，同時白了臉，呈給朱允炆：「啟稟皇上，胡誠遣人星夜發來密報，兩位王子返回北平的當天，朱棣的瘋病竟然不藥而癒!」

朱允炆大驚失色，方孝孺的聲音也變了調：「什麼?!」

齊泰繼續說：「還有更不可思議——卻必須詳加思議的事哪!胡誠密報，燕王府連日來聚集了許多工匠，正在打造兵器，囤積軍械!」

朱允炆急急閱覽密奏，氣得聲音顫悠：「反了，反了，朕受騙了!」

齊泰厲聲道：「皇上，朱棣不臣之心畢現，叛跡昭昭，正在準備舉兵謀反。臣建議朝廷再勿遲疑，立刻逮捕朱棣，解赴京城嚴辦！」朱允炆詢問地看了方孝孺一眼，方孝孺深深折腰，顫聲道：「老臣附議。」他十分歉疚地對齊泰說：「齊大人哪，老夫有眼無珠，被朱棣所欺。唉，慚愧！老夫向齊大人賠罪。」說著施禮。見一向自恃清高的方孝孺當著皇上的面承認自己的昏蒙，齊泰得意地回禮：「不敢當。」兩人這才齊心協力，商量著對策。朱允炆擬了旨，齊泰鄭重接過，著胡誠親信即刻起身送回。

胡誠收到密旨，立刻趕往大興軍營。守營軍士見是長史，一聲高喝：「北平長史胡大人到！」喝聲中，胡誠手執一摺匆匆進入營帳，向鐵平揖禮：「下官胡誠，參見鎮南侯鐵大將軍。」

鐵平從座椅上站起，道：「稀客。胡大人光臨軍營，有何貴幹哪？」胡誠四下掃一眼，謹慎地說：「請屏退左右。」鐵平讓左右將領退下，請胡誠入座。胡誠來不及坐下就說：「朝廷發來密件，著大將軍與下官共同拆閱。」鐵平擺擺手讓胡誠念。胡誠噗嗤一聲笑了，同時慢慢拆開密件。鐵平問胡誠笑什麼，胡誠說：「以前朝廷發來密件，著下官與燕王共同拆閱時，燕王也跟大將軍一樣不屑一顧，只說『念』！」

鐵平「哦」了一聲，威嚴地說：「那麼，我就再加上一個字——『念吧』！」

胡誠不敢怠慢，匆匆抽出一紙黃卷，正聲念道：「經查。朱棣佯瘋欺君，募集兵士，打造軍火，反跡昭彰。著鎮南侯鐵平、長史胡誠速速逮捕朱棣及其一應黨人，解赴京城審辦。欽此。」

鐵平聽罷臉色大變，一言不發。胡誠把密件放到鐵平面前，輕聲問：「大將軍，我們怎麼辦？」

鐵平看一眼密件，問：「以往，你和朱棣共同開閱朝廷密件時，他是怎麼說的？」他的聲音顯得比往日低沉。

胡誠詫異地望著鐵平，遲疑地說：「這……朱棣總是說『遵旨』。」

鐵平聲音沉沉地說：「本將——遵旨！」他的聲音像天邊滾過來的悶雷，在胡誠的耳中很有些異樣。

就在這一天的夜晚，妙雲身著深色衣裳，避開溶溶的月光來到了燕王府。燕王府門外排立著一串串的燈籠，衛士執槍守護著大門。張玉也在周圍巡查，一隻手習慣地按在長劍上。妙雲穿出黑暗，一眼望見了在紅燈籠下踱步的張玉，聲音驚惶地喚他：「張玉……張將軍！」

張玉詫異地看著妙雲：「妙雲?深更半夜的，你怎麼來了?」

妙雲請張玉稟報王爺，說她有要緊事情求見。張玉的態度卻不同往日，他顯得很矜持：「王爺還在病中，而且早就安睡了。你如果有什麼事，在下可以替你轉達。」

妙雲知道燕王沒病，張玉是在搪塞她，生氣地看著張玉：「你不相信我了?」

張玉賠笑道：「豈敢。實在是在下負有嚴令，不准任何外人入內。何況夜深了，妙雲姐見諒。」

妙雲鼻子裡「哼」了一聲，兩條翹秀的眉毛飛揚起來：「什麼？我、我成了外人！」她一跺腳，掉頭就走。

馬和正好也來到門口，聽見妙雲的聲音，循聲跨了出來，對著妙雲的背影大聲喊：「是妙雲嗎？……妙雲，你等等！」

妙雲聽見馬和的聲音，心中一顫，她原地站下，卻不回頭。馬和奔到她面前問：「妙雲姐，有什麼事？」

妙雲看見馬和便忍不住有點任性，她賭氣道：「沒事！我昏了頭，夢遊來著！」

馬和深深地看妙雲一眼，無限情義，無限惋惜，卻只能深深一揖：「在下給妙雲姐賠罪了。你到底有什麼事？」

妙雲很想把知道的事對馬和說，但四下看看，張玉等侍衛正看著他們呢，知道這裡不是說話的地方，只得矜持地說：「就算有事，我也只跟燕王說！」馬和知道妙雲是個自尊的姑娘，無事不登三寶殿，有事她才會夜半趕過來，趕緊奔到張玉面前，低聲道：「張兄，看來妙雲確實是有要事，我領她進去見王爺吧？」

張玉猶豫著，他知道馬和對妙雲的情義，低聲提醒他：「馬和啊，我直說了你別生氣。她已經跟胡誠睡過了，是胡誠的女人了！萬一胡誠派她來探查虛實……」

馬和不等張玉往下說，已板下臉來：「如果她是奸細的話，你把我和她一塊砍了！」

張玉無奈，只得答應先進去跟王爺稟報。張玉匆匆入內，馬和情不自禁又走向妙雲，他激靈地感到，這是一個機會，可是當他走到妙雲面前，他就明白，這只是一個虛無的機會，他能幹什麼？連開口都不知道說什麼好。造成目前的狀況，他只能在心裡怪自己無能，他輕喚了一聲「妙雲」，他多想變成一條大船，承載著她乘風破浪地遠航。

妙雲其實也在心裡愛著他，因為愛，又怨怪著他。她受了多少煎熬？為了他。今夜來此，也還是有為他的因素。他會知道嗎？這樣想的時候，她就覺得自己的委屈是無邊無際的，於是，她目視著黑暗，一聲不吭。馬和哪裡知道妙雲心思，見妙雲不理睬自己，只得尷尬地住口。兩人無語站立。

張玉的到來才打破兩人間的尷尬，他招手讓他們進去，馬和就領著妙雲往裡走。到了內室，馬和默默拉開門，讓妙雲一人走進去。馬和就與張玉一左一右地守候在門外。

妙雲朝朱棣望去，只見他病懨懨地躺在榻上，腦袋上還蓋著紗布，口中不時發出痛苦的呻吟。妙雲上前跪了，口說：「奴婢拜見王爺。」朱棣睜眼看她一下，又無力閉住：「妙雲哪，本王病得厲害……你是來給我送終的吧？」妙雲撇嘴嗔道：「王爺，別裝了，您沒病。胡誠也知道您沒病。」朱棣仍然氣若游絲的樣子，斷斷續續地說：「胡誠……是個禽獸，把本王害得好苦啊。」妙雲氣咻咻道：「既然知道他是禽獸，你們還把我送給禽獸？既然送給了禽獸，你們就以為我也是禽獸了？我看，你們這些做主子的，真沒良心！」

朱棣平日裡也喜歡妙雲，心中有些慚愧，但也是一閃而過，見妙雲膽敢頂嘴，覺得有失王爺尊嚴，忍不住抬頭斥道：「死丫頭，你說什麼？」

妙雲笑了起來，起身問道：「喲，主子，您怎麼精神起來了？別裝啦主子，我在王府十多年了，這兒一草一木我比您都熟悉！您騙不過我的。」

朱棣在熟悉的妙雲面前裝病，也覺得有點滑稽，索性一直腰坐了起來，恢復主子模樣，問：「妙雲，深更半夜的，你來到底有什麼事？」

妙雲說：「胡誠和鐵平接到了朝廷密旨，明兒一早就要將您逮捕，送交京城。」

朱棣眉峰一聳：「你怎麼知道的？」

妙雲道：「胡誠入睡後，我從他文案上看見的。密旨裡說，王爺您佯瘋欺君，募集兵士，打造軍火，反跡昭彰！鐵平已調動兵馬，把北平城團團圍住了。明天正午時分，他們就要衝進王府拿人了。」

朱棣不可思議地笑了笑：「哦，照你這麼說，四面八方的刀，都已經架我脖子上了？」

妙雲急道：「就是！王爺，您和夫人快逃吧，千萬不要等到天明！」

朱棣打量著妙雲，心裡感動，嘴上卻問：「妙雲，你為什麼要向我洩露這些？」

妙雲不知朱棣為何還要問這個問題，她也確實沒有想過，張口結舌，一時竟然答不上來。朱棣繃起面孔，說：「妙雲，你聽著。本王往日待你不薄，你何苦要謊報軍情，誘使本王作亂？」

妙雲聞聽此言，腦子裡「嗡」的一聲，彷彿一間小屋裡騰起熊熊一團火，嗆得裡面的人暈頭轉向，她不敢相信地問：「王爺說什麼呀?!」

朱棣怒容滿面，道：「轉告胡誠，他的這些雕蟲小技，我一眼就看穿了。他無非是想誘我深夜出逃。只要我一出城，他立刻就可以用『叛逆潛逃』之類的罪名將我當場拿獲！到了那時，我有口難辯！」

妙雲傷心透頂：「王爺啊，您疑心怎麼這麼重，連我的話也不相信？」

朱棣正色喝道：「本王恪守君臣之道，生死不移！任何妖人挑唆，都無濟於事。朝廷絕不會下旨拿我的。你給我滾！」

妙雲又羞又驚，氣得渾身冰涼，她怒視著朱棣，腦子裡懵懂麻木。她機械地往外走，一雙腳好像不是自己的。門外的馬和與張玉，呆呆地看著妙雲一腳高一腳低，失魂落魄地離去。馬和衝進內室，撲地而跪，對朱棣說：「主子，奴才願以性命擔保，妙雲不是胡誠的奸細！」

朱棣並不馬上理會馬和，而是看著張玉，沉聲道：「剛才的話，你們都聽見了？」張玉馬和同聲說：「聽見了！」朱棣這才讓馬和起來，目光在兩人臉上移駐，說：「妙雲當然不是奸細。相反，她還是本王的救命恩人！她冒著生命危險把險情透露給本王。她剛才所說的一切，字字屬實，她編不出來的。胡誠與鐵平，確實接到了朝廷密旨，我已經危在旦夕了！」

馬和詫異地問：「那……王爺您為何將她罵走？」

朱棣一嘆，說出的話卻冷靜若冰：「我不想讓她知道我相信她的話了！因為，她回到胡府後，很可能被胡誠發現曾經夜出。我啊——不怕一萬，就怕萬一。所以，只好先委屈一下妙雲了。」

馬和一怔，垂首無言。一朵灰黑的雲翳在胸中飄過，那塊地方陰了一片。他為妙雲痛心疾首，燕王為了迷惑對手，為了自己的安危，不惜委屈任何下人，不惜把親信、甚至是親人，利用到最後一刻！人心，如此脆弱柔軟的人心，為何涉及到自己的利益時，是那樣的冷酷、不留情面！耳邊朱棣的聲音嚴厲而果決：「張玉聽令。著你立刻召集所有壯士，配備兵器，準備應變！」然後，朱棣轉向馬和：「馬和聽令。全府熄滅燈火，無論尊卑老幼，全部起床坐而待旦！你立刻親自前往大覺寺，把姚廣孝接來，不准被任何人覺察！」

兩人遵命而去，朱棣立刻從榻上跳了起來。

第二天的黎明，鐵平率領眾多甲士步上了金水橋。他一邊走一邊下令：「全城戒嚴，封鎖九門，不准放任何人進出。如有闖城者，殺無赦！」兩位副將應聲遵命前去執行。須臾，數路甲士奔上金水橋，刀光閃閃，殺氣騰騰。巨大的北平城門隆隆關閉。胡誠也領著眾多甲士過來了，身邊還跟著幾個千總。胡誠不時指點各個路口：「這兒有個岔口，趕緊布上隊伍！……那兒有個窟窿，也得派人看著！……還有，御道上更得重兵把守！」各千總不斷應聲，也不斷率領著各隊甲士奔向胡誠指定的路口。而一夜未眠的朱棣此時已經立於正堂，旁邊坐著姚廣孝。朱高熾、朱高煦，以及家將張玉、總管馬和以及眾多親信排立堂下。姚廣孝在對朱棣說話，其實他的話是說給大家聽的：「朝廷既然下了逮捕王爺的旨意，那麼一切折衷調和、委曲求全、包括偽裝矇騙的辦法都已無效。現在，王爺已經不是『當斷則斷』了，而是不當斷也得斷了！生死存亡，勝敗榮辱，俱決今朝。貧僧的意思——舉兵！」

朱高熾立刻回應：「父王，起兵吧！」朱高煦緊接著憤聲叫著：「對！像皇爺爺那樣，起兵造反，改朝換代！」朱棣詢問地看張玉一眼。張玉立刻說：「末將已召集全部壯士和家丁，統共有八百零六人。末將估計，鐵平所屬兵勇，足有三萬餘人，已經控制北平九門及所有要道……」朱棣點頭，問：「你有何主張？」張玉大聲說：「和道衍師傅一樣——舉兵！」朱棣微笑：「八百零六人對抗三萬精兵？一個彈丸之府，要對抗整個北平城？」張玉大聲說：「只要王爺敢，末將就敢！」朱棣「嗯」了一聲，又詢問地看馬和。馬和立刻道：「府內儲存的糧草，足可支用兩個月。四邊圍牆都已加固，並增派機靈漢子守望。所有男女老幼，也已進入後院藏身。」朱棣便問馬和的主張，馬和堅定地說：「舉兵！即使舉兵失敗，也可以堅守待變。」

朱棣激動了：「各位兄弟肝膽照人，朱棣多謝！但請各位兄弟考慮清楚了，一旦舉兵，則再無退路，意味著我們與朝廷勢不兩立，與天下為敵。一旦失敗，我們不僅會被碎屍萬段、滿門被斬，而且會世世代代被人唾罵！」

馬和笑著戲謔：「被唾罵的是王爺。奴才等，連罵都不值得人罵。」

張玉也笑：「馬和兄說得對。不過舉兵成功之後，末將等，倒有望成就不世功名了。」

在這個生死攸關的時刻，朱棣需要這樣的調劑，他沒想到馬和張玉能夠如此視死如歸，這才是真正的人才啊！他感動地朝他們一揖：「兄弟豪情，朱棣拜謝。我決心已定，舉兵！」大堂裡的人齊聲呼應。朱棣擺手讓大家安靜，轉身問姚廣孝：「大師，現在大兵壓境，四面皆敵。我如同網中游魚，你有什麼主意？」

姚廣孝笑道：「王爺並非網中游魚，而是孤潭蛟龍。游魚只會亂撞，而蛟龍——肯定早就拿定了主意！」朱棣哈哈大笑：「不錯。他們雖然兵多將廣，但擒賊先擒王，只要把鐵平胡誠拿下，主動權就掌握到我們手裡了。至於城外的鐵平部屬，三分之二是我的舊部。只要我振臂一呼，他們肯定會紛紛來歸，起碼不願意與我為敵！你們還記得嗎，當初燕軍將領離開我時，我照發他們俸祿，恩養了他們父母家人，那都是為了今日啊！我相信，天黑之前，鐵平的三萬兵馬，起碼會有兩萬投奔到我這裡來！」

姚廣孝舒眉展眼，大讚朱棣。突然間，一陣大風颳來，片刻間天昏地暗。屋瓦哢哢亂響，一片片掉落下來，遍地破瓦碎石，其狀令人心寒……眾人眼中露出懼色。連朱棣都驚訝不已。姚廣孝站起來到門口朝外觀察，他突然張開雙臂對著蒼天，眉開眼笑地叫道：「看哪，亂雲飛渡，臥龍騰空，王府舊瓦換新簷，燕王就是龍啊！」眾人聞言大喜。朱棣高叫著：「上天助我，我就順天。上天如果不助我，我就抗天！」話音剛落，一支箭飛來，直中堂柱，顫鳴不已，箭尾紮著信筒。馬和上前拔箭取信，展開念道：「奉旨，朱棣蓄積兵器，圖謀不軌，著即查抄燕王府邸。如有悖旨抗天者，斬無赦！」

大堂裡眾人寂靜無聲，一片沉默。馬和看看朱棣，朱棣點頭，馬和逕直往外走，到了王府正門，令守門家丁開門。家丁們隆隆地拉開府門，只見外面布滿重兵，刀矛閃閃，王府已被圍得鐵桶一般！鐵平與胡誠立於甲士前面。馬和上前，朝鐵平一揖：「燕王口諭，請鎮南侯鐵平、長史胡誠入內宣旨。」

胡誠喝道：「叫燕王出來！」

馬和道：「王爺重病未癒，不能走動，差在下稟告兩位大人。燕王及所有家眷，俱是奉公守法之人，府內也絕無任何反跡。如果你們真的奉有皇上御旨的話，王爺要親眼一見。否則，就是你們矯旨悖亂，王爺絕不奉詔。如果你們不宣御旨而強行查拿，王爺將以死殉節！」鐵平「哼」了一聲，大步朝王府走去。胡誠急忙制止：「大將軍，且慢……」鐵平回頭看著胡誠，問他怎麼了？胡誠猶豫地說：「還是把燕王叫出來說話的好，府內恐有埋伏。」鐵平說：「王府已被我們圍得水洩不通，朱棣膽敢作亂的話，無異以卵擊石。你要是害怕，我自己去！」鐵平說著昂首闊步走進了王府，胡誠遲疑片刻，只得也快步跟上。

鐵平與胡誠走到正堂，只見朱棣一身王服，端坐在王座上，身穿朱元璋所賜的龍首鎖子甲，燦爛生輝！兩旁，張玉等將士，按劍而立。鐵平細看那鎧甲，不禁驚訝地說：「這好像是先帝的戰甲？龍首鎖子甲！」

朱棣面露笑容：「鐵大將軍不愧為父皇袍澤。舊主舊物，你一眼就認出來了。」

鐵平面無表情，問：「為何到了你身上？」

朱棣自豪地說：「先太子殯天之後，父皇將它贈送給我。至於這意味著什麼，你應該清楚！」

胡誠掏出聖旨，喝道：「朱棣聽旨。」

朱棣卻端坐不動：「念吧。」

胡誠昂首宣讀：「聖旨。朱棣佯瘋欺君，募集兵士，打造軍火，反跡昭彰。著鎮南侯鐵平、長史胡誠速速逮捕朱棣及其一應黨人，解赴京城審辦。欽此。」

朱棣大怒：「胡誠，這是奸臣矯詔，本王斷不奉詔！這些年來，昏君無義，奸臣當道，大明祖業慘遭毀壞。我皇家骨肉同胞周王、齊王、代王，岷王，都慘遭罷撤。特別是湘王朱柏，竟被逼得全家自焚而死！我朱棣素來信守君臣之道，替大明鎮守著千里北疆，可謂忠心耿耿，勞苦功高！但我竟被你們逼得人不是人，鬼不像鬼，生死兩難！堂堂燕王，竟然得裝瘋賣傻，形同禽獸，以求苟活啊……」朱棣越罵越動情，聲聲淚下。

胡誠嚇得驚慌失措，不時看鐵平。鐵平卻鎮定如初，等待燕王說完。

王府大門外，眾多甲士手執刀矛，警惕地守候著。忽然飄來一陣樂曲的響聲，樂曲聲中，徐妃在朱高熾與馬和的陪同下款款步出。她高聲笑道：「各位聽著，王爺正在裡面設宴款待鐵大將軍。王爺想著列位當差辛苦，特地把府中所藏美酒拿出來，讓兄弟們消渴解饑。待會，王爺要和鐵大將軍親自出來，當眾冰釋誤會。」說話間，府內走出一列婀娜多姿的侍女，她們每人捧著酒具、食盒等物，笑盈盈來到甲士們中間。馬和高聲道：「列位兄弟，王爺和夫人的恩典大啦，兄弟們請啦！請啦！」而眾侍女則笑容滿面地嬌聲道：「哥哥們，請用吧，請！請！……」甲士們都喜呆了，紛紛上來執碗大飲。同時高低不齊地嚷嚷著：「謝王爺恩典！」「謝夫人！」

美酒加美色，纏繞得甲士們陶醉不已，笑逐顏開。

朱高熾與馬和也走進甲士間，不時勸酒，陪飲。過了一會，朱高熾朝府中示意。府中立刻走出一列壯僕，他們扛出更多的酒罈，敲掉泥蓋頭，將酒漿傾入甲士們的酒碗中。甲士們歡聲雷動……

而王府的正堂上，朱棣還在流淚痛斥：「這種非人非鬼的日子，本王已經忍受六年多了！每日每夜，我如坐針氈，如臨深淵，簡直就是個待死之囚！今天，你們終於逼上門來了！你們想幹什麼?!是要我像周王那樣俯首就擒，還是要我像湘王那樣闔家自焚?!」

胡誠四下一瞧，朱棣的部將正怒視著他，他知道自己已經誤入虎穴，凶多吉少，心裡怨恨著鐵平，聲音顫抖地說：「王爺息怒……一切都好商量。」鐵平則沉聲道：「燕王，本將只知奉旨辦差。你如有委屈，請赴京城，跟皇上說去。」

朱棣擊案，怒喝：「我自然會找朱允炆算賬！拿下！」

張玉一揮手，多個壯漢蜂擁而上，將鐵平與胡誠捆鎖起來。胡誠恐懼地跪下了：「王爺，王爺，您千萬別誤會……」

鐵平鐵青著臉怒斥：「狗屁誤會！他朱棣就是想造反。」

朱棣哈哈大笑：「鐵大將軍說得好。當初，父皇要是不造反，能有今日大明嗎？」

胡誠深深叩首：「王爺饒命……王爺饒命啊！」

朱棣錚地一聲，抽出長劍，仇恨地說：「禽獸！早在六年前，本王就想砍你了。你已經多活了六年，還不知足?!」朱棣手起劍落，砍掉胡誠頭顱。

鐵平看一眼死去的胡誠，正聲道：「朱棣，接著砍我吧，爺不怨你。」

朱棣帶血的劍直逼鐵平，狠狠瞪著他，終於嘆氣，收劍。說：「鐵平，你是開國功勛，也是大明正臣，我不想殺你。希望你和我一起舉兵，肅清朝廷，再造乾坤。」

鐵平絲毫不為所動，冷笑道：「末將素來敬佩燕王的將帥之才，但末將這條命是太祖皇上給的。太祖遺旨，讓我忠於當今聖上，末將就誓死忠於當今！燕王如果遵行太祖遺旨，那燕王也是末將的主子！如果燕王悖旨舉兵，末將絕不附逆！」

朱棣說：「你是個忠直之人，從來沒有劣待過我。所以我也不會以怨報直。暫委屈你幾日吧，事後，我放你回京。押下去。」

壯士將鐵平推下去。鐵平且走且回頭，不住地叫著：「朱棣，你想好嘍，即使你不殺我，我也會率十萬鐵甲，踏滅北平！你聽見了嗎?!……」

朱棣鐵青著臉不吱聲，待鐵平聲音消失，他命令高熾鎮守王府，看護夫人和所有家眷。又吩咐馬和把胡誠首級拿給府外兵勇們看，叫他們即刻投降。抗命者，立斬！馬和說，那些兵勇已經半醉，看見首級，必降無疑。朱棣又令高煦、張玉兩人率領全部壯士，同他一起攻打北平九門。從午門開始，天黑之前，務必拿下北平全城！朱高煦顯得很興奮，張玉卻勸阻燕王坐鎮王府，不要輕赴險地。朱棣聞言笑笑：「張兄弟，我們現在只有八百壯士。所以，我既是王，又是將，也是兵！所有戰鬥，我都會親自上陣！走！」

姚廣孝伸手攔住他：「慢慢。請燕王示下，貧僧做什麼?」

朱棣沉思片刻，道：「有勞大師，替我擬一道舉兵檄文，以便直達朝廷，明示天下！」

姚廣孝呵呵笑了：「這道檄文，貧僧心裡醞釀多年了。燕王舉兵，是遵照先皇《祖訓》所示『朝無正臣，內有奸逆，必訓兵討之，以清君側』。所以，燕王可將起兵之由，名為『奉天靖難』！」

「好！本王就是要奉天靖難。」朱棣說完，提劍一揮，「隨我來！」高煦、張玉等所有壯士跟隨朱棣衝出王府。

建文元年，朱棣被迫舉兵，與朝廷開始了長達三年的浴血奮戰。史稱「靖難之役」。

朱棣與張玉率領壯士們上了城樓，吶喊著衝向守軍，雙方展開血戰。朱棣揮劍，砍倒一個個撲上前來的守軍。他每砍倒一人，都瘋狂大呼：「我是燕王，奉天靖難。順者昌，逆者亡！……」朱高煦年輕勇悍，更是殺得興起，連聲怒吼，刀光閃閃，勇不可擋。張玉及部下也是越戰越勇。城樓上的守軍抵擋不住，遍城屍首。但張玉等也漸漸筋疲力盡。誰也沒有在意，一支新軍湧上城樓，將朱棣等團團圍住。兩個魁偉的將領執戰刀走上前，看見渾身是血的朱棣，驚駭得立在原地。

朱棣目視他倆，叫出兩人名字：「劉強，李正。」

兩人一動不動。

朱棣說：「我已經起兵靖難。你們是跟著我呢，還是與我血戰一場？」

兩個將領原是朱棣部將，互視一眼，猶豫著。終於，把刀往地面一插，雙足跪地。一人高聲道：「燕軍左護衛劉強，拜見燕王！」另一人跟著喝道：「燕軍右護衛李正，拜見燕王！」

朱棣大喜：「好！劉強，令你把城防移交張玉，你率領本部人馬立刻攻占北平外城。」

劉強遵命而去。朱棣又令李正速率本部前往大興軍營，收攏所有燕軍舊部，重回駐地待命！然後帶著高煦視查全城。這時，朱棣才感到一陣巨痛襲來，扭頭看見左肩正在流血。他捂著肩，

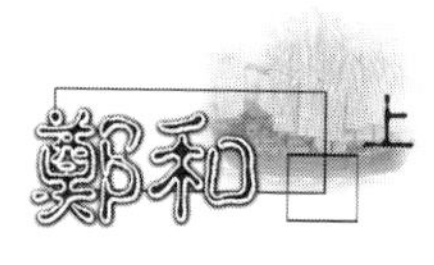

提著劍，仍然往前面走。

妙雲來了。她穿一襲白衣，臉色如同白蠟。來到王府門口，漠然地看著躺倒在地的橫七豎八的屍體，屍體旁邊的破碎的瓦罐和殘留的碗盞。她聞到一股濃香的酒味，還有血腥味。她不理會這些，踮著腳，穿過混合著酒味和血腥味的屍體，表情像冥界裡的一個修女……最後推開大門，進入王府。

徐妃迎了出來，一把挽住妙雲：「妙雲哪，我正要去接你回來哪！你來了就好，真太好了！」妙雲此時才流出眼淚：「奴婢拜見夫人。」徐妃也忍不住拭淚：「我、我對不起你，讓你受委屈了……」身邊的馬和看見妙雲，如釋重負，說：「妙雲。胡誠已經伏法，你快搬回王府住吧。」

徐妃連忙說：「是，馬上搬回來。今後，你就跟我女兒一樣。」

誰也不知妙雲腦子裡在想什麼，她顫聲謝了夫人，卻對夫人說，「我、我來是想……給胡誠收屍。」

馬和差點驚跳起來：「他是禽獸，是你仇人呀！」

妙雲面無表情地看了馬和一眼，說：「不錯，他是禽獸。但他也是我的男人，我畢竟當過他三個月的小妾。」

徐妃垂下頭：「妙雲……我對不住你。」

妙雲輕聲說：「請夫人恩准，讓我替胡誠收屍。」

徐妃嘆著氣對馬和說：「照妙雲的意思辦吧。」

馬和帶著妙雲，將胡誠的屍體拖去掩埋。胡誠的首級已不知去處，馬和只能用布蒙了他的身子放到車上。車子在空曠的田野裡行駛，馬和親自馭車，妙雲則獨坐車尾。馬和揚鞭，嘴裡發出「駕駕」之聲，他不時回頭看看妙雲，想同她說話。他珍惜每一個與她獨處的時機。但妙雲不回頭，只望著車子碾過的路面，荒蕪而空虛，就像她此刻的心情。

墳地到了，兩人找了一個現成的土坑將胡誠安葬，又用土堆出一個墳包。一切完成，馬和累得氣喘吁吁。他隨意往地上一坐，一面休息，一面抬頭看著妙雲，妙雲的眼睛正望著一個地方，馬和順著她的眼光望去，天！那是劉業的墳墓！馬和心裡不安，妙雲已開口問他：「馬和，那是劉業的墳吧？」

馬和說是。

妙雲道：「是你親手活埋他的吧？」

「妙雲！」馬和阻止妙雲將這樣的話題說下去。

妙雲卻不顧馬和發顫的驚叫，繼續順著思路說：「人生在世，非得你埋我，我埋他，他再埋你嗎？」

馬和沉默了一會，好像也在想這個問題，他開口的時候，似乎還在沉思：「也許，沒有人一開始就希望是這樣的……但是為了自身利益，人們明爭暗鬥，爾虞我詐，非爭個你死我活不可……有時候，這簡直像個連環套，你逃不開這套子，你無法擺脫它……這是人無法避免的！」

妙雲呆呆地聽著，也在一邊坐了下來，臉上是蒼白的落寞。馬和心疼地望著她，親切地說：「過去的事，我們都不要再去想了。我們倆都為燕王立下過大功，王妃已經把你看成是她的恩人了。今後，我倆的事……燕王必定開恩。他會默許我們違反律條，終生相守。我會愛你一輩子……」

「一輩子？」妙雲不相信地冷笑了一聲：「再怎麼樣，你也只是一個奴才。會不會有那麼一天，你也被燕王活埋掉呢？」

馬和臉色倏變：「不不！……你在說什麼呀！」

妙雲恨馬和的遲鈍，氣憤道：「我在說我們的主子！在說主子怎麼對待奴才的！馬和啊，主子把我當禮品，送給胡誠糟踐。而你，甭管立過多少功，仍然是個奴才，仍然是個物件！最終有一天，你也會被主子拋棄，在黃土裡爛掉！你就不想離開這種主子，過自己的日子嗎?!」

馬和許久不作聲，後來緩緩地說：「妙雲，我想過這事。我也想過離開主子，過自由自在的平常人的日子。但在我心底，我同過去已經不一樣了。過去，我覺得奴才是和主子不同的人，是低人一等的人，尤其是我們當太監的，更是如此。可現在，我明白了，人與人之間沒有什麼區別，有區別的只是一個人的為人。一個人的為人才能決定這個人離真正意義上的人是遠還是近。

燕王和王妃我氣恨過，但也佩服和敬愛他們。他們是人，我也是人，正是因為這一點，我對他們也就有了氣度。我不想糾纏在過去的事情上，我是為未來活著的。我想你也應該和我一樣。在這個世界上，一個人要理解另一個人很不容易，我希望你能理解我。我是一個太監，我只能尋求生活的另一番意義……我不想離開主子。不過，我最不想離開的，是你。我總是為別人求人，今天，我為自己求你……妙雲，求你了，不要丟下我，跟我一塊回去吧。沒有你，我在這個世界上永遠擺脫不了孤獨。」

妙雲流淚了。她幾次想張口對馬和說什麼，都沒說出口。最終，她輕輕地在馬和頭上炸出一個晴空霹靂：「我有身孕了……」

「你說什麼？」

妙雲瘋狂地叫道：「我有身孕了！我已經懷上了那個禽獸的孩子！」話音未落，妙雲已經痛苦癱倒，蒙面大泣。

馬和一震，幾乎失去知覺。天哪！這就意味著，妙雲不再是以前的妙雲了。如果他要把妙雲當做骨肉親人的話，也就必須把禽獸的骨肉當做自己的骨肉！未來，天哪，這是怎樣的一個未來啊！

（上集完）

朱蘇進主要作品及獲獎獎項

中篇小說：射天狼 1981
◎榮獲第二屆全國優秀中篇小說獎
◎榮獲首居中國人民解放軍文藝獎
引而不發 1982
◎榮獲第三屆全國優秀中篇小說獎
◎榮獲第二居中國人民解放軍文藝獎
凝眸 1984
◎ 榮獲解放軍文藝獎
戰後就結婚 1985
◎ 榮獲清明文學獎
第三隻眼 1985
◎ 榮獲解放軍文藝獎
絕望中誕生 1988
◎榮獲鍾山文學獎
兩顆露珠 1988
輕輕地說 1988
◎榮獲解放軍文藝獎
金色葉片 1990
◎榮獲上海文學獎
四千年前閃擊 1990
祭奠星座 1991
咱兩誰是誰 1992
接近於無限透明 1992
◎榮獲上海長、中篇小說大獎
孤獨的炮手 1993
清晰度 1993
長篇小說：在一個夏令營裡 1978
◎榮獲全國優秀讀物獎
懲罰 1982
炮群 1990
◎榮獲中國人民解放軍文藝獎
醉太平 1992
江山風雨情 2003
散文隨筆集：天圓地方 1993
面對無限寂靜 1995
獨自散步 1997
◎2000年因軍事文學創作成就傑出而榮獲首居《馮牧文學獎》
電影劇本：鴉片戰爭 1997
◎榮獲國內多項電影獎
電視作品：五十集電視連續劇《康熙王朝》2001
◎榮獲觀眾最喜愛的電視劇獎

漢宮梟后—呂娥姁　張雲風 著

特價$249

漢高祖劉邦的皇后呂娥姁（呂雉），因爲丈夫當了皇帝，所以成爲皇后，進而大權在握，操縱國柄，實際統治中國達15年之久。

時勢造就英雄。同樣，世勢也造就女人。

呂后生活的時代，正是封建地主階級朝氣蓬勃的時代。新興的大秦帝國，鑄就了輝煌，也鑄就了罪惡。呂后在這輝煌和罪惡中度過童年，十五歲嫁給劉邦，當過農婦，蹲過大獄，婚姻生活頗多苦澀。劉邦起義，秦代滅亡，接著楚漢戰爭，呂后一度被項羽扣爲人質，險遭烹殺。

艱辛的磨難錘煉了呂后的意志和品格，堅強，剛毅，幹練，同時對於紛擾的世界有了清醒和深刻的認識。劉邦稱帝，她被立爲皇后。

在封建國家“家天下”的性質，以及皇后「正位宮闈，體同天王」的特殊地位，加上呂后個人的才智，決定了她能夠登上政治舞臺，一顯身手。

國家圖書館出版品預行編目資料

鄭和／朱蘇進・陳敏莉著；-- 一版. -- 臺北市：大地, 2004〔民93〕
冊；　公分-- （歷史小說；20-22）

ISBN 986-7480-03-1（上冊：平裝）. --ISBN 986-7480-04-X（中冊：平裝）. --ISBN 986-7480-05-8（下冊：平裝）

857.7　　93004411

鄭和（上）

歷史小說 020

作　　者：朱蘇進・陳敏莉
創 辦 人：姚宜瑛
發 行 人：吳錫清
主　　編：陳玟玟
封面設計：呈祥設計印刷工作室
出 版 者：大地出版社
台北市內湖區內湖路二段103巷104號
劃撥帳號：〇〇一九二五二～九
戶　　名：大地出版社
電　　話：（〇二）二六二七七七四九
傳　　真：（〇二）二六二七〇八九五
印 刷 者：普林特斯資訊有限公司
一版一刷：二〇〇四年四月

定　　價：200元

E-mail：vastplai@ms45.hinet.net　　Printed in Taiwan

（本書如有破損或裝訂錯誤，請寄回本社更換）